杭州师范大学中文学科学术研究丛书

泽地文库
第一辑

主编 / 洪治纲

* 国家社科基金课题『中国现代文学与中国现代大学互动关系研究』研究成果（14CZW059）

* 浙江省哲学社会科学重点研究基地文艺批评研究院成果

中国现代大学与现代文学

王晴飞 著

时代出版传媒股份有限公司
安徽教育出版社

图书在版编目(CIP)数据

中国现代大学与现代文学/王晴飞著.—合肥:安徽教育出版社,2021.12
ISBN 978-7-5336-9247-6

Ⅰ.①中… Ⅱ.①王… Ⅲ.①中国文学－现代文学－文学研究 Ⅳ.①I206.6

中国版本图书馆 CIP 数据核字(2020)第 210117 号

中国现代大学与现代文学
ZHONGGUO XIANDAI DAXUE YU XIANDAI WENXUE

出 版 人:费世平
策划编辑:何　客
责任编辑:金　雯
装帧设计:王莉娟
美术编辑:张鑫坤
责任印制:陈善军

出版发行:安徽教育出版社
地　　址:合肥市经开区繁华大道西路 398 号　邮编:230601
网　　址:http://www.ahep.com.cn
营销电话:(0551)63683012,63683013
排　　版:安徽时代华印出版服务有限责任公司
印　　刷:安徽新华印刷股份有限公司

开　本:650 mm×960 mm　1/16
印　张:16.75
字　数:285 千字
版　次:2021 年 12 月第 1 版　2021 年 12 月第 1 次印刷
定　价:58.00 元

(如发现印装质量问题,影响阅读,请与本社营销部联系调换)

总　序

洪治纲

大学之道，人文为先。没有坚实的人文底蕴，没有深厚的人文情怀，没有求真、创新、自由、平等、公正的现代社会理念，大学迟早会陷入实用主义和功利主义的泥淖，甚至会变成精致的利己主义滋生与蔓延的温床，教育也就很难确保学生获得全面而健康的发展。这是我们学科同仁多年来的思想共识和学术信念。

我们是大学教师，但我们也是学者，是恪守人文精神并且学有专攻的学者。因为我们深知，人不仅仅是一种物质生命的存在，还是一种精神、文化的存在。我们必须尊重每个个体的主体地位和个性差异，必须关心和理解不同个体多方面、多层次的内在需求，必须激发不同个体的能动性和创造性，促进人的个体价值与社会价值的统一，并最终使人获得自由全面的发展。

如果问，何谓"人文精神"？我想，这应该是其核心之旨。所以鲁迅先生对现代文明社会的审度标尺，就是"立人"。一个国家能不能"立"起来，在他看来，首先就是这个国家中的人是否"立"起来了，而不是看它的经济指标，或者人均拥有多少本房产证。

作为从事人文教育的学者，我们对人文精神当然并不陌生。但是，在物质主义和功利主义的强力冲击下，要坚持不懈地探究现代社会中的人文精神及其实践路径，并非易事。好在我们是地方性高校，没有"高处不胜寒"的压力，也没有必须实现"弯道超车"的预设目标。我们只是踏踏实实问学，认认真真做人。每天进步一点点，这是我们对自己学术的内心期许。所以，这些年来，我们学科的全体同仁，都在默默地躬身于各自的研究领域，勤思缅想，精耕细作。

我们因此而充实。无论春夏，无论秋冬。

或许我们的能力有限，眼界不高，学养不厚，但这并不影响我们求真和创新的勇气，也不影响我们对于人类悠久的人文主义传统的承继和弘扬。师者，传道，授业，解惑也。传道，是每一位大学教师的首要职责，也是彰显每位人文学者人格魅力的核心之所在。只有心中有了"道"，有了承担历史职责且顺应社会发展的"大道"，我们才能传出特有的生命之光，以及内在的精神高度。我们的学术，从某种程度上说，就是在求真的过程中，孕育和培植内心的生命之道。故章学诚云：学者，学于道也。

但学术毕竟是一项极为艰难的事业，因为它自始至终都是为了求真，不仅在理论上，还要在实践中。严复就曾明确地将"学术"理解为先求真理，而后付之实践的过程："学者考自然之理，立必然之例。术者据既知之理，求可成之功。学主知，术主行。"梁启超也说过类似的话："学也者，观察事物而发明其真理者也；术也者，取所发明之真理而致诸用者也。……学者术之体，术者学之用，二者如辅车相依而不可离。学而不足以应用于术者，无益之学也；术而不以科学上之真理为基础者，欺世误人之术也。"我们当然也希望通过自己的努力，在传道和授业的过程中，体用互动，生生不息，一起解答各种现代生存之惑，共同叩问人之为人的诸多本质。

这也是我们推出"泽地文库"的重要理由。"泽地"，取自《周易》第四十五卦《萃》卦，卦象为下坤上兑，坤为地，兑为泽，即为"下地上泽"之象，象征"荟萃"之意。这是我们中国语言文学学科全体同仁的美好意愿，也是我们孜孜以求的学术理想。

在人类智慧的天空中，我们希望以执着的姿态飞过，并留下自己的痕迹。

本套丛书将以开放的方式，逐步汇聚我们学科各位学者的优秀成果，既包括已出版多年并在学界产生一定反响、需要修订再版的专著，也包括近年来国家社科基金的最新成果、学术新著以及优秀的博士论文等，几乎涵盖了学科各二级研究方向，也囊括了不同代际的学者智慧，并大体上折射了我们学科的主要特色和优势。当然，鉴于各种原因，本套丛书的第一辑，尚有诸多本学科重要学者未能加盟，期待第二辑或第三辑陆续能够收录。

古人云："士不可以不弘毅，任重而道远。"学术是没有尽头的事业，真理也需要一代又一代人去不断探索和实践。唯因如此，我们渴望通过自己的顽强求索，能够成为人文精神最坚实的承传者，并在具体的教学过程中，将自己所秉持的学术信念力所能及地付诸实践，抑或在世界文化的交流中成为平等的对话者。

2021年冬于杭州

自 序

这本小书是在我十年前的博士论文基础上修改而成的。说是修改，实则改动并不大，这自然是我懒散的证据与结果，也说明这十年来我的学问并没有多少长进。书的内容是大学与文学的关系，而我却刚好在毕业离开大学十年以后，又回到了大学，由大学的局外人变成了局内人。

局外人自然有局外人的冷静，也有局外人的隔膜，同理，局内人有局内人的切己，也会因切己而有切己的偏狭。一百多年来的中国大学与文学，都在逐步"现代"的过程里，其中自然多有波折，或进两步退一步，甚至进一步退两步，但总体上的"现代"方向还是确定的。不过，如果要追问到底什么是现代，现代包括哪些内容？却也是一言难尽。尤其是一百年后，现代化的具体路径和所产生的后果，许多恐怕是初始提倡者未必能想到的，而将历史的背景拉远，我们带着这些"后果"来看百年来的"现代"设计，有些问题可能会看得更清晰一些。

比如大学应该是"研究"的，这自然没错，而且"研究"恐怕也可算得是"现代"大学最根本的特征。而我们今天的大学可谓是最注重"研究"的了，所有的大学都以"研究"论英雄，大学教师以"研究"排座次，这样的"现代"推到极致，便是使大学无异于单纯的科研机构，只有研究，而无教学；师生之间，只有冷冰冰的知识传递的业务关系，这样的"现代"，慢慢地不可爱了起来。

所以在中国大学现代化之初，梅贻琦才会追慕师生"从游"之义，所谓"学校犹水也，师生犹鱼也，其行动犹游泳也，大鱼前导，小鱼尾随。是从游也，从游既久，其濡染观摩之效，自不求而至，不为而成"。至于当时的师生关系，在他看来已是："奏技者与看客之关系耳，去从游之义不綦远哉！"

"现代"的另一特征，是标准的普遍化。统一而普遍的标准，在大学以及各种机构的考核中的体现是数字化。这自然有其好处，一个普遍的衡量学术的标准，使学校的运行制度化，不因个别主政者的主观倾向而变，也有利于实现公平、公正，甚至可以达到蔡元培所期望的"无论何人来任校长，都不能任意办事"的效果。不过标准化与数字化，也意味着一切的学术与学问，都具有可以用冷冰冰的数字呈现的同质性，而忽视了不同学科、不同学者之间的个性差异，人和学术都被机器化，尤其是对于人文学科来说，也会使学问失去学者自身的情感与关怀。

　　学术独立也是百年来中国大学知识分子即便在风雨飘摇中也要努力实现并维持的"现代"目标。学术独立意味着"为学术而学术"，学术的价值不依赖于其社会功用，学术自身即是学术研究的目标。所谓学术独立，涉及到两个方向的内容，一是学术研究要不要受外界力量的干预，二是学术研究要不要对社会产生作用。前者不必说，无论现实中能否实现，大家都会认为学术应该保持自身的独立性。后者较为复杂一些，即便是在大学从业者中，不少人也会认为学术应该有益于社会，而大学中人自身也是社会中人，免不了对社会的关怀，忍不住对社会现象作出反应，所以胡适才会坚持大学从业者不妨参与社会，但应当以个人身份，而不宜以学校身份。实际上，学术自然有其功用，但它往往不是具体而直接的社会效益；学术的功用也未必显现在当下，而可能在久远的将来；学术之起作用的方式，也多半不是直接的因果联系，而是潜移默化的熏染。当然，作为社会体制组成部分的大学，不可避免地要随社会政治制度的变化而变化，学术是否独立，并非可以由大学自身决定，而今天综合性大学，也承担服务社会的功能，所以不妨让服务的归服务，学术的归学术。

　　说到现代文学与现代大学的关系，就更有一个离合的过程。现代文学最早出现在现代大学里，现代大学也容纳了一大批现代文学家，这些现代文学家可以说是大学"现代化"的参与者甚至规划者，但恰恰是这个"现代化"把文学家从大学里排除了出去。"现代"的深入，使文学与大学（学术）分离，这是由大学自身的"研究"性质决定的——文学在大学里只能作为被研究对象出现。虽然不断有大学（尤其是中文系）的主政者试图使大学更具有文学氛围，比如邀请作家来担任讲座教授，在课程设计上增加一些与文学创作相关的课程等等，但这些措施只能是在大学"研究"的底色上打一个补丁，而不可能改变大学自身的性质。时至今日，大学仍然在做这样的努力，比如作家班的设置，比如创意写作课程的开设，都是要使大学与文学的关系更密切一些，但是姑且无论作家班往往成为作家谋求学历的手段，创意写作自身就带有一定的功利性，而与最初的文学设计目标颇有距离，即便是没有这些可能的后果，这也仍然是在打补丁，文学只是大学的一点点缀，是分离之后的修补。

至于大学中文系不承担培养作家的功能，这倒并不是一个问题，因为真正的作家并不是谁培养出来的。大学的所谓培养作家，要么是培养出特定模式的写手，要么是其实已经先是作家，到大学里来打一个滚儿。理想的大学与文学的关系，不是大学直接培养作家，而是大学自身有一种创造性的学术（文学）生活的氛围，鼓励而不是压抑大学中人文学创作的可能。只要大学的氛围是适宜于文学创作的，作家自然能在其中生长起来。借用梅贻琦的比喻，未来的作家如同鱼一样，大学要做的是使自己成为一片广阔自由的水，鱼在适宜的水中自然会成长，而无需有人手把手地去教它如何游泳。这里不免又想到王力的观点：大学并不造成文学家，也不教人怎样创作，但是大学可以造成提倡文学的空气，由此"养成"作家："文学的修养应该是'悠之游之，使自得之'，不是灌输得进去的。"

其实又岂止是文学？一切有创造性的活动，都需要这种保存、呵护人的完整性与个性的空气，"悠之游之，使自得之"的氛围。空气、氛围这种东西，或许看不见摸不着，但是身处其中的人都可以感受得到，所谓"如鱼饮水，冷暖自知"。文学创作如此，学术研究也是如此，如果因为追求"现代"而将人的完整性割裂，岂不是饮鸩止渴？其实得不偿失。

今天人们常常热衷于追忆"五四"前后的老大学，他们追忆的到底是那时"现代"的纯正，还是恰是那时大学的不够"现代"？当然，所谓的"追忆"不免受制于一时未加思索的感受甚至情绪，也往往抓住一点不及其余，并不能准确地指向问题所在的位置。而我们也不必把"现代"视作一个具有确定内涵的概念，事实上，"现代"本就尚未完成，有待于我们的创造。在不同的时代、地域、领域，"现代"也会生成不同的内容，产生不同的后果，我们对于"现代"的感受，理应参与到"现代"的完成中，比如，我们可以认为大学真正的现代中包含的研究精神、教育精神、学术独立，应该意味着真正的无功利的学术研究、适宜于人成长的全人格教育、使人更自由而非更局促的空气。这样的"现代"，才值得我们一代代人不遗余力的追求。

目 录

绪　论 / 001

第一编　制度与人事

第一章　研究型与书院气 / 013

第一节　"纯粹研究学问之机关" / 013

第二节　"创造性文化生活"的营造 / 023

第二章　从"桐城派"到"新青年" / 038

第一节　"桐城派"与"太炎学说派" / 038

第二节　陈独秀与"新青年"作者群 / 043

第三章　"英美派"与"法日派"的形成 / 055

第一节　汤尔和的谋划与陈独秀的出走 / 055

第二节　评议会中的"英美派"与"法日派" / 059

第三节　1925年北大脱离教育部事件 / 068

第四章　"北大中兴"与"除恶务尽" / 080

第一节　评议会与校务会议 / 081

第二节　除旧布新 / 085

第三节　林损离职与学风转移 / 096

第二编　学术与风气

第五章　从词章到考据：以胡适为中心 / 107

第一节　现代大学从业者的学者化、专家化 / 108
第二节　胡适与文学研究的考据化倾向 / 113

第六章　新与旧，文与学
——大学文学教育中的新文学运动与旧学术结构 / 121

第一节　"向不肖处寻正统"：胡适的文学演进观 / 126
第二节　新文学"补丁"与旧学术结构 / 134
第三节　创造适应时代的新文学 / 138

第七章　知能之辨与诗有别材：大学中文系与文学教育
——以二十世纪四十年代《国文月刊》的争论为例 / 147

第一节　知能之辨：大学中文系中的考据与词章 / 148
第二节　诗有别材：作家的"造成"与"养成" / 155

第三编　"聚会"与媒介

第八章　《新潮》社与《新青年》作者群 / 163

第一节　"谈"出来的《新潮》 / 165
第二节　配合与补充 / 171
第三节　《新潮》危机与结束 / 179

第九章　以《大公报·文艺》为中心的文人群体 / 186

第一节　成员与刊物 / 186
第二节　三个聚集空间 / 191

第十章　新文化运动与商务印书馆 / 200

第一节　商务印书馆的色彩 / 200
第二节　商务印书馆的危机 / 203
第三节　被选择的胡适与胡适的选择 / 205

附　录

胡适进宫与溥仪的形象 / 213
溥仪出宫与北京知识界：以胡适为中心 / 225

主要参考文献 / 245

绪　论

中国现代文学的发展与现代大学、学术制度之间有着十分密切的关系，本书即试图探究这二者之间的关系。后者对于前者的作用包括现代大学本身的"研究"性质尤其是作为学科建构和学院设置的"文学"对于作为创作的"现代文学"的影响，也包括以大学为中心的一系列现代学术制度，如社团、出版传媒等对于文学的作用。而就另一面而言，中国现代文学对于大学的现代化也起到重要作用。在中国现代学术兴起之初，蔡元培等人正是借助现代文学的力量，来扫除大学中的旧风气。从学术建构的角度来看，新文学运动对于传统学术结构造成巨大冲击，直接影响了现代学术制度的形成，这包括现代大学中文系研究范围（"新"与"旧"比例的变化）、研究方式（传统义理、考据、词章之学与西方"科学"方法的对接）、价值判断及培养目标（学者/作家）的转换。

值得注意的是，近现代以来，中国社会思想各方面，虽然号称面临数千年未有之变局，现代与传统之间有着巨大的断裂，但二者也并非截然两分，尤其是学术风气的变换，时代因素（外界环境）固然会对其造成影响，但是学术自身逻辑（余英时所谓的内在学术理路）也一直在顽强地起着作用。传统以一种潜在的方式制约着现代学术的走向，在断裂之中保持着延续。现代文学研究者如胡适、郑振铎等人治文学的方法，皆与清代朴学有直接的承继关系。

研究现状述评

尽管学术分门自古已有，如中国先秦时即有"孔门四科"，西方在中世纪也有所谓的"文科七艺"，但"学科"这一概念在中国是晚清现代学制改革时方才引入，即便在西方，也是随着学术现代化进程方才出现。据沙姆韦（David R. Shunway）和梅瑟—达维多（Ellen Messe-Davidow）《学科规训制度导论》一文，古拉丁文中的 disdiplina 一词已兼有知识（知识体系）及权力（孩童纪律、军纪）之义，而用 discipline（学科/规训）"来描述基于经验方法和诉诸客观性的新学科"，即隐含有"其权威性并非源自一人或一派之义，而是基于普遍接受的方法和真理"之义。Discipline（规条）又指寺院的规矩，进而引申为军队和学校的训练方法。这两重意义的综合，"显示在一门知识中受教，即是受规训而最终具有纪律（discipline），亦即是拥有能够自主自持（self-mastery）的素质"。尤其是到了十七、十八世纪，"新科学"出现，"分清了自然知识跟其他知识的界限"，"确立了日后专门化的可能性"。具有排他性的学会"充当了知识把门人的角色"，并发展出一系列"规范组织知识所需的技术和策略"，如"以出版作为认可新知识的基本途径"等，学术期刊面向的读者群也由更为普遍的大众变为更专业化的科学家同行。十九世纪的"第二次科学革命"出现，一般性的博学学会为新兴教育机构和新教育形式所取代，学术研究更加专门化，尤其是德国的研究大学（research university）和法国的大院校（Grandes Ecoles）鼓励科学家们"以自己的专业而不是以整个科学家群体来互相认同"，"研究大学一方面使知识生产专业化，另一方面又要依赖各种形式的专业组织来连结地域上各自分散的学者"。[①] 在"学科化"的大潮中，文学学科也分门划界，将自身与其他学科分离，对于从业人员的资格和研究方法都有严格的规定，迥异于传统文学门类的注重贯通和"非科学"的文学感受。

中国的现代学科建制始于二十世纪初张百熙、张之洞等人为京师大学堂设定的壬寅癸卯学制，作为一门学科的"文学"开始出现在大学

[①] 沙姆韦（David R. Shunway）、梅瑟—达维多（Ellen Messe—Davidow）：《学科规训制度导论》，见华勒斯坦等著，刘健芝等编译：《学科·知识·权力》，生活·读书·新知三联书店，1999年，第 13—24 页。

中,① 而现代文学的发源地也正是大学校园,自二十世纪九十年代以来,许多文学史研究者注意到两者之间的关系,开始从新教育入手研究新文学的发生、发展与传播。

陈平原从学术史、大学史的角度研究新文学与新文化的发生,其研究成果有《中国大学十讲》、《大学何为》、《中国现代学术之建立:以章太炎、胡适之为中心》等。他在《新教育与新文学——从京师大学堂到北京大学》一文中考察了新文学与新教育的关系:"'文学教育'作为一种知识生产途径,或直接或间接地影响了一时代的文学走向。教育理念变了,知识体系不能不变;知识体系变了,文学史图景也不可能依然故我。大学里的课堂讲授,与社会上的文学潮流,并非互不相干;对文学史的叙述与建构,往往直接介入当下的文学创造。"②

沈卫威长期致力于大学研究,尤其是对于南高师—东南大学—中央大学的学术传统和学术风气有细致的考察。其《"学衡派"谱系:历史与叙事》一书,通过对"学衡派"成员的学术活动、所在大学的课程设置、学科建设的研究,考察大学、学术与教育之间的互动关系。其《大学场域》一卷,主要考察南、北两所高校(以北京大学、东南大学为主,顺及清华大学及金陵大学)的大学理念、学术分野以及与之相关的学术机构、刊物倾向等,分析南北两地以大学为中心的学术场域之异同。

钱理群主持的"二十世纪中国文学与大学文化"系列丛书,对于大学的文化氛围、校园生活与现代文学的关系多有阐述。其中黄延复的《水木清华:二三十年代清华校园文化》一书介绍了作为源头的清华文化精神与鲜活的文化氛围;姚丹的《西南联大历史情境中的文学活动》通过对于史料的发掘和还原,细致深入地描述了西南联大时期大学校园生活和文人活动。

---

① 《奏定大学堂章程》,见璩鑫圭、唐良炎编:《中国近代教育史资料汇编·学制演变》,上海教育出版社,2007年,第348页。
② 陈平原:《中国大学十讲》,复旦大学出版社,2002年,第102页。

王彬彬主编的《中国现代大学与中国现代文学》，强调了现代文学与现代大学的"相互哺育"关系，注意发掘大学师生的现代文学创作对于大学精神气质、文化氛围的影响。叶文心的《民国时期大学校园文化》，分析民国时期京、沪两地大学不同的办学风格、校园文化，及其与经济、政治、教育政策的关系。张玲霞的《清华校园文学论稿》、《南开话剧运动史料（1909—1922）》分别考察了清华校园文学活动和南开话剧运动。陈以爱的《中国现代学术研究机构的兴起》一书，以北京大学研究所国学门为中心，考察学术研究在被纳入现代化的学术机构之后所发生的变化。苏云峰的《清华国学研究院述略》一文则对清华国学研究院的背景、制度以及师生研究交往情况有详尽的分析。徐雁平的《胡适与整理国故考论》一书，以胡适的整理国故和文学史研究为中心，考察其治学方法的形成、转变及其与传统学术之间既连续又断裂的关系。

一些现代文学社团流派研究，也曾经在一定程度上涉及与此相关的问题。其中，陈思和、丁帆主编的"中国现代文学社团史研究书系"，侧重于人事研究，对以《新青年》、《语丝》、《现代》为中心的作家群体，及文学研究会、创造社等文学社团的研究，也都对校园写作在现代文学格局中的地位及影响有所涉及。又如高恒文的《京派文人：学院派的风采》，从京派文人集团的形成及其在中国现代文学发展中的影响方面描述了校园内外的作家、学者之间的良性互动关系。此外，对活跃于北方文坛的一些作家个案的研究，也都难免涉及校园写作与文学发展之间的关系，对大学与文学之间的关系有所描述。

目前已经出版的学人回忆、年谱、日记、大学校史、系史、校园刊物、当年大学教师的讲义、关于出版传媒机构的研究专著等等，均有助于解读文学与学术、制度之间的关系。

但是，到目前为止，相关资料的收集、编撰多以某一学校、某一出版机构、某一文人集团或者某一具体作家为中心，少有对历史横截面中的多种校园文化的比较研究，对现代文学的发展和大学教育、现代学术制度之间关系的研究不够深入。而在已有的另外一些研究中，不少著述或着力于大学师生日常生活的描述，或偏重于创作实绩的介绍，其优点是可以使我们"回到历史现场",然亦容易流于现象罗列。此外,目前的研究多半已注意到大学对于文学的影响,而对于现代文学对大学品格的塑造和学术结构的冲击方面则注意得不够。

三重关系与三个面向

本书以现代文学与现代大学的关系为中心,在比较现代大学与传统书院异同的基础上考察其现代特质,从大学文科(主要是中文系)人事变迁、学风转变和校园文学氛围入手,考察文学学科建制和文学研究与文学创作之间的互动关系,这包括前者对后者的影响以及后者对前者学术格局的冲击。具体而言,现代文学史上文学与制度的关系涉及两重关系:一是新与旧,一是文(学)与学(术)。就新与旧一面而言,理论上胡适等人持进化论式文学演进观,"向不肖处寻正统";教育实践方面,胡适与蔡元培、陈独秀等人,将白话小说、戏曲等"卑体"作为大学学术研究对象,提高其文体地位,作为文体示范。不过这种"打补丁"式的努力,并不足以打破大学中学术结构的稳定性。就文与学一面而言,杨振声与朱自清的规划,要贯通新旧与中外,以此创造适应现时代的新文学。一般来说,新文学进入大学都会遭遇学术体制带来的这两种障碍。相较而言,新学术进入旧体制比较容易,文学创作进入学术制度则比较困难,这是由大学自身的学术属性决定的。

由这两重关系,又引发第三重关系,即虚与实的关系,也是文学风气与文学制度的关系。风气入人至深,但也需要制度的固化,将其落到实处,赋予其确定的形态。五四以后,新文学逐渐在社会上形成风气,不过风气总是"虚"的,身处其中的人有切肤之感,无处不在,与之不处于同一时代的人则无从感受,需要借助风气所附丽的实体。如钱钟书所说,"风气是创作里的潜势力,是作品的背景,而从作品本身不一定看得清楚",所以要阅读当事人所信奉的理论,看他们对具体作品的褒贬好恶等以了解作者周遭的风气,"好比从飞沙、麦浪、波纹里看出了风的姿态。"① 文学理论和时人评论，仿佛是历史的化石、琥珀，后人可以从中想见风气瞬间的流动。文学教育和学术研究在内的文学制度亦是"化石"之一种，是文学风气占据一定势力之后的固化形态，而一种文学风气也只有"制度化"之后，才算是真正站稳了脚跟。

空间上，本书以北京地区的大学为中心，重点为北京大学和清华大学，也旁及与之相关的青岛大学（山东大学）。时间上，以1917年至1937年为主，在论述具体问题时，也上溯至晚清京师大学堂时期和下延至二十世纪四十年代的西南联大时期。由于现代大学的知识生产和现代文学的传播都与出版传媒机构关系紧密，也附带考察现代出版传媒机构（以商务印书馆和亚东图书馆为例）与新文学、新学术的互动关系。

在制度与人事方面，中国现代大学有一个"新人"取代"旧人"的过程。"新人"与"旧人"的区别包括两个方面：一是文学与学术，一是所受教育的新与旧。在中国现代大学创办之初，大学并不排斥文学创作，而随着大学制度的逐渐完善，"研究化"与"学术化"带来专业化和学者化倾向，现代大学在知识层面的研究上日益精深，文学创作逐渐被排除出大学教育之外。而从大学教师的学历变化来看，则是受新式教育者逐渐占据主流。在"新人"中又是留学"英美派"学者逐渐取代留学"法日派"学者。

在学术风气上，虽然整体倾向是趋新，但是"新"中亦有不同。这也可以从两个层面来说。一是新与旧之间并非截然两断，而是在断裂中有潜在的联系。就文学研究而言，胡适以科学方法整理国故，将西方的科学与传统考证方法结合起来，成为所谓"新汉学"，在学界具有很大的影响，形成舆论气候，但其"科学方法"与传统治学方法却有着千丝万缕的联系，其实是披着科学外衣的考据之学。

五四以后发展起来的文学研究考据化倾向，以清人治经学的方法研究小说、戏曲等通俗文学，一方面固然有利于提高白话文学的地位，但另一面也将研究对象"化石"化，使之与当下的文学创作隔开。这一风

---

① 钱钟书：《中国诗与中国画》，《七缀集（修订本）》，上海古籍出版社，1996年，第2页。

气在大学中文系和文学研究者中造成的影响即是重考据而轻欣赏、批评,重新史料的发现而轻旧知识的理解、贯通,重作者身世、题材演变的考察而轻审美层面的体味、涵咏,重外部研究而轻内部研究,使得文学研究支离破碎,难免买椟还珠之讥。所以程会昌(千帆)认为,当时的大学中文系教学有两种偏蔽,其中之一便是"不知考据与词章之非一途,性质各有所重,而持考据之法以治词章"。在传统的义理、考据、词章三者之中,"义理期于力行,词章即是习作,自近人眼光视之,皆不足语于研究之列。则考据一项,自是研究之殊称"。在新式"科学精神"的潮流下,作为传统旧学的"考据"不仅未受压抑,反借势兴起,压倒义理和词章之学,"于所谓科学方法一名词下,延续其生命"。[①]

大学中文系授课内容的考据化、破碎化倾向,不仅在文学研究方面造成偏颇,对于文学创作的发展更是不利。作为白话文倡导者和新学术范式开创者的胡适对此亦有所反思,认为大学中国文学系应当兼顾三个方面:历史的、欣赏与批评的、创作的。[②]

这就涉及到"新"之矛盾的另一层面,即大学中的"新"偏重在新学术,而非新文学。现代大学对于现代文学的沾溉作用并不体现在创作技法的直接传授,尤其是在学术制度相对森严的大学课堂,文学创作在很大程度上反而遭到排斥。无论是学者,还是作家,大多认为文学(或者说作家)不是教出来的。文学创作上虽然可能存在师承关系,但这种关系却很少也很难经由大学课堂这一现代教学空间建立,而且随着大学教育制度的现代化、学科的专门化,大学中文系的培养目标也逐步转向文学研究者,而放弃了培养作家、训练写作技能的责任。

不过,尽管现代大学的性质决定了其文学教育主要侧重于知识的考古而往往忽略了文学的创造和鉴赏,新文学作家、作品进入大学课堂的意义也主要体现在提升新文学的地位,确认其合法性,在大学课堂上,学生文学兴趣的启发和文学实践的引导常常也只能通过作为教师的新文

---

① 程会昌:《论今日大学中文系教学之蔽》,《国文月刊》,第16期。
② 曹伯言整理:《胡适日记全编》,第6卷,安徽教育出版社,2001年,第325页。

学作家的言外之意领略一二，但在课堂之外，由于蔡元培等现代大学的主政者鼓励学生自治，加上新文化运动的作用，大学生热衷于组织团体，创办刊物，大量学生社团和校园刊物涌现。同时在新文化运动前后，尤其是五四运动以后，新文化思潮的价值和新文化知识分子的力量为社会所认可，不少报纸改用白话，并纷纷开辟专栏邀请大学生编辑、撰稿。（如孙伏园在五四以后先后进入《国民公报》、《晨报》担任副刊编辑和记者，1921年大学毕业后，正式进入《晨报》主持副刊编辑。1920年五四一周年时，《晨报》亦邀请罗家伦编辑五四纪念专刊。）而在二十世纪二三十年代，京津文坛则先后出现不少以大学师生为中心的文学社团和沙龙，比较著名的如二十年代闻一多西单辟才胡同沙龙，三十年代杨振声、沈从文、萧乾主持《大公报》文学副刊时定期举行的作者聚会，林徽因的"太太客厅"及朱光潜居住的慈慧殿三号"读诗会"等。

现代大学师生之间通过授课和交往，形成一种新文学创作、研讨的氛围，一种文学空气，或者用时新的理论话语说，是一种"场域"。正是这种氛围以及在此氛围中的活动，构成了新文学的基础。这种师生之间"交往"所形成的大学精神、校园氛围和学术空气，看不见摸不着，却又无所不在，具体可感。张中行在回忆北大的文章中，曾说北大的学生进门以后，虽则学校管理宽松，但学生实在没有很多混混过去的自由，"因为有无形又不成文的大法管辖着，这就是学术空气。说是空气，无声无臭，却很厉害"。[①] 在二十世纪二三十年代的中国现代大学中，这种空气主要体现在以大学师生为中心组织的沙龙、社团和杂志中。

曾长期担任清华校长的梅贻琦批评现代大学师生关系如同"奏技者与看客之关系耳，去从游之义不綦远哉"，他理想中的师生"从游"则是"学校犹水也，师生犹鱼也，其行动犹游泳也，大鱼前导，小鱼尾随。是从游也，从游既久，其濡染观摩之效，自不求而至，不为而

---

① 张中行：《红楼点滴一》，《负暄琐话》，黑龙江人民出版社，1986年，第85页。

成"。① 而以沙龙、社团和杂志为中心的文人聚合,具有大学课堂难以取代的文学教育和文学组织功能,对师生间的文学交往、营造新文学创作的氛围和促进新文学的发展起到了更为直接的作用。由于成员涉及校园内外、师生之间,这些文学团体之间的定期交流,有助于沟通大学与社会传媒,化"实"为"虚",使学生在新教育、新学术的濡染中创造出新文学,也打破了学校之间、专业之间的界限,部分弥补了现代大学课堂上师生之间"从游"的缺失和现代大学分科形成的偏蔽。而以大学师生为中心的文学交往与文学实践,也整体呈现出不同于官方和商业文学的学院派文学风格和文化氛围。

---

① 梅贻琦:《大学一解》,见杨东平主编:《大学精神》,辽海出版社,2000年,第72页。

第一编　制度与人事

第一章

研究型与书院气

中国现代大学的出现，为新文学的发生和发展提供了空间。大学的现代化有其自身的逻辑，与文学之间的关系也包含了重重悖论，这既体现在现代研究型大学与传统书院风气之间、学术研究与文学创作之间，也体现在大学一面要保持"思想自由"，与社会、政治保持距离，一面又不断地利用自身的教育学术资源和力量干预社会。

第一节 "纯粹研究学问之机关"

从世界大学的发展历史来看，现代以来，大学的理念是从侧重于知识的传授与传承转向学术的研究与发展。西方传统大学的宗旨在于对传统文化的保持，这可以英国的牛津与剑桥为典型，其目标是培养"有智慧、有哲理、有教养的绅士"。现代大学理念的产生，是和曾任普鲁士教育大臣的威廉·冯·洪堡（Wilhem von Humboldt）联系在一起的。洪堡于1810年创建柏林大学，首倡"研究教学合一"的精神，在不偏废教学的基础上，将学术的"研究"与"发展"作为大学的核心理念。

中国传统私学亦多"述而不作"之例，多研习传统经典，以为人生或济世之用，即有个人著述，多只是传习讲义，偶有新见，也每每托古人声口。在这方面，和西方的传统型大学有类似之处。

中国现代化大学的缔造和形成，也正是采撷异域花果，吸取世界最新大学理念的结果。可被称为中国"现代大学之父"的蔡元培于1907年随同时任驻德大使的孙宝琦赴德游学——蔡氏曾言，"游学非西洋不可,且非德国不可"①——入莱比锡大学学习,辛亥革命后归国,任临时政府教育总长,1916年12月被任命为北京大学校长,1917年1月就任后即着手对北大进行整顿。蔡元培任教育总长时对于大学的规划和任北大校长期间的具体措施,根据的均是采自德国的注重研究高深学问、以培养专家为目标的现代分科大学理念。②

蔡元培一再强调大学"研究高深学问"的宗旨,视大学为"纯粹研究学问之机关",在这一点上,和之前的京师大学堂主持者严复有所不同。尽管二人都认为大学的核心在于"学术",但严复认为大学"宗旨兼保存一切高尚之学术,以崇国家之文化",侧重于"自重其国教化之价值",保存吾国新旧诸学,③强调的是"保存"。蔡元培则重在"研究"与"发展":"研究也者,非徒输入欧化,而必于欧化之中为更进之发明;非徒保存国粹,而必以科学之方法,揭国粹之真相。"④蔡元培的这一大学理念有很强的针对性。当时的大学有两种流行倾向:一是将大学作为"养成资格之所",一是将大学作为"贩卖知识之所"。⑤前者是晚清京师大学堂学生"当官做老爷"思想的余绪,后者是传统应用型大学的思想。前者因时势的变化与北京大学在社会所处位置的不同较为容易扭转,对于后者,蔡元培则采取了一系列的措施以贯彻其大学理念。

一是提倡美育。蔡元培的现代大学理念源于洪堡（Wilhem von Humboldt）,其关于教育体系的意见则来自康德。在蔡元培看来,教育

---

① 黄世晖:《蔡孑民传略》,《蔡孑民先生言行录》,广西师范大学出版社,2005年,第6页。
② 蔡元培任教育总长期间亲自草拟的《大学令》明确规定:"大学以教授高深学问、养成硕学闳材、应国家需要为宗旨。"见高平叔编:《蔡元培全集》,第2卷,中华书局,1984年,第283页。
③ 严复:《论北京大学校不可停办说帖》,见陈平原:《北大传统之建构》,《北大精神及其他》,上海文艺出版社,2000年,第7页。
④ 蔡元培:《北京大学月刊》发刊词,见高平叔编:《蔡元培全集》,第3卷,中华书局,1984年,第210页。
⑤ 蔡元培在就任北京大学校长的演说（1917年1月）中强调大学与专门学校不同:"大学者,研究高深学问者也。"(蔡元培:《就任北京大学校长演说词》,见高平叔编:《蔡元培全集》,第3卷,中华书局,1984年,第5页。)在1918年9月20日的北京大学开学式演说中则说:"大学为纯粹研究学问之机关,不可视为养成资格之所,亦不可视为贩卖知识之所。学者当有研究学问之兴趣,尤当养成学问家之人格。"(蔡元培:《北大一九一八年开学式演说词》,见高平叔编:《蔡元培全集》,第3卷,中华书局,1984年,第191页。)

共分五种，分别为：军国民主义教育，实利主义教育，公民道德教育，世界观教育，美育。前两种都属于现象世界，道德教育则略近于实体世界：其中"军国民实利两主义，所以补自卫自存力之不足。道德教育，则所以使之互相卫互相存，皆所以泯营求而忘人我者也。由是而进以提撕实体观念之教育"。① 超越现象世界进入实体世界的教育，蔡元培称之为"世界观教育"，而世界观教育的具体方法，或者说联系现象世界与实体世界的桥梁，即为美感教育："美感者，合美丽与尊严而言之，介乎现象世界与实体世界之间，而为津梁。"② 蔡元培的美育即来自于康德的"审美判断力"，是一种超越利害观念的"鉴赏"。康德的《纯粹理性批判》与《实践理性批判》使得作为主体的人"分属于两个绝对不可跨越、互不影响的世界，一个是可以认识的、受自然必然性支配的、作为现象的自然界，一个是不可以认识的、可以自由自决的、作为超验本体的道德界"。在其《判断力批判》中又于人类审美鉴赏时共同的、无利害关系的愉快感中发现了"自然合目的性原理"，把《纯粹理性批判》发现的知性的自然规律性和《实践理性批判》发现的理性的最后目的（自由）联结起来，从而使自然（科学、认识的对象）和自由（道德、实践的主体）的过渡和统一成为可能。③ 蔡元培的美育在其教育体系中的地位，即约略等于"判断力批判"在康德三大批判中的地位，强调的是其超功利性，这与其为学术而学术倾向的"研究高深学问"的大学理念是相互印证、相互激荡的。

二是学、术分离。在蔡元培看来，"学与术虽关系至为密切，而习之者旨趣不同。文、理，学也。虽亦有间接之应用，而治此者以研究真理为的，终身以之。所兼营者，不过教授著述之业，不出学理范围。法、商、医、工，术也。直接应用，治此者虽亦可有永久研究之兴趣，而及一程度，不可不服务于社会；转以服务时之所经验，促其术之进

---

① 蔡元培：《对于新教育之意见》，见高平叔编：《蔡元培全集》，第 2 卷，中华书局，1984 年，第 134 页。
② 同上。
③ 杨祖陶、邓晓芒：《康德〈纯粹理性批判〉指要》，人民出版社，2001 年，第 13—15 页。

步。与治学者之极深研机,不相侔也",认为"治学者可谓之'大学',治术者,可谓之'高等专门学校'","在大学则必择其以终身研究学问者为之师,而希望学生于研究学问以外,别无何等之目的"。①

蔡元培把"研究"作为大学的根本宗旨,致力于培养"研究学问之兴趣","养成学问家之人格"②,其内心显然更重视无功利目的之研究的基础学科(文科与理科),而较轻视侧重直接为社会提供某一方面专门人才的法、工、商等应用学科。所以他在1918年1月27日国立高等学校校务讨论会上提出议案,要求"大学专设文理二科。其法、医、农、工、商,五科,别为独立之大学。其名为法科大学、医科大学等"。在其他学校暂因经费问题不能实行的情况下,北大率先进行改革:文理两科扩张;法科独立预备;商科归并,"即以现有商科改为商业学,而隶于法科。俟钧部筹有的款,创立商科大学时,再将法科之商业专门定期截止";工科截止,"与教育部及北洋大学商议,以本校预科毕业生之愿入工科者,送入北洋大学。而本校则俟已有之工科两班毕业之后,即停办工科。(其北洋大学之法科,亦以毕业之预科生送入本校法科,俟其原有之法科生毕业后,即停办法科,而以其费供扩张工科之用。)";预科改革("改预科为两年,而又分隶各科")。③

三是建设研究院与添购图书、扩建图书馆。前者是为大学师生创造一共同研究学术的环境,后者则是为学术研究提供必要的条件。两者都是蔡元培主政教育期间念兹在兹的大事。还在1912年任教育总长期间,蔡元培起草的《大学令》就明确提出"大学为研究学术之蕴奥,设大学院","大学院生入院之资格,为各科毕业生,或经实验有同等学力者"。④ 执掌北大后,蔡元培更是率先在北大真正实现了研究所的创立,

---

① 蔡元培:《读周春岳君〈大学改制之商榷〉》,见高平叔编:《蔡元培全集》,第3卷,中华书局,1984年,第149—150页。
② 蔡元培:《北大一九一八年开学式演说词》,见高平叔编:《蔡元培全集》,第3卷,中华书局,1984年,第191页。
③ 蔡元培:《大学改制之事实及理由》,见高平叔编:《蔡元培全集》,第3卷,中华书局,1984年,第130—133页。
④ 蔡元培起草《大学令》之第六条、第七条,见高平叔编:《蔡元培全集》,第2卷,中华书局,1984年,第284页。

陈平原在其《叩问大学的意义》一文中，对此有详细的叙述，并认为蔡元培创立研究所，是"在强调大学不止是培育人才，更是师生共同研究的机关，需时时有新的发现与发明的蔡先生看来，此乃中国大学教育成熟的标志"。①

添购书籍，扩建图书馆，既是"为提起研究学问兴趣"，也是师生共同研究学术的前提条件。这虽然只是技术性的事务，却并不容易办理，主要原因即在于经费无着落。据周策纵考察，当时"国家岁入的百分之八十被用于军事开支，用于教育的一点份额也常常被军阀们非法挪用"，②连教师工资都常常难以保证。1920年蔡元培出洋，在与北大学生的话别会上，即表明他出去的目的除去考察外国大学改革状况作为参考、留意人才、采办仪器及与各国政府商量退还庚子赔款外，即是到南洋各处去募集捐款，筹备建筑一所大图书馆。③

而蔡元培在甫任北大校长时，即将添购书籍一事提上日程：

> 余到校任事，仅数日，校事多未详悉。前所计划者二事：
> 一曰改良讲义。诸君研究高深学问，自与中学高等不同，不惟恃教员讲授，尤赖一己潜修。以后所印讲义，只列纲要，其详细节目，由教师口授学者自行笔记，并随时参考，以期学有心得，能裨实用。
> 二曰添购书籍。本校图书馆书籍虽多，新出者甚少。刻拟筹集款项，多购新书，以备教员与学生之参考。今日所与诸君陈说者只此，以后会晤日长，随时再为商榷可也。④

---

① 陈平原：《叩问大学的意义》，《触摸历史与进入五四》，北京大学出版社，2005年，第131页。
② 周策纵：《五四运动：现代中国的思想革命》，江苏人民出版社，1996年，第363页。
③ 蔡元培：《在北大话别会演说词》，见高平叔编：《蔡元培全集》，第3卷，中华书局，1984年，第450—453页。
④ 蔡元培：《就任北京大学校长演说词》，见高平叔编：《蔡元培全集》，第3卷，中华书局，1984年，第7页。

蔡元培所计划的这两件事是有关联的。"改良讲义"固然是因为"研究高深学问"不应依赖讲义，但也因为当时北大的讲义所费甚巨，学校已不堪重负。削减讲义费，从学校当局方来说，具有"节流"之效。

被蔡元培所推崇的"研究高深学问"的大学理念，并非仅仅局限于北大校园内，而是作为一种共识被当时的大学领导者们所接受。曾任交通大学校长的叶恭绰在一次开学演讲中就曾言"学问之事"。他从自己游历欧美的观感谈起，强调修学当以三事为难衡，即："第一，研究学术，当以学术本身为前提，不受外力支配以达于学术独立境界。第二，人类生存世界贵有贡献，必能尽力致用方不负一生岁月。第三，学术独立斯不难应用，学术愈精，应用愈广，试申言之。夫学术之事，自有其精神与范围，非以外力逼迫而得善果者。我国积习以衡文为进取之阶，于是百艺均废惟儒术仅存。虽科举之制为其历附，亦由学者不察，不能辨科名学术为两事也。美国工艺之盛甲于世界，然说者谓其偏重出品之量及成功利益，以至学术之精神不敌欧陆，此又不辨利禄与学术为两事，是故求学术造诣之深，必先以学术为独立之事，不受外界之利诱，而后读书真乐，此所谓学术独立非必与致用分离。"① 中国现代大学的转型之所以能够获得成功并不断为后人追忆、讲述，并不仅仅在于一两个蔡元培、梅贻琦，更在于当时有着这样一个具有长远眼光与世界胸襟的教育家群体。

1928 年，北大出身的罗家伦被国民政府任命为清华大学校长。这固然由于他自身在国民政府内的关系网络，也是得到了时任大学院院长的蔡元培的推荐。由于历史原因，清华学校此前隶属于外交部，北伐后，国民政府掌握了北平，则改由外交部和大学院共同管理。据罗家伦《我和清华大学》一文记载，时任国民政府外交部部长的王正廷曾提议他的清华人选，遭到蔡元培的拒绝。②

---

① 叶恭绰：《遐庵汇稿》，见谢泳：《西南联大与中国现代大学教育》，《逝去的年代》，文化艺术出版社，1999 年，第 206 页。
② 罗久芳编著：《罗家伦与张维桢：我的父亲母亲》，百花文艺出版社，2006 年，第 128 页。

罗家伦的大学理念及他在清华以及后来在国立中央大学的一系列措施，与蔡元培是一脉相承的。罗氏初到清华，即确立所谓"四化"的目标，其中很重要的一"化"便是"学术化"，而据时任清华文学院长的冯友兰说，"四化"中最成功的也是"学术化"。① 罗家伦在其就职演说中，强调"研究是大学的灵魂。专教书而不研究，那所教的必定毫无进步。不但没进步，而且有退步"。② 这都是蔡元培开创的大学精神的衍生。在大学机构设置和院系调整上，也和蔡元培商量之后确定，同样强调作为基础的文理两科，认为"文理学院，本应当是大学的中心。文哲是人类心灵能发挥得最机动最弥漫的部分。社会科学都受他们的影响。纯粹科学是一切应用科学的基础，也是源泉"。③ 并主张设立各科研究院，为各系毕业生提供深造和研究的机会。

罗家伦在清华的具体举措，在对外方面，实现了学校改制，将清华国立化，促进"改隶废董"，将学校纳入教育系统，将清华基金委托中华文化教育基金委员会保管，排除美国方面和外交部的干涉。

在对内有关学术方面，罗家伦也有很多对于清华发展有深远影响的重要举措，这主要有四个方面：④

一是院系调整。从文理两院打下大学的基础，以文理两院为大学的核心，并添设研究院（所）。对于基础科学和理论的重视，在罗家伦的

---

① 关于罗家伦教育方针的"四化"有两种说法，一是学术化、民主化、纪律化、军事化，见冯友兰：《三松堂自序》，《三松堂全集》，第 1 卷，河南人民出版社，2001 年，第 280、290 页；另一说为廉洁化、学术化、平民化、纪律化，见吴宓：《吴宓日记》，第 4 册，生活·读书·新知三联书店，1998 年，第 130 页。
② 罗家伦：《学术独立与新清华》，《清华大学史料选编》，第 2 卷（上），清华大学出版社，1991 年，第 201 页。
③ 罗家伦：《学术独立与新清华》，《清华大学史料选编》，第 2 卷（上），清华大学出版社，1991 年，第 200 页。
④ 罗家伦在清华学术方面的几项措施，主要根据罗家伦《我和清华大学》、罗久芳《父亲在清华大学》、罗家伦《中央大学之回顾与前瞻——民国三十年七月在国立中央大学全体师生初次惜别会中讲》、毛子水《博通中西广罗人才的校长》诸文，分别见罗久芳编著：《罗家伦与张维桢：我的父亲母亲》，百花文艺出版社，2006 年，第 120—121、135、161、283 页；苏云峰：《从清华学堂到清华大学：1928—1937》，生活·读书·新知三联书店，2001 年，第 16—17、29、32—33 页；冯友兰：《三松堂自序》，《三松堂全集》，第 1 卷，河南人民出版社，2001 年，第 280—290 页。

办学理念里，也是一以贯之的。1941年他在国立中央大学全体师生惜别会上的演讲中也强调这一点，认为"现在的青年，为时尚所趋，多倾向于应用科学，而忽视基本的理论科学。这也是不对的。在大学里基本的理论科学，尤当注重"。

二是教授的选择和提高学术的标准。罗家伦认为一个大学要办好，最重要的就是要教授得人。罗家伦聘请教授的原则之一是："不把任何一个教授地位做人情，也不以我自己的好恶来定去取"，并着眼于"比较年轻的一辈学者，在学术上有很好的基础，有真正从事学术的兴趣，而愿意继续做研究工作的人"。在他担任校长期间，赶走大量不称职的教职员，其中解聘不良教授30余人，挽留陈寅恪、赵元任、金岳霖、陈达等硕学之士，延聘优良教授40余人，初到两个月内就新聘国内外著名教授19人，其中有：国文系杨振声、钱玄同、沈兼士，历史系朱希祖、张星烺，地理系翁文灏、葛利普，政治系吴之椿、浦薛凤及美国著名学者克尔文，经济系陈锦涛，哲学系冯友兰、邓以蛰，数学系孙镛，物理系吴正之、萨本栋，化学系谢惠，生物系陈桢及工程系孙瑞林。并成立聘任委员会，专事延揽国内外专家学者。在解聘大批滥竽充数的外国教员之余，也邀请国外真正的一流学者来讲学或任教，如英国剑桥大学正教授 I. A. Richards，美国芝加哥大学国际私法教授 Quincy Wright，哥伦比亚大学史学系教授 James T. Shotwell 等。在就任一年多的时间里，计从各大学延聘著名教授41人（含来自剑桥、芝加哥、哥伦比亚、普林斯顿、东京帝国大学之客座教授多人），讲师21人。在这里可以罗家伦与吴宓、蒋廷黻的关系为例。吴宓是学衡派重要人物，新文化运动的反对派，据罗家伦后来回忆，吴宓听闻他将出任清华校长时，恐对其不利，曾托赵元任去打听消息，"我大笑道：'哪有此事，我们当年争的是文言和白话，现在他教的是英国文学，这风马牛不相及。若是他真能教中国古典文学，我亦可请他教，我绝不是这样偏狭的人。'以后，我不但继续请他，并且对于他的待遇大事增加，而且倒成了很好的朋友（略）"。当然，彼时罗家伦尚未正式接任清华校长，这些话难免带有"事前疏通"的成分。而且，根据吴宓日记，似乎并无委托赵元任探听消息之举,吴宓最早也不是从赵元任处听到罗家伦的表态,而是在1928年8月24日与陈寅恪吃饭时,听到陈的转述,"谓吴宓可留。不以文言白话意见之相反而迫宓离去清华云云"。据此推测,当是赵元任主动向罗家伦询及吴宓事,又通过陈寅恪转告吴宓。9月4日吴宓晤杨振声,杨又"谓罗家伦托其致意于吴宓,愿在校合作,勿萌去志。又谓罗君不以个人意见为好恶,且平昔待朋友亦甚好云云"。吴宓当时即认为"罗君急欲到校,不惜力事疏通。他日在此稳固,不难排宓而使不堪容留",对其明显怀有戒心,所以也只是虚与委蛇。9月14日吴宓访冯友兰,冯"亦述罗氏托代致意,与杨振声所言同"。① 可见当时吴宓固有担心,罗家伦也急于示好。由于文化理念不同,吴对于新文化派向来无甚好感,8月18日在杭州从毛彦文处听到罗家伦将被任命为校长时,即"闻之颇不舒"。② 不过,罗家伦到校后,对吴宓却也的确一视同仁,尤其是力图改良校务,增善教授待遇,吴宓工资也增加了40元。对此,吴宓还是比较满意的,以为"亦佳事也",受到外文系同事王文显的影响,也认为罗家伦"励精图治,人心悦服","此校前途或可乐观也"。③ 蒋廷黻是哥伦比亚大学的历史学博士,当时在南开大学任教,并任历史系主任兼文科主任,本无意转到清华。罗家伦认为他是有世界眼光的学者,决定聘请他来主持清华历史系,乃亲到天津蒋家,声称蒋廷黻不答应,他便不走,最终熬了一夜,蒋廷黻只好答应。

在教员和职员的关系上,以前的清华由于是留美预备学校性质,隶属外交部,职员冗杂,地位高于教员。罗家伦到任后,为吸引优良教授,将清华办成真正的一流分科大学,着手提高教员的待遇。校内一时有"神仙老虎狗"之说,以喻教员、学生及职员的地位。④

三是在学生录取方面,重质不重量,绝不把学生学籍做人情。在留

---

① 吴宓:《吴宓日记》,第4册,生活·读书·新知三联书店,1998年,第116、123、129页。
② 吴宓:《吴宓日记》,第4册,生活·读书·新知三联书店,1998年,第112页。
③ 吴宓:《吴宓日记》,第4册,生活·读书·新知三联书店,1998年,第133、134页。
④ 苏云峰:《从清华学堂到清华大学:1928—1937》,生活·读书·新知三联书店,2001年,第149页。

学政策上,废止全班资送留美资格,把留美权利付诸公众,使各大学学生考试公开争取。由于罗家伦在聘任教员和学生学籍上"唯学是举",作风强硬,不讲情面,在政府内部还得罪了不少人,颇遭攻击,以至于蒋介石迁台后还奇怪于:"罗志希很好,为什么有许多人批评、攻击他?"①

四是加强图书仪器及校舍建设设备。其中最重要的是扩建图书馆,罗家伦对此一直颇为得意。罗氏在任期间,在原馆的基础上翼造一个很大的阅览室,中有可容一千人读书的座位:"这一个大阅览室,不但可以引起大家读书的兴趣,而且可以使一个学生进去之后,可以发生一种庄严伟大的印象,不禁油然而生好学之心。"杨绛在多年之后回忆起来,还说:"我在许多学校上过学,最爱的是清华大学;清华大学里,最爱清华图书馆。"②

罗家伦在清华被驱以后,于1932年被任命为国立中央大学校长,在其就职演说《中央大学之使命》中,以"为中国建立有机体的民族文化"作为中大的使命,而要达到这种使命,必先要养成新的学风,这便是被今日的南京大学沿为校训的"诚、朴、雄、伟"。这四字之中的前两字"诚"、"朴",皆是针对时弊(以学问为"升官发财的途径"和"以学问做门面,做装饰,尚纤巧,重浮华"),强调潜心学术的精神:"所谓诚,即谓对学问要有诚意,不以它为升官发财的途径,不以它为取得文凭资格的工具。对于我们的使命更要有诚意,不做无目的的散漫动作,坚定地守着认定的目标走去";"朴就是质朴和朴实的意思",要学习从前讲朴学的人"每著一书,往往费数十年;每学一理,往往参证数十次"的精神,"从笃实笨重上用功","崇实而用笨功,才能树立起朴厚的学术气象"。③ 他亲为中央大学所做的校歌即有"励学敦行,期负举世所属望。诚朴雄伟见学风,雍容肃穆在修养。器识为先,真理是

---

① 王世杰:《我对罗先生三点特别的感想》,《传记文学》,第30卷,第1期,第24页,见苏云峰:《从清华学堂到清华大学:1928—1937》,生活·读书·新知三联书店,2001年,第33页。
② 杨绛:《我爱清华图书馆》,2001年3月26日《光明日报》。
③ 罗家伦:《中央大学之使命》,《南大百年实录》,南京大学出版社,2002年,第299页。

尚；完成民族复兴大业，增加人类知识总量"之语。①

在罗家伦以后，清华大学又经过两次驱长风波，分别赶走了阎锡山系的乔万选和蒋介石派来的吴南轩，最后由梅贻琦接任，终于稳定了下来。梅贻琦敦厚温和，在和教授的关系上，充分尊重教授会的权力，最大限度地实行了"教授治校"，而在办学理念上也延续了此前的"学术化"，"希望清华在学术方面应向高深专精的方面去做"，以"研究学问"和"造就人才"为目的。② 梅贻琦所做的一切也都是在淡化校长的个人色彩，努力为清华师生创造一个自由而有序的适合研究学问、培养人才的良好氛围。

第二节 "创造性文化生活"的营造

从理论上来说，源自德国的"发展知识"的现代理念在给大学带来极大活力的同时，也很有可能肢解传统书院式大学氛围和学生培养模式的整体性。"研究高深学问"的宗旨强调学术研究，重知识之发展而轻文明的传承，学术的专精化与学科的细致化导致学术与人生的分离；重教师的科学研究而轻师生间的交流，"教"与"学"的重要性相对降低，容易使大学"科研机构"化。

这样的大学显然是不完整的。耶士陪（Karl Jaspers）针对这种状况就曾经指出，"大学乃是一师生聚合以追探真理为鹄的社会"，"大学乃为对知识有热情之人而设。真正的大学必须具有三个组成，一是学术性之教学，二是科学与学术性的研究，三是创造性之文化生活。三者不可分，分则必归于衰退"，"在教学与研究之外，大学更应措意于创造性之文化情调。从理想上说，师生之间应该有苏格拉底式的对话"。③ 在这

---

① 罗家伦：《中央大学之回顾与前瞻——民国三十年七月在国立中央大学全体师生初次惜别会中讲》，见罗久芳编著：《罗家伦与张维桢：我的父亲母亲》，百花文艺出版社，2006年，第165页。
② 梅贻琦：《梅校长到校视事召集全体学生训话》，《清华大学史料选编》，第2卷（上），清华大学出版社，1991年，第219页。
③ 金耀基：《大学之理念》，生活·读书·新知三联书店，2001年，第5—6页。

种氛围中，大学（书院）、教师、学生，三者形成一个有机的整体，同是这个谈论、追求真理的"学人社会"必不可缺的一部分。

不过，这种分野也并不是绝对的。首先，既然大学为"纯粹研究学问之机关"，则创造一个自由宽松的"学人社会"本是题中应有之义，学生徜徉其中，自然受到学术的熏陶。其次，大学所以为大学而非科研机构者，便因为学生的存在，作为其重要组成部分的教学活动是无可避免的，现代大学中固然很难形成如古代书院中那种"从游"的师生关系，但在一个学术自由的大学里，努力营造一种"创造性之文化生活"亦并非完全不可能。第三，中国传统学术尤其是私学、书院精神的影响也不可完全忽视。尽管中国大学一百年的发展，现代化、分科化是主流，在制度上几乎完全照搬西方模式（日本、德国、欧美）——以至于西人 Ruth Hayhoe 将中国现代教育的发展历程称之为"欧洲大学的凯旋"①——切断了古代书院的传统，外之"别求新声于异邦"，内之则未能"弗失固有之血脉"，不曾实现传统的"现代性转化"。关于这一点，我以为更多的是从显在的制度层面着眼，至于潜在的精神层面，尽管在注重"研究"、"发展"知识和学科细化的大学内不可能完全实现古代书院式的师生从游，但对于传统书院的完整人格教育精神的呼声一直存在，尤其是自动研究精神在和西方 Seminar 制度结合以后，得到延续，一定程度上保留了传统书院的师生关系和教育方式。

中国现代大学的创办者们多是传统士子，这一点已为不少研究者所提及，蔡元培、张伯苓、叶恭绰等固不必说，即便是稍后一些的胡适、梅贻琦、任鸿隽这些欧美留学生，早年也多受过较为严格的传统教育，所以他们常以古代典籍、私学传统或书院精神比附现代大学制度。他们在现代大学形成以后也都认识到现代大学的构成中传统书院精神的缺席，因而对此多方宣扬，这对于当时的大学校园（如北大和五四以后尤其是1928年后的清华）中师生坐而论道的活泼空气的形成，是有所贡

---

① 陈平原：《大学之道——传统书院与二十世纪中国高等教育》，《大学何为》，北京大学出版社，2006年，第4页。

献的。

蔡元培曾屡屡以古代经典中的语汇来申明大学的精神，如以《礼记·中庸》中的"万物并育而不相害，道并行而不相悖"之语来譬拟现代大学之"囊括大典，网络众家"，论证其"思想自由"、"兼容并包"主张。① 胡适直至晚年还对一些代表书院精神的格言念念不忘，如龙门书院（胡适的父亲胡传曾在此进修）推崇的"为学要不疑处有疑，才是进步"和"南菁书院"山长黄以周的横幅"实事求是，莫作调人"等。而胡适的治学路径更是深受宋儒影响，以至于唐德刚认为他骨子里是位理学家，实验主义只是表面账。② 唐的这一评价，不仅仅适用于胡适。

当时的另一位教育家任洪隽亦从《礼记·学记》出发探讨大学教育的目的，"古之教者，家有塾，党有庠，术有序，国有学。一年视离经辨志，三年视敬业示群，五年视博习亲师，七年视论学取友，谓之小成；九年知类通达，强立而不反，谓之大成"。据此，他认为中国古代大学"人格教育重于求知的教育"，而西方大学的目的，"是偏重于学问技术一方面的；至于立身行己一方面，教员学生间的自然感化或者有之，但却不是他们设学的重要目的"。任氏认为中国现代大学创办几十年，几乎完全失败，即在于一面忽略传统的全人格教育，师生疏离，造成教员对于学生的不负责任，一面是学生将大学当成发放文凭的场所，缺乏研究学问的精神。③

二十世纪三十年代后长期担任清华校长的梅贻琦也以古代学子从师受业之"从游"关系为参照来提倡大学内教师对学生整体人格的熏陶濡染，批评当时存在的师生关系只传授知识而缺乏精神交流的状况：

---

① 蔡元培：《北京大学月刊》发刊词，见高平叔编：《蔡元培全集》，第3卷，中华书局，1984年，第211页。
② 胡适口述，唐德刚译注：《胡适口述自传》，安徽教育出版社，2005年，第13、288页。
③ 任洪隽、陈衡哲：《一个改良大学教育的提议》，《现代评论》，第2卷，第39期，第10—13页。按：《礼记·学记》中的相关文字一般记为："古之教者，家有塾，党有庠，术有序，国有学。比年入学，中年考校。一年视离经辨志，三年视敬业乐群，五年视博习亲师，七年视论学取友，谓之小成；九年知类通达，强立而不反，谓之大成"，与任文所引略有出入。

> 学校犹水也，师生犹鱼也，其行动犹游泳也，大鱼前导，小鱼尾随。是从游也，从游既久，其濡染观摩之效，自不求而至，不为而成。反观今日师生之关系，直一奏技者与看客之关系耳，去从游之义不綦远哉！此则于大学之道，体认尚有未尽实践，尚有不力之第二端也。①

这种"游"的精神，也正是中国古代私学和书院的教育方式。在传统教育中，导师（或书院的山长）虽然也升堂讲学，但更多的是靠学生自修，是一种"论语"式教学法：学生在具体情境下，向导师提出具体的问题，从解答中获得修身与治学的路径。② 如朱熹就声称"某只是做个引路底人"，"有疑难处，同商量而已"，"事事都用你自去理会，自去体察，自去涵养，书用你自去读，道理用你自去探索"。③ 因而书院还提倡师生及学生之间的互相辩论，"往复诘难"，定期开展"讲会"，所谓"其辨愈详，其义愈精"，《朱子语类》便是师生质疑问难时言论记录的分类编纂。

金耀基在论及规模较小的书院生活时，对其优点曾多有褒扬，以为："在师生经常接触的基础上，提供较多的机会，使不同专长的教师间有对话，这种对话是经常的，是较不拘形式的，也因此自然会形成一种知识性、社群性与文化性的沟通，这不但有更多的可能性使书院成为一有机的'学人社会'，且有更多的可能性帮助学生发展其'德育'。我这里所谓之'德育'是指学生的'品行之养成'，而不是一种狭隘或独断的政治上或宗教上一派一宗的思想或教条的洗礼。"④

---

① 梅贻琦：《大学一解》，见杨东平主编：《大学精神》，辽海出版社，2000年，第72页。
② 布勃说："笼统地口授什么是善，什么是恶，不是他（教师）的责任。他的责任是回答具体的问题，回答在一特定的情境下什么是对的，什么是错的问题，这，我说过，只有在一种有信赖的气氛下才能发生。"转引自金耀基：《大学之理念》，生活·读书·新知三联书店，2001年，第20—21页。
③ 朱熹：《朱子语类》，见李国钧等主编：《中国书院史》，湖南教育出版社，1998年，第202页。
④ 金耀基：《大学之理念》，生活·读书·新知三联书店，2001年，第20页。

这种松散而有浓厚学术氛围的"学人社会"显然有助于思想自由的环境的养成和学生全人格教育目标的实现。注重文明的接续、学问的养成和人格之修养、感化，这在中西双方的传统书院中是有着相通之处的。西方的"博雅教育"，培养"Christian Gentleman"的理念一直在剑桥、牛津这样的大学中得到延续，而中国从孔子开始以培养符合儒家理想的"士"、"君子"为目标的私学、书院教育则在对西方现代大学体制的学习中基本被抛弃。不过我们也应该看到，中国最早办现代教育的知识分子也注意到了这一点，并曾经做过弥补的努力。

传统书院中最为现代教育家津津乐道并引入大学的是其"自动研究精神"和"导师制"。蔡元培以现代大学理念改造北大，曾痛批旧书院抱残守缺的恶习，以为"（吾国学子）或以学校为书院，媛媛姝姝，守一先生之言，而排斥其他"，将"网罗各方面之学说"、增加同校教员、学生"交换知识之机会"作为创办《北京大学月刊》的主要目标之一。① 但是针对现代高等教育之弊，他又曾极力揄扬传统书院精神，欲兼取二者之长。1922年有人在湖南创办自修大学，因为其"组织大纲"的"注重研究、注重图书馆、实验室"全与蔡元培的理想相合，蔡氏"欢喜得不得了"，欣然为其题词，并批判当时的大学"取法欧美，建设学校；偏重分班授课、限年毕业之制。书院旧制荡然无存"，不仅在学习西方"极深研几之业"方面不能令人满意，并连中国古代自孔、墨以至书院的研习专门之学的精神都一并抛弃。因而他视湖南自修大学"购置图书，延聘导师，因缘机会，积渐扩张。要以学者自力研究为本旨，学术以外无他鹄的"的办学方式为"合吾国书院与西洋研究所之长而活用之"的，其组织足可为各省的模范，其主义是"颠扑不破"的。②

蔡元培对湖南自修大学的推重，自然是只看"组织大纲"的结果，他以为该大学将一省学者聚在一起研究高等学问，推行教育事业，既和

---

① 蔡元培：《北京大学月刊》发刊词，见高平叔编：《蔡元培全集》，第3卷，中华书局，1984年，第211页。
② 蔡元培：《湖南自修大学介绍与说明》，见高平叔编：《蔡元培全集》，第4卷，中华书局，1984年，第245—247页。

他的教育理想相合，又吸取了传统书院的"自动研究精神"以纠补当时高等教育的弊病。不过实际上后来的湖南自修大学并没有达到蔡的理想。相较于研究高深学术，湖南自修大学毋宁更倾向于基础知识的补习和革命道理的传播，其所谓的打破学术的神秘性其实是将"高深学问"降低到补习班的水平——这是违背蔡元培的大学教育理想的。而实际上湖南自修大学的创办者也不会对"纯粹研究学问"真正发生兴趣，他们一开始意欲创办的实际上是"工学互助团"，之所以改为"自修大学"，是他于1920年1月15日拜见胡适"谈湖南事"的结果，① 创办"自修大学"其实是胡适的主张。

胡适其时正对流行于新知识分子间的"工读互助团"感到不满，在两个多月后的一篇文章中批评提倡工读的人其实并不忠于"工读"二字，只不过是要借"工读"之名来试验自己的"新生活"与"新组织"，其主要弊端有二：一是"工作的时间太多——每天七时以上十时以下——只有工作的时间，没有做学问的机会"，工而不读；二是"做的工作，大都是粗笨的简单的机械的不能引起做工的人的精神上的反应。只有做工的苦趣，没有工读的乐趣"，为"工"而"工"，只是"挨役"。② 那"采取古代书院与现代学校二者之长"以补"现代制度之缺失"的"组织大纲"③ 也是经胡适修改而成的。胡适对于古代书院"自修与研究精神"的鼓吹，可见于1923年底应东南大学之邀所做的一次演讲：

> 书院之真正的精神惟自修与研究，书院里的学生，无一不有自由研究的态度，虽旧有山长，不过为学问上之顾问；至研究发明，

---

① 曹伯言整理：《胡适日记全编》，第3卷，安徽教育出版社，2001年，第61页。
② 胡适：《工读试行的观察》，《胡适文集》，第2卷，北京大学出版社，1998年，第559—563页。
③ 该大纲的第一章第一条"宗旨及定名"如下：本大学鉴于现在教育制度之缺点，采取古代书院与现代学校二者之长，取自动的方法，研究各种学术，以期发明真理，造就人材，使文化普及于平民，学术因流于社会，由湖南船山学社创设，定名"湖南自修大学"。（因而招生只凭学力，不限资格；学习方法以自由研究，共同讨论为主。教师负提出问题，订正笔记，修改作文等责任。学生不收学费，寄宿者只收膳费。）高平叔编：《蔡元培全集》，第4卷，中华书局，1984年，第247—253页。

仍视平日自修的程度如何。所以书院与今日教育界所倡道尔顿制的精神相同。在清朝时候,南菁、诂经、钟山、学海四书院的学者,往往不以题目甚小,即淡漠视之。所以限于一小题或一字义,竟终日孜孜,究其所以,参考书籍,不惮烦劳,其自修与研究的精神,实在令人佩服!①

胡适认为中国传统书院和当时教育界所倡的"道尔顿制"精神相同,试图沟通传统书院精神和现代大学教育制度。在传统的教育中,学生在追随导师问学的过程中,在师生坐而论道或相从优游山水之中,感受其言传身教,培养独立研究的能力,得到精神上的熏染。自修精神和相互质疑问难则显然有助于自主研究的学术性格的养成和类似于西人所谓的"学人社会"的形成。不唯如此,传统士人追求古圣先儒之道和近世程朱陆王的性命之学,强调学习圣人的道德修身,以"修身齐家治国平天下"为最高理想,希圣希贤,注重培育一种重学问道德而轻功名仕禄的研究风气,② 亦与现代西方大学"为学术而学术"的精神有一定的相通之处。蔡元培所谓的"大学为纯粹研究学问之机关,不可视为养成资格之所,亦不可视为贩卖知识之所。学者当有研究学问之兴趣,尤当养成学问家之人格",③ 在这一层面上,其实也可视作是对中国古代私学、书院传统的一种接续。由此,蔡元培读了湖南自修大学的组织大纲之后"欢喜得不得了",以为其主义是"颠扑不破",也就不难理解了。

任鸿隽的观点亦与蔡、胡相合,任文在对于中西大学教育目的进行比较,批评中国现代大学教育的失败之后,提出补救办法,亦认为应当"参合中国书院的精神和西方导师的制度,成一种新的学校组织",一方

---

① 胡适:《书院制史略》,《胡适文集》,第12卷,北京大学出版社,1998年,第452页。
② 如朱熹就曾批评当时"师之所以教,弟子之所以学,则忘本逐末,怀利去义,而无复先王之意。故学校之名虽在,而其实不举"的追逐仕禄之风。陆九渊受朱熹之邀到白鹿洞书院讲解"义利之辨",批评"惟官资尊卑禄廪厚薄是计者",听讲学生中竟有人感动至流涕,被后人传为佳话。朱熹和陆九渊二人在关于理学修习的门径上虽大有不同,在重"义"轻"利"方面,却是一致的。见李国钧等主编:《中国书院史》,湖南教育出版社,1998年,第188页。
③ 蔡元培:《北大一九一八年开学式演说词》,见高平叔编:《蔡元培全集》,第3卷,中华书局,1984年,第191页。

面弥补只重知识传授而忽略人格养成的弊端，另一面又避免传统书院组织过于简单的缺失。①

传统大学在现代化、分科化转变的过程中，必然遭遇的另一个问题，即是培养"专家"与"通才"之间的矛盾。这是任何一个高等教育家都必须面对但又都无法解决的难题，原因就在于现代大学教育理念本身和知识的分科化、专精化与"通才"教育之间天然的不合。在传统社会，所谓学术往往只相当于现在的人文学科，学术本身就是一个整体，甚至学术与人的生活、与修身养性和人格培育都是和谐统一的。古代学术虽然也往往分为不同的门科，但有一个共同的目标指向。比如孔门教育虽分"德行、言语、政事、文学"四科，而其目的则是培养达则兼善穷则独善的君子儒。知识传授与人格陶冶也浑然一体，按照钱穆的说法，中国传统教育之主要精神，"尤重在人与人间之传道。既没有如各大宗教之有教会组织，又不凭藉固定的学校场所。只一名师平地拔起，四方云集，不拘形式地进行教育事业，此却是中国传统教育一特色"。②而在现代社会中，知识总量增加，学科分裂，各自深入发展，尤其是人文科学和自然科学之间，隔行如隔山。所谓"通才教育"要么只有降低水准，落实到泛泛而谈的层次，要么就是通过选课的方式强行整合，东拼西凑，最好的情况也只是造就所谓的 T 字形人才：专精于某一领域，于其他领域具有所谓的"高等常识"。

当时提倡"通才教育"最力的是清华，这或许也因其曾作为留美预备学校，"美国化"最为严重，所以要通过这一方式予以弥补。1938 年，担任西南联大教务长的清华教授潘光旦曾发表过一份《读二十七年度统一招生报告》，批评当时现代高等教育的三种弊端，即：重知识传递与发展而轻人格培养、情感陶冶及意志的锻炼，重实科（理工科）轻文法

---

① 任洪隽、陈衡哲：《一个改良大学教育的提议》，《现代评论》，第 2 卷，第 39 期，第 10—13 页。
② 钱穆：《中国历史上的传统教育》，《国史新论》，生活·读书·新知三联书店，2001 年，第 200 页。

科,于理科中又重应用而轻理论。①

第一点是由现代教育的特点所决定的。近现代以来,随着知识总量的增加,学术科目的细化,百科全书式的知识分子和书院山长式的全能学者不复存在。而现代大学,学生要从不同教师学习,从每个教师处所得到的也必然都是知识的片段,很难得到整个的知识与道德的传授与感化。传统所谓的"通识教育"也并不是各门知识的综合,而是通德通识,"有了通德通识,乃为通儒通人"。②而这些,在现代教育体制下,则显然都难以顾及。人格锻炼和情感陶冶虽然不断为有识者提及,但在具体实施上面,也不易落实,仍然是止于提倡而已。

至于第二点和第三点,亦与中国在近现代的特殊历史境遇有关。中国自近代为东西方列强的坚船利炮打开国门以来,痛定思痛,开始了漫长的"保种强国"之路。科技由传统的"奇技淫巧"一跃而变成了"第一生产力",从李鸿章等的洋务运动到当代的"科教兴国",无不如此。这和"反智论"③相结合,很容易在形成"科技崇拜"的同时导致对人文知识的忽略和对人文知识分子的轻视。重实科,尤其是重应用科学,正是近代以来中国人的"救亡心态"和"强国梦想"的一种自然反应。

清华校长梅贻琦以《大学》解大学,将大学的功用以"明明德"(自我修养)和"新民"(贡献社会)来概括,但又认为当时的大学在两个方面有所阙失,即:体认尚有未尽,实践尚有不力。所谓体认未尽,指的是大学全人格教育方面的阙失,当时的大学教育所触及的只是人格的片段,而非整体。梅贻琦从心理学的角度指出,整个的人格至少应包括知、情、志三个方面,而此三方面者皆有修明之必要。但当时大学所关注的仅仅是知识传授一方面,而且即便是在这一点上,也多有需要改进之处。原因在于教育应当强调学生的自动研究精神,要"善诱"、"善

---

① 潘光旦:《读二十七年度统一招生报告》,见杨东平主编:《大学精神》,辽海出版社,2000年,第211—220页。
② 钱穆:《中国历史上的传统教育》,《国史新论》,生活·读书·新知三联书店,2001年,第198页。
③ 余英时:《中国知识分子论》,河南人民出版社,1997年,第35—75页。

喻"，以收举一反三之效，而非机械的、填鸭式的灌输。

至于情绪和意志方面，梅贻琦认为主要依靠两端："一为教师之树立楷模，二为学子之自谋修养。"这二者都是课外功夫，学生"意志的锻炼"和"情绪的裁节"，依赖于其对自身有修养的教师"濡染所及，观摩所得"，从而产生"不言而喻之功用"，这都是现代大学教育所难以实现的。真正达到如此学养境界，足为学生楷模的教师难得是一方面，现代大学的课堂化，师生在生活中分为隔离的两个部落，几乎没有交集，缺乏整体接触，以至于教师从主观上也根本不以对学生进行人格教育为自己的职责，则是更重要的原因。所以梅贻琦才会慨叹："今日师生之关系，直一奏技者与看客之关系耳，去从游之义不綦远哉！"而学生的自身修养方面，也无暇思索人生的根本问题。原因有三：一，课程繁重，时间不足；二，教育的社会化、集体化剥夺了学生独处的空间，失去了慎独修身、独立思考的可能性；三，缺乏师友以"辅仁进德"，对历史传统缺乏必要的知识储备和情感体验，因而也不可能以古人为友。①

1918年，蔡元培听闻中学教育界有所谓"文实分科"之说，大呼"异哉"，并征引德国教育历史，对此进行批驳，而其时北大鉴于文理分科之弊，则正在提出"文理合并"之议。② 此议后来未得实行，而清华校长梅贻琦力倡的"第一年不分院系"③ 却不仅在清华得以实施。在西南联大时期，由于蒋梦麟和张伯苓都不在云南，梅贻琦实际主持校务，甚至一度兼任教务长，于是这一注重公共课程的通才教育制度便也随之为北大和南开所共同接受。其实，梅贻琦原本所希望的有甚于此，他所

---

① 梅贻琦：《大学一解》，见杨东平主编：《大学精神》，辽海出版社，2000年，第68—81页。
② 蔡元培：《德国分科中学之说明》，见高平叔编：《蔡元培全集》，第3卷，中华书局，1984年，第212页。
③ 其实梅贻琦原本计划前三年不分院系，这显然不太具有实际操作性。

计划的是前三年都不分院系。①

不过梅校长的一片苦心似乎并非每位同学都能理解,清华的学生甚至教师,对此抵触颇多。1934年在《清华副刊》上曾发生过关于这一问题的讨论。11月19日,在"副刊"第42卷5期上刊登了一篇署名"新人"的文章,对于"第一年文理法三院不分院系,工学院分院不分系"的规定产生了怀疑。在这位"新人"看来,第一年不分院系,理由不外乎两端:"(一)注重普遍发展,补充中学普遍学识的不足。(二)将根基扎固,以备将来的深造。"但在他看来,清华的同学是从"四千余名中选取了这么三百多人",自然科学、历史、国文又都是考过的科目,自然不在话下,那么再学这些就只不过是一种重复,是浪费时间了。而且这位"新人"君的文章还透露出这样一个信息,那就是一些被派上公共选修课的教师对"通识教育"也并不热心,如教授"普通生物学"的李继侗先生便说出这样模棱两可的话:"你们大多数是文法学院的学生,当然都不愿意学这门自然科学,不过学校既然定着,于是你们觉得物理太难,化学实验麻烦,马马虎虎学习生物吧,其实教的人也不愿意如此。燕京曾因为学生物的学生不用功学,把教授气得辞职了。其实你们可以下点功夫,因为这是科学的训练。(略)"②但凡事有反对,往往便也有拥护。十余天以后,在该刊第42卷7期上便赫然登了一篇至少从作者署名上看来要比"新人"君资历深厚的"旧人"同学的反驳文章:《读〈论第一年不分院系〉》。不过"旧人"同学虽然论点和"新人"完全相反,但对于他的前提即他所认为的"不分院系"的两端理由却是认可的,只是他对这十几中挑一的清华同学的自然科学和历史、国文程度

---

① 据冯友兰的回忆,"当时教授会经常讨论而始终没有完全解决的问题,是大学教育的目的问题。大学教育培养出来的是哪一种人才呢?是通才呢?还是专业人才呢?如果是通才,那就在课程设置方面要求学生们都学一点关于政治、文化、历史、社会,总名之曰人文科学。如果是专业人才,那就不必要有这样的要求了。这个分歧,用一种比较尖锐的提法,就是说,大学教育应该是培养'人',还是制造'机器'。这两种主张,各有理由,屡次会议都未能解决。后来,折中为大学一、二年级,以'通才'为主,三、四年级以专业为主"。(冯友兰:《三松堂自序》,《三松堂全集》,第1卷,河南人民出版社,2001年,第288页。)
② 新人:《清华副刊》第42卷5期,《清华大学史料选编》,第2卷(上),清华大学出版社,1991年,第237—239页。

颇有怀疑，因而认为不分院系很有必要。① 既然"旧人"既以资历教训"新人"，这方法自然不免为人所模仿，于是便有一位"老古"君来"申论""一年级不分院系"。这位"老古"引"新人"为知音，对其所论进行了更进一步的阐发。在"老古"看来，所谓"一年级之不分院系，不外旧学制预科之借尸还魂而已"，是"使已受预科教育之人，重复再习变相预科之课程"，是自相矛盾的，不仅浪费了第一年的时间，还连带导致后三年课程系统的紊乱。② 半年以后尚有一位从署名上看来似乎资历更深的"学圣"君在批评学校的考试制度并建议开办暑期学校时又提及此次讨论，认为"社会组织不是单方面所构成，社会上各分子之职务，各有其重要性，而同立于水平线上。且各种学科都有连环性，不能个别分离。吾人所学，一方面固须力求其精专；一方面对于其他普通知识，亦不厌求其广博"，并以此来作为其学校应开暑期学校之说的论据。③

从以上这些讨论，我们可以看得出来，梅贻琦的"通才教育"在具体实施上是存在一定困难的。"通才教育"其实也正是一个世界性的难题，现代大学专精化的趋势与通识教育培养通才和培育健全人格的目标之间天然有着巨大的分歧。"通才教育"的美好追求与其实际操作上的不可能性形成悖论，所以使得它不断受挫，而又不断被尝试。

值得注意的是，文学院内部的"通才教育"却在学生的追忆中得到比较高的评价。或许是文学院内部的课程具有更强的相通性，学科之间的"壁垒"较小，容易冲破，当然也可能是凡事隔了几十年的历史往回看去都不免"美好"起来，当年在西南联大外文系读书的许渊冲在回忆起大学时光，提到中文系、历史系所开的公开课时仍不免十分神往，尤其是"大一国文"的"强大阵容"多年以后他还记忆犹新：

---

① 旧人：《清华副刊》第42卷7期，《清华大学史料选编》，第2卷（上），清华大学出版社，1991年，第239—241页。
② 老古：《申论一年级不分院系》，《清华大学史料选编》，第2卷（上），清华大学出版社，1991年，第241—242页。
③ 学圣：《改革本校考试制度刍议》，《清华大学史料选编》，第2卷（上），清华大学出版社，1991年，第250页。

这一年度的"大一国文"是空前绝后的精彩：中国文学系的教授，每人授课两个星期。我这一组上课的时间是每星期二、四、六上午十一时到十二时，地点在昆华农校的三楼。清华、北大、南开的名教授，八仙过海，各显神通，如闻一多讲《诗经》，陈梦家讲《论语》，许骏斋讲《左传》，刘文典讲《文选》，罗庸讲《唐诗》，浦江清讲《宋词》，鲁迅的学生魏建功讲《狂人日记》，还有罗常培、唐兰等教授也都各展所长，学生大饱耳福。①

这似乎也在提醒我们，"通才教育"、"不分院系"在现代学术体制下，应该是适当地在有亲缘关系的院系中开展，而不当不顾情由，强行整合。

当时的大学可以视为在一定程度上弥补了或者试图弥补这些现代高等教育制度弊端的努力，除了试图培养通才的"文理合并和第一年不分院系"以外，还有如下两端：创办刊物；导师制和学生生活指导委员会等促进师生课外交流的措施。

刊物是近现代以来出版业发达的产物，形成了一种全新的社会空间。在大学校园中，虽然师生之间和同学之间不可能保持传统书院的从游和经常性的相互辩难质询的关系，但是校园刊物却成为一个非常活跃的思想发表和辩论的平台。自从大学现代化尤其是五四运动以来，大学校园内就逐渐产生大量的文艺团体和校园刊物。参与创办刊物的师生因共同的编辑工作而发生了较多的接触，刊物主编召集的经常性的聚会和沙龙也很自然地促进了思想和情感的交流。不唯如此，综合性的学术刊物还具有打破学科界限、沟通不同学科的效用，蔡元培在《北京大学月刊》的发刊词中认为之所以要牺牲一部分研究学术的时间来创办刊物，是因为学术刊物有三重功用，其中第二点即为"破学生专己守残之陋

---

① 许渊冲：《追忆似水年华》，见缪名春等编：《老清华的故事》，江苏文艺出版社，1998年，第238页。

见":

> （略）治文学者，恒蔑视科学，而不知近世文学，全以科学为基础；治一国文学者，恒不肯兼涉他国，不知文学之进步，亦有资于比较；治自然科学者，局守一门，而不肯稍涉哲学，而不知哲学即科学之归宿，其中如自然哲学一部，尤为科学家所需要；治哲学者，以能读古书为足用，不耐烦于科学之实验，而不知哲学之基础不外科学，即最超然之玄学，亦不能与科学全无关系。有《月刊》以网罗各方面之学说，庶学者读之，而于专精之余，旁涉种种有关系之学理，庶有以祛其褊狭之意见，而且对于同校之教员及学生，皆有交换知识之机会，而不至于隔阂矣。①

为了更大程度地发挥教师对学生的"濡染"作用，学校还积极想办法增加师生课外的接触。以清华大学为例，在1934年开始试行导师制，并于1936年成立学生生活指导委员会。根据1936年9月14日评议会通过的《国立清华大学试行导师制办法》和《国立清华大学学生生活指导委员会简章》，导师制的目的是"为指导学生学业及一般生活"，而学生生活指导委员会则是在于"审议并辅导关於学生团体生活之事项"②。此外，清华还有级友会，这些都在一定程度增加了师生间的交流，都是兼采中国书院制度和西方导师制所做的对于现代高等教育不足之处的补充。

当然，培养目标上从"通才"到"专家"，教学规模上从小到大，师生间的接触从紧密到疏远，这些归根结底都与大学教育宗旨的变化有关。传统的大学教育是精英教育，是贵族式教育，培养的是为数不多有地位有教养的通人，尽可以"小"，而现在的高等教育是国民教育，要

---

① 蔡元培：《北京大学月刊》发刊词，见高平叔编：《蔡元培全集》，第3卷，中华书局，1984年，第211页。
② 《国立清华大学试行导师制办法》第一、二条，《清华大学史料选编》，第2卷（上），清华大学出版社，1991年，第185页。

培养合格的有公民意识的有一技之长可以为社会服务的现代公民,因此不得不"大"。研究生教育或许还可以部分带有传统书院"从游"之义和实行导师制,让学生追随导师学习知识的同时,亦感受其人格,但是在本科生教育中,则根本难以实现。

与西方现代大学理念相比,传统方面的影响在中国现代大学建构中的作用确实不宜过分夸大。在当时及以后真正试图整个地接续书院传统的大学倒是唐文治创建的无锡国学专修馆和钱穆创办的新亚书院等,而占据主流地位的现代高等教育则显然只可能是创办西方意义上的大学,私学、书院的传统与精神仅仅是作为一种补充,或做部分的对接,是辅助的而非主要的,是片段的而非整体的,真正对中国现代大学起决定性影响的还是源自西方的现代大学制度。

第二章

从"桐城派"到"新青年"

中国高等教育开始走向现代,源于晚清的壬寅癸卯学制。在1904年发布的《奏定任用教员章程》中,对于教员聘任有如下要求:大学堂正教员,"以将来通儒院研究毕业,及游学外洋大学院毕业得有毕业文凭者充选。暂时除延访有各科学程度相当之华员充选外,余均择聘外国教师充选"。副教员则依此标准略降一等级。① 明显体现出中西混合的特点,符合当时"中体西用"的指导方针。而随着时局的变化,则日益显现出"中"不如"西"的趋势。

第一节 "桐城派"与"太炎学说派"

有清一代,学术以朴学为正宗,文章则桐城派影响最大,尤其是"同治中兴"以后,经曾国藩等人揄扬,桐城文章更为兴盛。桐城派大本营本在河北莲池书院,先后由张裕钊、吴汝纶主持。庚子事变之后,清廷重议兴学之事,任命张百熙为管学大臣,张即"奏荐桐城吴先生学行高,兼综中西,可以师多士"。② 吴汝纶随后以总教习身份赴日考察,只是归国后不久即病死。不过京师大学堂中,桐城一派教员不在少数

---

① 《奏定任用教员章程》,《中国近代教育史资料汇编·学制演变》,上海教育出版社,2007年,第432页。
② 马其昶:《吴先生墓志铭》,见钱基博:《现代中国文学史》,中国人民大学出版社,1999年,第147页。张百熙奏折中还称吴汝纶"主保定莲池书院多年,生徒化之,故北方学者以其门称盛,允为海内大师。以之充大学堂总教习,洵无愧色",见王学珍等编:《北京大学纪事》,北京大学出版社,1998年,第6页。

(见表一)，此外另有一些与桐城派关系密切的教职员①：

表一

姓　名	籍　贯	在京师大学堂任职时间及科目	备　注
严复	福建	光绪二十八年三月任译书局总办；民国元年曾任北京大学校长	
吴汝纶	桐城	光绪二十八年始任京师大学堂总教习	
马其昶	祖籍六安，始祖明永乐间入赘桐城马氏	宣统二年元月至三月任经文科教员	吴汝纶、张裕钊弟子；姚永朴、姚永概姐夫
姚永朴	桐城	宣统二年至民国六年三月任经文科教员	
姚永概	桐城	一度担任北京大学文科教务长	
林纾	福建	光绪二十八年任译书局笔述；光绪三十二年至宣统元年任经学教员；宣统二年至民国二年任经文科教员	

汪凤藻，江苏元和人，宣统元年正月至三年四月任大学格致科监督；汪凤池，江苏元和人，光绪二十八年起担任杂务提调，光绪二十九年至三十二年间任兼办斋务提调；张鹤龄，江苏武进人，于光绪二十八年担任副总教习，吴汝纶去世后一度主持教务；林启，宣统元年至民国元年担任大学法政科监督；孙雄，宣统元年至民国元年担任大学文科监督；陈衍，光绪三十三年后屡屡担任经学教员、经文科教员（光绪三十四年十二月离职，宣统二年来任，三年十一月离职，民国元年八月来

---

① 陈万雄《五四新文化的源流》一书中，将汪凤藻、严鹤龄、林启、孙雄、陈衍等人皆视为桐城古文派中坚人物，似有未确，尤其是陈衍，对桐城一派多有微词，只是在新文化运动以后，他们在反对新文化派的立场上才显得一致，与其说他们是桐城派，毋宁说是旧派。

校,二年三月离职,十二月来校,十一月辞职,四年一月来校三年)。①

民国以后,桐城派逐渐衰落,取而代之的是"太炎学说派"②。"太炎学说"本盛于东南③,在北大乃至整个北方学术界产生影响,始于1913年前后。1912年校长严复辞职后,几经周折,1913年何燏时接任,不到一年,何燏时也因事辞职,1914年由时任工科学长的胡仁源接任,夏锡祺为文科教务长。何、胡、夏三人皆为浙江籍,章太炎在当时则是"有学问的革命家",北大在邀请其本人不得的情况下,大量引入其友人、弟子,朱希祖、马裕藻、沈兼士、钱玄同、黄侃等陆续进校。沈尹默并未从太炎受过业,也因其弟沈兼士的关系被误认,得以顶着"太炎门生"的招牌执教北大。④ 更晚一些则有朱蓬仙、刘文典、周作人、周树人等太炎门生,以及太炎的老友田北湖、黄节等人先后进入北大任教。后来关于北大的所谓的"某籍某系"、"太炎门生"之说即源于此。据当时在北大就读的杨亮功回忆,"最初北京大学文科国学者以桐城派文学家最占势力,到了我进北京大学的时候,马通伯(其昶)和姚仲实

---

① 上述(含表一)诸人履历参考以下材料:《京师大学堂历任负责人》、《教习执事题名录(光绪二十九年至三十二年)》、《分科大学经文两科职教员名单(宣统二年)》、《职教员名单》(见北京大学校史研究室编:《北京大学史料》,第1卷,北京大学出版社,1993年,第67—68、329—346页)。此外并参考钱基博《现代中国文学史》中的《马其昶》部分(钱基博:《现代中国文学史》,中国人民大学出版社,1999年,第146—155页),陈万雄《五四新文化的源流》一书第二章第一节《清末民初时的北大》(陈万雄:《五四新文化的源流》,生活·读书·新知三联书店,1997年,第25—26页)。

② 由于教员之间的结合,本便松散,结合之由,更牵涉到地缘、学缘等因素,除去少数核心成员外,某人与某派之间往往很难确定明晰的从属关系,而以不同的标准划分,同一人也可归入不同群体。本书在论述时,尽量与具体语境结合,围绕核心人物论述,避免泛泛而谈,误贴标签。关于与章太炎相关的一派,已有著述中多有论及,或称为"太炎门生派",或称为"浙籍",或"某籍某系",此后又因与李石曾等人立场接近而被人笼统称为"法日派",所指多有重合,亦有未确之处,因为可视为这一群体者,或本不是太炎门生而被视为太炎门生者(如沈尹默),或有虽为太炎门生而实为此群体所排斥者(如吴承仕),或有本是太炎友人而与之接近者(如田北湖、马叙伦、刘师培、黄节等),而在此群体外亦有虽为浙籍而对之多有不满者(如单不庵等)。太炎门生中虽多留学日本,但亦不尽然。故此处姑且名之为"太炎学说派"。下文提及时,根据语境,略做调整。

③ 胡朴安:《民国十二年国学之趋势》,见桑兵等编:《近代中国学术思想》,中华书局,2008年,第183页。

④ 沈尹默:《我和北大》,见钟叔河编:《过去的大学》,长江文艺出版社,2005年,第22—24页。

（永朴）、叔节（永概）兄弟这一班人皆已离开，代之而兴的为余杭派"。①

这从外部因素看来，章氏乃革命元勋，"太炎门生"又多有留学背景，桐城派则多为遗老，不免被人视作抱残守阙；从学术内在理路来看，汉学家与古文家的冲突贯穿有清一代，考据家轻视词章家的倾向一直存在，桐城一派虽以"义理、考据、词章"自诩，但学术根底不深，一直被汉学家诋为"空疏"。太炎门生或精研小学，或深通经史，皆非桐城文士所能及。

"太炎门生"多有留学经历，相对于桐城派来说，可算是新人，他们进校后很快就展开了"北大第一次的新旧之争"。沈尹默认为太炎门下可分为三派："一派是守旧派，代表人是嫡传弟子黄侃，这一派的特点是：凡旧皆以为然。第二派是开新派，代表人物是钱玄同、沈兼士，玄同自称疑古玄同，其意可知。第三派姑名之曰中间派，以马裕藻为代表，对其他二派依违两可，都以为然。"但是这三派在面对桐城派时，则采取统一立场，"认为那些老朽应当让位，大学堂阵地应当由我们来占领"。② 沈尹默所说的"新派"，固然不满桐城派，其所说的"旧派"，由于对"旧"的取径不同，对于桐城派的攻击更为激烈。（在五四新文化运动以前，在北大文科的文学研究中对桐城古文派构成挑战的主要是黄侃代表的文选派和刘师培代表的"文言说"）

浙籍教员，除去"太炎学说"一派外，其实还有所谓的"温州学派"。关于这一派，胡适晚年曾予提及："你不要以为北大全是新的，那时还有温州学派，你知道吗？陈介石、林损都是。（略）后来还有马序

---

① 杨亮功：《早期三十年的教学生活》，见陈万雄：《五四新文化的源流》，生活·读书·新知三联书店，1997年，第25页。此外如冯友兰在回忆录中也说："在当时的文学界中，桐城派古文已经不行时了，代之而起的是章太炎一派的魏晋文（也可以称为'文选派'，不过和真正的'文选派'还是不同，因为他们不做四六骈体）。"（冯友兰：《三松堂自序》，《三松堂全集》，第1卷，河南人民出版社，2001年，第268页。）
② 沈尹默：《我和北大》，见钟叔河编：《过去的大学》，长江文艺出版社，2005年，第24—25页。

伦（引注：即马叙伦）。"① 陈黻宸，字介石，浙江温州人，癸卯进士，曾任户部主事，光绪三十二年（1906年）曾任京师大学堂历史教习，②号称大儒，与章炳麟、宋恕等人皆有交往，马叙伦与汤尔和都是他在浙江求是学院时的学生，后来和他一起在上海办《新世界学报》。蔡元培回国担任北大校长，便与他们师生三人有关。③ 汤尔和虽然不在北大，但五四前后对于北京教育界有很大的影响力，尤其是蔡元培一度对他言听计从。马叙伦后来的回忆中即曾说，"'五四'运动时，余任北京小学以上各校教职员会联合会主席，而尔和在国立八校校长中实执牛耳，得相配合，以与政府周旋"。④

陈黻宸的两个外甥林辛（次公）、林损（公铎）在1913年后同在北大教书，所谓"师友昆季，世罕厥俦"。⑤ 他的侄子陈怀（原名商，字辛白，又字孟冲）在他去世以后也曾担任北大讲席。⑥ 只是陈黻宸去世较早（1917年），林损饮酒使气，马叙伦屡次离开大学担任行政职务，所以所谓的"温州学派"其实不成气候，无论从人数或是凝聚力方面，都不能与所谓的"太炎学说派"（"法日派"）或"英美派"相提并论，相较而言，在立场和情感方面，相对更接近太炎一派而与胡适等人的"英美派"疏远。⑦

---

① 胡颂平编：《胡适之先生晚年谈话录》，中国友谊出版公司，1993年，第61页。
② 《北京大学廿年纪念册·分科大学经文两科职教员名单》，见北京大学校史研究室编：《北京大学史料》，第1卷，北京大学出版社，1993年，第341页。
③ 马叙伦：《我在六十岁以前》，岳麓书社，1998年，第35—36页。
④ 马叙伦：《汤尔和晚节不保》，《石屋余沈·石屋续沈》，山西古籍出版社，1995年，第187页。
⑤ 徐英：《林先生公铎墓表》，见卞孝萱等编：《民国人物碑传集》，团结出版社，1995年，第471页。
⑥ 陈汉章：《国立北京大学教授陈君墓志铭》，见卞孝萱等编：《民国人物碑传集》，团结出版社，1995年，第457页；又参见1922年《国立北京大学职员录》，见王学珍、郭建荣主编：《北京大学史料》，第2卷第1册，北京大学出版社，2000年，第381、394页。
⑦ 当然，汤尔和、马叙伦等人与太炎门生之间也并非亲密无间，尤其是汤尔和、马叙伦与沈尹默之间，互相多有防范。

第二节　陈独秀与"新青年"作者群

北大文科教员结构的又一次变化，是在1917年蔡元培长校以后。其实蔡元培的执掌北大，和所谓的"某籍某系"之"某籍"的努力有很大关系。对此，马叙伦有如下回忆：

> 这年（引注：指1916年）九月，莫先生要到北京参加财政会议（略）。一天，我的那位陈老师，说起国会里许多浙江同乡（陈老师这时做众议院议员），想叫蔡鹤卿（蔡元培的别字后来改做孑民）回来做浙江省长（这时蔡先生在德国），打了电报去，他回电说，回来是可以的，但不愿做官。我就和汤尔和说，北京大学的校长胡仁源有点做不下去，何妨把蔡先生请回来替代他。汤尔和说，这是很好的，但是蔡先生不是办事之才，你可以帮助他？我说，人家恭恭敬敬把我请得去，完全不拿"僚属"看待我，我现在怎样可以就说辞职？但是我有办法，我们只须把北大内部布置好了，就不使蔡先生为难，以后更无问题了。我想找陈仲甫（就是陈独秀）来做文学院长，是很适当的，理学院长让夏元瑮担任，声望够的（他是夏曾佑先生的儿子，德国留学生，本是北大的教授，研究相对论），法学院长仍旧不动吧，另外请沈尹默在实际上帮忙。汤尔和连声说好。第二日，他就去和教育总长范源廉说了，范先生正找不到北大校长，开心得了不得，一面打电报请蔡先生回来，一面便向总统黎元洪说明，自然绝无问题的发表了。①

沈尹默的回忆略有不同，他认为是原任北大预科学长、时任教育部专门教育司司长沈步洲的策划：

---

① 马叙伦：《我在六十岁以前》，岳麓书社，1998年，第35—36页。

那时我曾在北京医科专门学校兼课,医专的校长是汤尔和。有一天,我到医科学校上课,汤尔和对我说:"我告诉你一件事。你看沈步洲这个人荒唐不荒唐,他要蔡先生来当北京大学校长。你看北大还能办吗?内部乱糟糟,简直无从办起。"我回答说:"你认为胡次山(仁源)在办学校吗?他是在敷衍,如果蔡先生来办,我看没有什么不可以。"汤说:"呀!你的话和夏浮筠一样,他也认为蔡先生可以来办北大,既然你们都认为如此,那我明天就去和蔡先生讲,要他同意来办北大。"

……

果然,汤尔和去见蔡元培,极言北大之可办。蔡先生之同意出长北大是否即由汤之一言,我不得而知,但总之,蔡先生在一九一七年一月就到北大来当校长了。①

这两种说法中,马叙伦之说应该更为可信,不仅其信息来源可靠,自身是这一事件的参与策划者,而且虽然沈尹默和汤尔和、马叙伦的关系也颇为密切,但汤、马二人显然更为亲近——两人在养正书塾读书时即是好友,与另一位杜士珍一起被同学称为"三杰",结为金兰之交,在许多重大问题的选择上共进退。马文中提到的那位"陈老师",即曾在北大任教的陈黻宸,是马叙伦和汤尔和在养正书塾读书时的老师,后来并一起在上海办报。② 事情的经过应该是汤尔和与马叙伦等人运作完毕之后,再通知沈尹默,引导其表态,既使一切都按照他的计划进行,又不显山露水,既达到请沈尹默"在实际上帮忙"的效果,又巧妙利用沈步洲与胡仁源的矛盾为借口隐藏自己。在时人眼中,沈尹默是一个很有心计喜用权术的人,周作人评价他(比马裕藻)"更沉着,有思虑,因此凡事退后,实在却很起带头作用"。沈尹默自己竟也因此而沾沾自喜,人送徽号"鬼谷子",他也欣然接受,③ 实际上其谋略和运作能力,

---

① 沈尹默:《我和北大》,见钟叔河编:《过去的大学》,长江文艺出版社,2005年,第26页。
② 马叙伦:《我在六十岁以前》,岳麓书社,1998年,第6—12页。
③ 周作人:《周作人回忆录》,湖南人民出版社,1982年,第342页。

都远不及汤尔和。当时的汤尔和,在很大程度上支配着北京教育界,蔡元培对其几乎是言听计从,不惟出任北大校长一事,此后的陈独秀出走、蒋梦麟代理北大校长,皆与其有关,石原皋即认为他是当时北京教育界德日派的总后台。①

蔡元培主政北大后最初的人事安排,也正如汤尔和所预先设定。关于选择陈独秀作为文科学长一事,沈尹默有如下说法:

> 我回北大,即告诉蔡先生,陈独秀到北京来了,并向蔡推荐陈独秀任北大文科学长。蔡先生甚喜,要我去找陈独秀征其同意。不料,独秀拒绝,他说要回上海办《新青年》。我再告蔡先生,蔡云:"你和他说,要他把《新青年》杂志搬到北京来办吧。"我把蔡先生的殷勤之意告诉独秀,他慨然应允,就把《新青年》搬到北京,他自己就到北大来担任文科学长了。
>
> 我遇见陈独秀后,也即刻告诉了汤尔和,尔和很同意推荐独秀到北大,他大约也向蔡先生进过言。②

很显然,汤尔和、马叙伦、沈尹默曾经事先讨论过请陈独秀出任文科学长之事,而且汤尔和此前也已经向蔡元培做过推荐,所以沈尹默才会即刻将见到陈独秀的消息告诉蔡元培和汤尔和。据蔡元培本人在《我在北京大学的经历》中所说:

> 我到京后,先访医专校长汤尔和君,问北大情形。他说:"文科预科的情形,可问沈尹默君;理工科的情形,可问夏浮筠君。"汤君又说:"文科学长如未定,可请陈仲甫君。陈君现改名独秀,主编《新青年》杂志,确可为青年的指导者。"因取《新青年》十余本示我。我对于陈君,本来有一种不忘的印象,就是我与刘申叔

---

① 石原皋:《胡适的三朋四友》,《闲话胡适》,安徽人民出版社,1985年,第76页。
② 沈尹默:《我和北大》,见钟叔河编:《过去的大学》,长江文艺出版社,2005年,第29页。

君同在《警钟日报》服务时,刘君语我:"有一种在芜湖发行之白话报,发起的若干人,都因困苦及危险而散去了,陈仲甫一个人又支持了好几个月。"现在听汤君的话,又翻阅了《新青年》,决意聘他。从汤君处探知陈君寓在前门外一旅馆,我即往访,与之订定。于是陈君来北大任文科学长,而夏君原任理科学长,沈君亦原任教授,一仍旧贯;乃相与商定整顿北大的办法,次第执行。①

蔡元培执掌北大以后,致力于形成学术研究和思想自由的风气,实行"思想自由"、"兼容并包"主义。"兼容并包"对于蔡元培来说,首先是一种普遍的原则,是"大学之所以为大"的根本,与蔡元培本人心胸开阔,对新学旧学皆有一定根底有关。但同时这也可以视为一种策略,对于新旧文化,蔡元培是"兼"中有"偏"的。"兼"显出一个教育家的胸襟和学养,而"偏"则显出一个教育家的眼光与胆识。如果只有"偏"而没有"兼",固不免流于狭隘,但倘若只有"兼"而无"偏",那也必然导致鱼龙混杂,泥沙俱下,主政者只能算是一个唯唯诺诺的老好人,而不配做一个伟大的教育家。蔡元培的"偏"正是偏在新文化一面的,还早在1900年任职绍兴中西学堂总理时,蔡元培在学堂的新旧之争中便倾向于新派,旧派教员诉诸督办徐树兰,徐将当时批评维新运动的"正人心"的上谕送给蔡元培,请他"恭录而悬诸学堂",蔡元培愤而辞职。② 到北大以后,他虽然保留了拖大辫子以遗老自居的辜鸿铭,聘用了筹安会"六君子"之一的刘师培等旧派人物,③ 但只是让他们教授英文和古代文学,主要是纯从学术方面着眼,不涉政治立场,而且关键时刻还可以作为北大"兼容并包"、并不鲁莽灭裂的活证据,抵御校外守旧派的攻击。尤其是在蔡氏初掌北大时,社会上旧的势

---

① 蔡元培:《我在北京大学的经历》,见高平叔编:《蔡元培全集》,第6卷,中华书局,1988年,第349—350页。
② 高平叔:《蔡元培年谱长编》(上),人民教育出版社,1996年,第171—172页。
③ 辜鸿铭进北大教书,其实尚在蔡元培做校长之前,所以并不算是蔡元培聘请,只不过没有将其辞退,刘师培则是蔡元培在长校后聘请的。

力还占上风,"兼容并包"既可以作为新文化的护身符,使新文化在其卵翼之下逐渐成长,当遇到旧派势力的攻击时,也起到了对外形象上淡化激进立场、保护自我的作用。1919 年,林纾在《致蔡鹤卿太史书》中攻击北大"铲孔孟"、"覆伦常",认为"大凡为士林表率,须圆通广大,据中而立,方能率由无弊",蔡元培便理直气壮地予以反驳,声称北大"尊孔者多矣,宁曰覆孔"?便是在弱化北大的新文化立场,并以"兼容并包"来应答林纾悬为理想的"圆通广大",很有技巧地化解了林氏的诘难。①

北大成为新文化运动的策源地和大本营,是蔡元培、陈独秀等人苦心经营的结果。蔡元培在汤尔和、马叙伦、沈尹默等人的推荐下引进了陈独秀,这本身就是他支持新文化最好的表示,当时在北大读书的冯友兰后来追忆学生们对蔡校长这一举动的反应:

> 他到校后,没有开会发表演说,也没有发表什么文告,宣传他的办学宗旨和方针。只发了一个布告,发表陈独秀为文科学长。就这几个字,学生们全明白了,什么话也用不着说了。②

陈独秀志不独在教育,对到大学任职兴趣不大,当时又正在和汪孟邹及陈子寿兄弟酝酿一个"大书店"的计划,蔡元培"三顾茅庐"并允诺他可以将《新青年》带到北大来办,陈独秀才勉强同意暂任三个月,并推荐胡适自代。③ 在为胡适"谋就"北大教授职务之后,④ 1917 年 1 月陈独秀写了一封信,邀胡速来,仍念念不忘"书局"事业:

---

① 林纾:《致蔡鹤卿太史书》,见高平叔编:《蔡元培全集》,第 3 卷,中华书局,1984 年,第 267—277 页。
② 冯友兰:《三松堂自序》,《三松堂全集》,第 1 卷,河南人民出版社,2001 年,第 270 页。
③ 汪原放:《回忆亚东图书馆》,学林出版社,1983 年,第 34—36 页;沈尹默:《我和北大》,见钟叔河编:《过去的大学》,长江文艺出版社,2005 年,第 29 页;唐宝林、林茂生:《陈独秀年谱》,上海人民出版社,1988 年,第 76 页。
④ 1917 年 1 月 13 日汪孟邹致胡适信:"仲甫已经代为谋就,子民先生望兄回国甚急,嘱仲甫代达。如能从速回国,尤所深企。"见耿云志:《胡适年谱》,四川人民出版社,1989 年,第 55 页。

>……书局成立后，编译之事尚待足下为柱石，月费至少可有百元。蔡孑民先生已接北京总长（引注："总长"当为笔误）之任，力约弟为文科学长，弟荐足下以代，此时无人，弟暂充乏。孑民先生盼足下早日归国，即不愿任学长，校中哲学、文学教授俱乏上选，足下来此即可担任。学长月薪三百元，重要教授亦有此数……①

当年的胡适虽然因参与陈独秀的"文学革命"获得了一定的声誉，但尚没有真正有分量的学术著作问世，作为一名甫从国外归来的博士，刚进北大就能够享受最高的薪资待遇，② 这是和蔡元培与陈独秀的赏识分不开的。

胡适后来在他纪念蔡元培的文章中，曾说他的青年期如果没有蔡元培的着意提掖，他的一生很可能就在二三流报刊编辑的生涯中度过了。③ 不过胡适在论及自己进入北大，显然刻意强化了蔡元培而忽略了陈独秀的因素，这是与新文化知识分子群体分裂后蔡、陈的不同取向及二人与胡适交谊的亲疏变化有关的。胡适晚年曾说蔡元培看到他十九岁时写的《〈诗〉三百篇言字解》一文后，便要聘其到北大教书。④ 蔡元培可能的确曾经看到过胡适的这篇文章，不过他决定聘胡，主要还是由于陈独秀的推荐。据蔡元培1934年在《我在北京大学的经历》一文中的回忆："那时候因为《新青年》上文学革命的鼓吹，而我们认识了留美的胡适之君，他回国后，即请他到北大任教授。"⑤ 可见胡适真正给蔡元培留下深刻印象并非其少年时的学术文章，而是在《新青年》上鼓吹

---

① 陈独秀致胡适函，参见《胡适来往书信选》（上），中华书局，1979年，第6页。
② 据胡适1917年9月30日和10月25日的《致母亲》两信，胡适到北大第一个月的薪资为260元，第二个月即提为280元，"此为教授最高级之薪俸。适初入大学便得此数，不为不多矣"。见《胡适书信集》，北京大学出版社，1996年，第106、111页。
③ 唐德刚：《胡适杂忆（增订本）》，华东师范大学出版社，1999年，第60页。亚东图书馆的"大书店"计划，曾拟请胡适编辑，胡适所谓的"二三流报刊的编辑"应与此有关。
④ 胡颂平编著：《胡适之先生年谱长编初稿》，第1册，联经出版事业公司，1984年，第294页。
⑤ 蔡元培：《我在北京大学的经历》，见高平叔编：《蔡元培全集》，第6卷，中华书局，1988年，第350页。

文学革命的文字,况且前文言"我",而后文言"我们",此"我们"自然便是蔡元培本人与陈独秀。胡适与陈独秀的关系主要有两层:一是陈独秀欣赏胡适对文学变革的观点,所以延揽以增强"文学革命"的力量;二是两人皆为皖籍,且有一个在现代文化出版界很重要的人物汪孟邹作为中介。汪孟邹与胡适是小同乡,绩溪人,其兄汪希颜(即汪原放的父亲)与章士钊是南京陆师学堂的同学,与陈独秀为好友,汪孟邹因此后来也一直与他们保持着良好的关系。陈独秀在芜湖创办的《安徽俗话报》,便由汪孟邹主持的科学图书社出版发行,章士钊开办的上海大陆印刷局承印。① 汪孟邹后来由科学图书社而办亚东图书馆,也与陈独秀有着极大关系。章士钊等人在日本办《甲寅》杂志时,国内亦由汪孟邹代售,胡适为《新青年》供稿,即是此公所约。

美国学者 J. B. 格里德在《胡适与中国的文艺复兴:中国革命中的自由主义(1917—1937)》一书中曾对当时胡适在北大及新文化圈中的地位有过高的估计,认为"二十六岁的胡适是其中最年轻的人物。但是,他那无可怀疑的受过西方教育的归国学者身份,他在北大的地位,以及他与《新青年》的联系,都标志着他是这个虽然规模较小但却条理分明,影响巨大的先锋派的天然领袖。他知道,无论他说什么都会引起人们的关注——至少在那些日子里——也会得到人们恭敬的聆听"。② 这一判断显然不符合当时的历史事实,是将"明日之胡适"在文化教育界的地位和影响加诸"今日之胡适"的头上。当时无论是社会声望还是在北大的行政地位,陈独秀都是仅次于校长蔡元培而远胜过胡适等人的。鲁迅在后来一再提及的遵从主将的号令,这"主将"也显然是陈而非胡,此时的陈独秀正是傅斯年所谓的"中国革命史上光焰万丈的大彗星"③。胡适的独当一面,成为"英美派"自由主义知识分子的领袖,要在陈独秀被迫离开北大、新文化知识分子内部分化之后,尤其是导师杜

---

① 汪原放:《回忆亚东图书馆》,学林出版社,1983年,第15、16页。
② J. B. 格里德著,鲁奇译:《胡适与中国的文艺复兴:中国革命中的自由主义(1917—1937)》,江苏人民出版社,1989年,第82页。
③ 傅斯年:《陈独秀案》,《独立评论》,第24号。

威来华讲学两年,对胡适声望的提高也有很大帮助。

陈、胡以外,北大当时还引进了大批赞成新文化运动的知识分子,所谓"旧学旧人不废,而新学新人大兴"①,套用后来的政治术语,可称之为"掺沙子"。在陈独秀担任文科学长前后北大新进的教员,多与《新青年》及陈独秀有关,主要为《甲寅》、《新青年》的编辑班底及陈的旧友。

刘半农原为礼拜六派作家,曾名"半侬",从1916年10月发行的《新青年》第2卷2号开始投稿,此后几乎每期都有文章在该刊发表,陈、胡掀起"文学革命"后,刘半农积极参与,对于"胡君所举八种改良,陈君所揭三大主义,及钱君所指旧文学种种弊端,绝端表示同意",为蔡元培、陈独秀所延揽,于1917年夏入北大任国文预科教员。②鲁迅也称他"恐怕是在《新青年》投稿之后,由蔡子民先生或陈独秀先生去请来的,到了之后,当然更是《新青年》里的一个战士。他活泼,勇敢,很打了几次大仗"。③

章士钊和李大钊于1917年先后进入北大。章士钊后来虽因担任北洋政府的教育总长并反对白话文运动而被视为守旧派,但早年的章士钊却是不折不扣的"新人",早在1903年在江南陆师学堂读书时即因不满学校当局而率同学三十余人赴上海参与蔡元培等人组织的中国教育会,后成为《苏报》主笔,此后曾与陈独秀一起创办《国民日日报》,1914年在东京创办《甲寅》杂志,陈独秀、李大钊、高一涵、易白沙等皆为其撰稿。又于1907年赴英留学,入阿巴丁大学攻读法学硕士学位,既有声望,又有学历,此时老朋友蔡元培和陈独秀主持北大,章氏的加入自在情理之中。④

李大钊的情况则略微复杂,他原与进步党关系密切,赴日留学即受

---

① 张申府:《回想北大当年》,《五四运动亲历记》,中国文史出版社,1999年,第305页。
② 徐瑞岳编著:《刘半农年谱》,中国矿业大学出版社,1989年,第38页;刘小蕙:《我的父亲刘半农》,《新文学史料》,1995年第3期。
③ 鲁迅:《忆刘半农君》,《鲁迅全集》,第6卷,人民文学出版社,2005年,第73页。
④ 袁伟时:《章士钊思想演变的轨迹》,《炎黄春秋》,2002年第3期。

到汤化龙的赞助，在日本期间参与《甲寅》而与章士钊等人接近，陈独秀创办《新青年》，李大钊亦经常供稿。① 1916年2月2日李大钊因过多参与政治运动导致"长期欠席"而被早稻田大学除名，并未获得学位。② 李大钊能进入北大，是章士钊与陈独秀这两位好朋友努力的结果：章士钊辞去兼任的图书馆主任一职，并向蔡元培推荐李接任。可以说，李大钊的前期活动基本受汤化龙等进步党影响，而后期的变化则与章士钊、陈独秀二人关系甚大。

刘文典的情况与章士钊有相似之处，因为后来在学术上转向传统而被当作守旧派，实际上此时的刘文典也是新文化阵营中的一员。刘是安徽合肥人，1906年曾在陈独秀任教的安徽公学读书，并在此期间加入同盟会，后赴日本，曾任孙中山秘书，从1915年11月即开始在《青年杂志》（第1卷3号）上发表文章，后为陈独秀介绍进北大教书。③

此外北大尚有一批在此前后入校的皖籍学者：

高一涵，安徽六安人，曾就读于陈独秀任教过的安徽高等学堂，1913年留学日本，入明治大学政法系就读。在此期间加盟章士钊主编的《甲寅》杂志，和陈独秀结识，成为好友。陈独秀回国办《青年杂志》，高一涵是主要撰稿人，该刊第一期即有高的文章。高一涵1916年毕业回国后，先在安徽的一个教育团体工作，陈独秀进入北大后，高一涵也受邀北大任教，并担任北京大学编译委员，《新青年》改为同仁刊物后是核心编辑成员之一。④

李辛白，安徽无为人，1901年考入南京高等警官大学堂，1904年参加了陈独秀等在芜湖组织的岳王会。1905年就读于日本早稻田大学，加入中国同盟会。1907年，受同盟会委派到上海，在同盟会上海分部负

---

① 李大钊在《新青年》的第一篇文章是发表于第2卷1号的《青春》。
② 韩一德：《有关李大钊生平几则新史料》，《河北学刊》，1985年第3期。
③ 刘文典：《刘文典全集》，第4册，安徽大学出版社和云南大学出版社联合出版，1999年，第935页，见周乾：《刘文典与胡适交往的历史考察》，《学术界》，2007年第4期；戴健：《刘文典一生述评》，《安徽史学》，1991年第1期。
④ 杨飞、范婷：《陈独秀与高一涵》，《党史纵览》，2009年第2期；石原皋：《闲话胡适》，安徽人民出版社，1985年，第69页。

责人蔡元培支持下，创办了《安徽白话报》，完全采用白话文，胡适后来称其为推广白话文的"开山老祖"。1913年受蔡元培之邀到北京任教育部佥事，1917年任北京大学庶务主任，后任出版部主任，参与新文化运动。①

王星拱，安徽怀宁人，早年曾入安徽高等学堂读书，1908年考取安徽省留学生，到英国伦敦理工大学攻读化学专业，留学期间，参与发起中国科学社。1916年获硕士学位，回国后任北京大学化学系教授。在北大期间，和两位怀宁老乡陈独秀、程演生关系密切，积极为《新青年》供稿，宣传科学。二十世纪二十年代并参与"科学与玄学"论战中，主张"科学万能"。②

程演生（1888—1955），安徽怀宁人。早年留学英、法、日等国，获法国考古研究院博士学位，任该院研究员。1909年，与陈独秀结为好友，③回国后曾担任北京大学教授，在北大期间，参加新文化运动，与沈尹默、陈独秀、王星拱等共同组织大学俱乐部，参与编辑《新青年》杂志。五四运动中，曾与高一涵，王星拱等散发陈独秀、李大钊印制的《北京市民宣言》，是新文化运动的积极支持者。

另一位可以一提的教授是湖南籍的杨昌济，与章士钊同乡，早年曾就读于岳麓书院，认同维新变法思想，于1903年赴日本留学，1909年转入英国阿巴丁大学，研习哲学、伦理学，与章士钊同学。回国后曾在湖南一师教书，毛泽东便是他的学生。④《新青年》发行后，杨昌济对之颇为揄扬，私定数份，分赠给学生阅读，⑤曾在《新青年》发表过文章⑥，并推荐毛泽东的《体育之研究》发表在该刊第3卷2号上，1918年因章士钊的推荐进入北大教授伦理学。杨昌济在北京写信给毛泽东、

---

① 马俊如、张永松：《新文化运动的先驱——李辛白传略》，见中国人民政治协商会议安徽省委员会文史资料研究委员会编：《人物春秋》，安徽人民出版社，1987年，198—199页。
② 周乾：《王星拱与省立安徽大学早期发展》，《江淮文史》，2007年第1期。
③ 唐宝林、林茂生：《陈独秀年谱》，上海人民出版社，1988年，第49页。
④ 李锐：《毛泽东的老师与岳父——杨昌济》，《炎黄春秋》，1992年第2期。
⑤ 李沛诚：《杨昌济教育思想简论》，湖南教育出版社，1983年，第18页。
⑥ 杨昌济在《新青年》的第一篇文章发表在1916年12月发行的第2卷4号。

蔡和森等学生介绍勤工俭学运动，毛泽东赴京后生活窘迫，由杨昌济向李大钊推荐到北大图书馆做管理员。①

北大的这群新派教师具有新思想和新方法，在学生中也引起了震动。顾颉刚在《〈古史辨〉序》中曾详细记述了胡适的治史方法对青年学生造成的冲击。顾颉刚此前最崇拜的是章太炎这样学术渊博而又有智慧的学者，胡适到北大后开设哲学史课程，撇开半神话半历史的唐虞夏商，直接从《诗经》讲起，"这一改把我们一般人充满着三皇五帝的脑筋骤然做一个重大的打击，骇得一堂中舌挢而不能下"。顾颉刚听了几节课以后对同学说，"他虽然没有伯弢先生（引注：指陈汉章，北大教授，以读书多著称，章太炎、黄侃均对其颇为看重）读书多，但在裁断上是足以自立的"，认为胡适"有眼光，有胆量，有断制，确是一个有能力的历史派"。顾颉刚还找他的室友、在学生中威信很高的中文系学生傅斯年前来听课，傅斯年也表示认可。② 胡适能够在北大讲课取得成功，固然因为他对于中国哲学史，尤其是"先秦部分"，"是用过功的"，更重要的在于他以西方现代科学的新方法来讲解中国哲学，清晰透辟。冯友兰后来回忆这段往事时也评价道："这对于当时中国哲学史的研究，有扫除障碍、开辟道路的作用。当时我们正陷入毫无边际的经典注疏的大海之中，爬了半年才能望见周公。见了这个手段，觉得面目一新，精神为之一爽。"③ 冯友兰的这番话可代表当时不少青年学生的感觉。

争取青年学生，也是新派对旧派斗争很重要的一个部分。据杨振声回忆，当时他和俞平伯参加《新潮》杂志社，被那帮老先生骂为叛徒。在新文化运动勃兴之前，青年学生亦多持守旧思想，鲁迅就曾慨叹"而今之青年皆比我辈更为顽固，真是无法"。④ 如傅斯年当时就是黄侃的得意门生，不仅学问上属于守旧派，生活中也刻意保留古风，"穿上大

---

① 罗斯·特里尔：《毛泽东传》，中国人民大学出版社，2006年，第40—41页。
② 顾颉刚：《古史辨》第1册"自序"，《古史辨自序》上卷，河北教育出版社，2000年，第53页。
③ 冯友兰：《三松堂自序》，《三松堂全集》，第1卷，河南人民出版社，2001年，第183—184页。
④ 鲁迅致许寿裳函，见《鲁迅全集》，第11卷，人民文学出版社，2005年，第363页。

袍褂，拿着大葵扇"，①以至于他后来转向新文化阵营，陈独秀还一度疑心他是细作。②罗家伦也是为胡适所吸引，时常到胡家请教，二人曾合译《娜拉》发表在《新青年》第4卷6期的"易卜生专号"上。③

学生中的新旧之争非常激烈。1919年1月趋新的同学创办的《新潮》第一期出版，同月守旧派的《国故》月刊社也成立了，双方一度针锋相对，见面时"甚至有的怀里还揣着小刀子"。④国故派在办《国故》之前曾试图复刊《国粹学报》和《国粹汇编》，以曾经出卖过革命党同志的刘师培为首领，鲁迅对此就颇为不满，在1908年7月5日给钱玄同的信中极力抨击："中国国粹、虽然等于放屁、而一群坏种、要刊丛编、却也毫不足怪。该坏种等、不过还想吃人、而竟奉卖过人肉的侦心探龙做祭酒、大有自觉之意。"⑤

这样，在北大，既有以教师为主编辑的月刊《新青年》，又有以学生为主编辑的《新潮》，二者相互支持。陈独秀等人还创办了周刊《每周评论》，并和《新青年》有所分工，将比较有分量的理论文章放在《新青年》，而对现实反应及时的文章发在《每周评论》，⑥形成了一股强大的新文化力量。

---

① 胡颂平编著：《胡适之先生年谱长编初稿》，第1册，联经出版事业公司，1984年，第61页。
② 周作人：《周作人回忆录》，湖南人民出版社，1982年，第356页。
③ 罗久芳：《父亲在北京大学》，见罗久芳编著：《罗家伦与张维桢：我的父亲母亲》，百花文艺出版社，2006年，第28页。
④ 杨振声：《回忆五四》，见陈平原等编：《北大旧事》，生活·读书·新知三联书店，1998年，第61页。
⑤ 鲁迅致钱玄同函，见《鲁迅全集》，第11卷，人民文学出版社，2005年，第363—364页。
⑥ 如周作人曾为《每周评论》的创刊预先做了那篇后来影响甚大的《人的文学》，陈独秀认为"做得极好"，但认为"此种材料以载月刊为宜，拟登入《新青年》"，后来发表在《新青年》第5卷6号，见周作人：《周作人回忆录》，湖南人民出版社，1982年，第357页；周作人：《实庵的尺牍》，见钟叔河编：《周作人文类编》，第10卷，湖南文艺出版社，1998年，第513页。

第三章

"英美派"与"法日派"的形成

陈独秀提倡的新文化运动得到了来自"太炎学说派"中"开新派"的支持，二者一度合流，形成新的"新青年派"，新文化运动能够形成后来的声势，与此关系很大。但是在大学站稳脚跟之后，"新派"内部因地缘和学缘而产生的分裂又显现出来，陈独秀被迫离开北大便是这种分裂的结果，又进而造成更大的分裂。

第一节　汤尔和的谋划与陈独秀的出走

蔡元培和陈独秀先后出任北大校长和文科学长，这一阶段新引进的文科教员有两个新的特点。一是皖籍较多，这自然与陈独秀有关。这些教员多支持新文化运动，属于陈氏自身带进北大的"新青年派"。二是开始逐渐引入留学英美教员。这与胡适关系颇大，蔡元培在《我在北京大学的经历》中曾说"胡君（略）一方面与沈尹默、兼士兄弟，钱玄同、马幼渔、刘半农诸君以新方法整理国故，一方面整理英文系。因胡君之介绍而请到的好教员，颇不少"，"北大关于文学、哲学等学系，本来有若干基本教员，自从胡适之君到校后，声应气求，又引进了多数的同志，所以兴会较高一点。预定的自然科学、社会科学、文学、国学四种研究所，只有国学研究所先办起来了。在自然科学与社会科学方面，比较的困难一点，自民国九年起，自然科学诸系，请到了丁巽甫、颜任光、李润章诸君主持物理系。在化学系本有王抚五、陈聘丞、丁庶为诸君，而这时候又增聘程寰西、石蘅青诸君。在生物学系本已有锺宪鬯君在东南西南各搜罗动植物标本,有李石曾君讲授学理,而这时候又增聘谭仲逵君。于是整理各系的实验室与图书室,使学生在教员指导下,切实用功;改造第二院礼堂与庭园,使合于讲演之用。在社会科学方面,请到王雪艇、周鲠生、皮皓白诸君;一面诚意指导提起学生好学的精神,一面广购图书杂志,给学生以自由考索的工具。丁巽甫君以物理学教授兼预科主任,提高预科程度。于是北大始达到各系平均发展的境界"。①

据李书华《七年北大》一文记述,他1922年到北京时,住在后门内东吉祥胡同,同住的即有前一两年自欧洲回国的周鲠生(览)、李四光(仲揆)、丁燮林(巽甫)等人,王雪艇(世杰)原本也住在这里,后因结婚搬走。此前一两年回国至北大任教的尚有:谭熙鸿(仲逵),生物教授兼校长室秘书;徐炳昶(旭生),哲学系教授;颜任光,物理系教授,系主任。此后陆续进校的则有:李宗侗(玄伯),法文;皮宗石(皓白),经济;陈源(通伯),英文;石瑛(衡青),化学。其中后三人全住在东吉祥胡同,李书华则于1923年离开。② 这些同住在东吉祥胡同的教授,后来大多在学术思想、政治立场及人事派别上与"太炎学说"一派相异并同为"现代评论派"成员,即被鲁迅借用《大同晚报》鼓吹之语戏称为"正人君子"。③

皖籍教员人数的增多,引起浙籍汤尔和、沈尹默等人的不满,遂利用守旧派对于陈独秀的攻击及陈氏私人生活作风问题将其逐出北大。傅斯年在《我所景仰的蔡先生之风格》一文中有如下回忆:

---

① 蔡元培:《我在北京大学的经历》,见高平叔编:《蔡元培全集》,第6卷,中华书局,1988年,第350—351、354—355页。
② 李书华:《七年北大》,见陈平原等编:《北大旧事》,生活·读书·新知三联书店,1998年,第100—101页。
③ 鲁迅《"公理"的把戏》:"燕树棠,白鹏飞,陈源即做《闲话》的西滢,丁燮林即做过《一只马蜂》的西林,周鲠生即周览,皮宗石,高一涵,李仲揆即李四光,曾有一篇杨荫榆要用汽车迎他'观剧'的作品登在《现代评论》上的,都是北大教授,又大抵原住在东吉祥胡同,又大抵是先前反对北大对章士钊独立的人物,所以当章士钊炙手可热之际,《大同晚报》曾称他们为'东吉祥派的正人君子',虽然他们那时并没有开什么'公理'会。但他们的住址,今年新印的《北大职员录》上可很有些函胡了,我所依据的是民国十一年的本子。"(鲁迅:《鲁迅全集》,第3卷,人民文学出版社,2005年,第176—177页。)

在五四前若干时，北京的空气，已为北大师生的作品动荡得很了。北洋政府很觉得不安，对蔡先生大施压力与恫吓，至于侦探之跟随，是极小的事了。有一天晚上，蔡先生在他当时的一个"谋客"家中谈起此事，还有一个谋客也在。当时蔡先生有此两谋客，专商量如何对付北洋政府的，其中的那个老谋客说了无穷的话，劝蔡先生解陈独秀先生之聘，并要约制胡适之先生一下，其理由无非是要保存机关，保存北方读书人，一类似是而非之谈。蔡先生一直不说一句话。直到他们说了几个钟头以后，蔡先生站起来说："这些事我都不怕，我忍辱至此，皆为学校，但忍辱是有止境的。北京大学的一切事，都在我蔡元培一人身上，与这些人毫不相干。"这话在现在听来或不感觉如何，但试想当年的情景，北京城中，只是些北洋军匪、安福贼徒、袁氏遗孽，具人形之识字者，寥寥可数，蔡先生一人在那里办北大，为国家种下读书爱国革命的种子，是何等大无畏的行事。①

其中的"老谋客"即汤尔和，他力主解聘陈独秀，自然是有为蔡元培设计、"舍卒保车"之义，但也夹杂着浙籍人士对于皖籍势大的警惕，所以同时主张"约制"胡适。当然，傅斯年的叙述中没有提及的是，蔡元培终于被汤尔和说动，虽未"约制"胡适，毕竟将陈独秀解聘。

陈独秀离开北大，胡适以为关系重大，16年后借阅汤尔和日记，首先翻查的便是此日（1919年3月26日）。他在给汤尔和的信中称"独秀因此离去北大，以后中国共产党的创立及后来国中思想的"左"倾，《新青年》的分化，北大自由主义者的变弱，皆起于此夜之会。独秀在北大，颇受我与孟和（英美派）的影响，故不致十分"左"倾。独秀离开北大之后，渐渐脱离自由主义者的立场，就更"左"倾了。此夜之

---

① 傅斯年：《我所景仰的蔡先生之风格》，《傅斯年全集》，第7卷，联经出版事业公司，1980年，第33—34页。

会，虽有尹默、夷初在后面捣鬼，然孑民先生最敬重先生，是夜先生之议论风生，不但决定北大命运，实开后来十余年的政治与思想的分野。此会之重要，也许不是这十六年的短历史所能论定"，因此对汤尔和深表责备："蔡先生颇不愿于那时去独秀，先生力言其私德太坏，彼时蔡先生还是进德会的提倡者，故颇为尊义所动。（略）当时外人借私行为攻击独秀，明明是攻击北大的新思潮的几个领袖的一种手段，而先生们亦不能把私行为与公行为分开，适堕奸人术中了。"① 胡适的看法，自然有将中国社会置于试管中，以为三几个人的思想、观念可以影响社会而忽视时代因素的倾向，同时也隐含着对于当年北京教育界浙籍排挤皖籍的不满情绪。

对于胡适的责难，汤尔和的回信亦有反驳。如关于陈独秀的离开北大，他认为"陈君当然为不羁之才，岂能安于教授生活，即非八年之事，亦必脱鞲而去。尊见谓此后种种皆由一夕谈所致，似太重视"。对于胡适认为陈独秀如不离开北大，或不致"左"倾，则认为"当时陈君若非分道扬镳，则以后接二连三之极大刺激，兄等自由主义之立场能否不生动摇，亦属疑问。但此意料兄必不承认也"。对于胡适认为的1919年以后教育界的乱象源于教员罢课，汤尔和则认为胡适本人"在八、九年力主打破枷锁，吐弃国渣，影响所及，岂止罢课而已，为功为孽，兄自知之，无待弟之解释也"。②

汤尔和的解释倒也并非全属强辩，甚至在部分事件上的看法反较胡适更为妥帖。胡适的思维方式中常有以个人主观设计代替历史现实的倾向，这也体现在他对五四运动的评价上。胡适晚年尽管承认1919年所发生的学生运动对于传播白话文"功不可没"，但又称学生运动把一个文化运动转变成为一项政治运动，是对中国文艺复兴运动的一种干

---

① 胡适致汤尔和，见《胡适来往书信选》，中卷，中华书局，1979年，第281—282、290—291页。关于陈独秀之离开北大，可参见王彬彬《"皆起于此夜之会"——陈独秀为何离开北京大学》一文，载《往事何堪哀》，长江文艺出版社，2005年，第146—160页。
② 汤尔和致胡适函，见《胡适来往书信选》，中卷，中华书局，1979年，第291—292页。

扰。① 他以"中国的文艺复兴"这一说法来指代他当年参与的新文化运动，认为五四运动修改了新文化运动的走向，导致"文艺复兴"的破产。这里明显带有已经看到过历史结果的后来者试图将自己的主观意愿强加于历史的色彩。如果按照胡适的规划，似乎只有将他所谓的"中国文艺复兴"与中国具体社会、政治隔绝才可能实现。这与胡适意欲通过文化教育来改革中国的思维相关——他试图将文化运动和政治运动截然分开，将文化运动和政治运动剥离开来。正如唐德刚所说："胡适显然不了解文化运动和政治运动，本来便是一个铜元的两面，二者是分不开的。"五四运动正是胡适等人所提倡的文化运动所催生出来的，而胡适自己却反倒不认账，难怪唐要说他"不要儿子，儿子来了"。② 而在关键时刻，也正是五四运动这个"儿子"保卫了新文化运动的成果，郑振铎在《中国新文学大系·文学论争集》的《导言》中就曾提到：当时是安福系当权执政。谣言是异常的多。时常有人在散播着有政治势力来干涉北京大学的话，并不时地有陈胡被驱逐出京之说。也许那谣言竟有实现的可能，假如不是五四运动的发生。③

第二节 评议会中的"英美派"与"法日派"

陈独秀离开北大以后，"新青年派"内部开始分裂，原先因《新青年》聚在一起的浙籍和皖籍教员分裂更甚。皖籍群龙无首，隐然以胡适为领袖，后来多附入所谓的"英美派"，浙籍则多接近李石曾为首的所谓"法日派"，逐渐形成两个互相对立的群体。④ "太炎学说派"中只有

---

① 胡适口述，唐德刚译注：《胡适口述自传》，安徽教育出版社，2005 年，第 177 页。
② 唐德刚：《胡适杂忆》，华东师范大学出版社，1999 年，第 19 页。
③ 郑振铎：《导言》，《中国新文学大系·文学论争集（影印本）》，上海文艺出版社，2003 年，第 7 页。
④ 关于北大二十世纪二三十年代"英美派"与"法日派"之分，在学人回忆中多有所见，如陈翰笙即说："北大教师当时分为两派，一派是英、美、德留学生，以胡适为首；另一派是日、法留学生，领头的是李石曾。这两派明争暗斗，互不相容。"（陈翰笙：《四个时代的我》，中国文史出版社，1988 年，第 28 页。）

钱玄同与胡适最为友善，周氏兄弟与之一度交往颇密，但其实亦只限于学术思想上的同道，私谊不深，一旦思想出现分歧，感情自然疏远，马裕藻、朱希祖等人与之更属泛泛之交，互相之间甚至多有微词，沈尹默则与之势如水火，终身敌对。胡适自己在日记、书信中，对于沈尹默等人亦屡有谴责之语，甚至对于蒋梦麟的与之接近深表惋惜。①

留学英国的陈源在"女师大事件"中，刻意强调"某籍某系"，虽言有未确，但也事出有因，流露出他对于"某籍"的不满其实由来已久，胡适等虽屡屡引进英美留学生入北大任教，亦很难与之抗衡。②1919年胡适的好友、在美国留学的张奚若致信胡适，称"《新青年》中除足下外，陶履恭似乎还属学有根底，其余强半皆蒋梦麟所谓'无源之水'"。③ 这里的"学有根底"之"学"自然也指的是英美之学。1920年6月胡适到南京暑校演讲，陶孟和在致胡适的信中，称沈尹默、马幼渔等人"独断独行"，认为非"除恶务尽"不可，敦请胡适"暑校完事，务必早日归来为妙"。④ 同年8月11日，高一涵在给胡适的信中也称："大学内部趁你不在这里，又在兴风作浪，调集一般'护饭军'开什么会议了！结果怎样还不知道。"⑤ 前者直指太炎学说一派，后者则指的是马叙伦等人组织的讨薪运动。

"法日派"与"英美派"的力量对比，亦体现在大学评议会中。大学评议会是教授治校制度的体现，也是现代大学保持思想自由和学术独立的一个重要手段，蔡元培最早将之引进中国大学。1912年时任教育总长的蔡元培起草并发布了作为教育部第十七号部令的《大学令》，其

---

① 例如1925年1月17日的日记中胡适即有如下记载："通伯又谈北大所谓'法国文化派'结党把持，倾轧梦麟的情形，闻之一叹。梦麟方倚此辈为心腹朋友呢！我虽早窥破此辈的趋势，但我终不料他们会阴险下流到这步田地！"并点出人名："此辈者，李石曾、顾孟余、沈尹默一班人也。"（曹伯言整理：《胡适日记全编》，第4卷，安徽教育出版社，2001年，第202页。）
② 蔡元培在《我在北京大学的经历》一文中称到北大后，"因胡君之介绍而请到的好教员，颇不少"，这些"好教员"，多是英美留学生。蔡元培：《我在北京大学的经历》，见高平叔编：《蔡元培全集》，第6卷，中华书局，1988年，第351页。
③ 张奚若致胡适，见《胡适来往书信选》，上卷，中华书局，1979年，第31页。
④ 陶孟和致胡适，见《胡适来往书信选》，上卷，中华书局，1979年，第97页。
⑤ 高一涵致胡适，见《胡适来往书信选》，上卷，中华书局，1979年，第110页。

中的第十六、十七、十八、十九条明确规定了教授会和评议会制度及两会的权限：

> 第十六条　大学设评议会，以各科学长及各科教授互选若干人为会员；大学校长可随时齐集评议会，自为议长。
>
> 第十七条　评议会审议下列诸事项：
>
> 一、各学科之设置及废止。
>
> 二、讲座之种类。
>
> 三、大学内部规则。
>
> 四、审查大学院生成绩及请授学位者之合格与否。
>
> 五、教育总长及大学校长咨询事件。
>
> 凡关于高等教育事项，评议会如有意见，得建议于教育总长。
>
> 第十八条　大学各科各设教授会，以教授为会员，学长可随时召集教授会，自为议长。
>
> 第十九条　教授会审议下列诸事项：
>
> 一、学科课程。
>
> 二、学生试验事项。
>
> 三、审查大学院生属于该科之成绩。
>
> 四、审查提出论文请授学位者之合格与否。
>
> 五、教育总长、大学校长咨询事件。[①]

不过这个部令只能算是一个教授治校制度的雏形，在某种程度上评议会和教授会只能算是校长和学长的顾问机构，并未被赋予人事权和经济权，对校长、学长等人根本起不到制衡作用。而且长期以来，《大学令》中所规定的"评议制度"也只是一纸空文，并未真正得到落实。据蔡元培 1919 年 9 月回任北京大学校长时在全体学生欢迎会中的演说，

---

① 蔡元培：《大学令》，见高平叔编：《蔡元培全集》，第 2 卷，中华书局，1984 年，第 284—285 页。

在他执掌北大以前，一切学务都是由校长与学监主任、庶务主任少数人办理，往往连学长都不能参与。蔡元培向往德国式的教授治校制度，希望淡化校长权威，他首先组织评议会，给多数教授代表议决立法方面的权限；恢复学长的权限。然后组织各门教授会，由各教授与所公举的教授会主任分任教务。此外，蔡元培还拟组织行政会议，把教务以外的事务，均取合议制。并按事务性质，组织各种委员会，来研究各种事务。以此达到"无论何人来任校长，都不能任意办事"的效果。① 据冯友兰的说法，蔡元培推动的"教授治校"，"当时的具体办法之一，是民主选举教务长。照当时的制度，校长之下，有两个长：一个是总务长，管理学校的一般行政事务；一个是教务长，管理教学科研方面的事务。蔡元培规定，教务长由教授选举，每两年改选一次"。②

蔡元培在学校制度上的改变显然是很有成效的，北大教授马叙伦对此有过这样的评价：

> 评议会是北大首先倡办的，也就是教授治校的计划，凡是学校的大事，都得经过评议会，尤其是聘任教授和预算两项。聘任教授有一个聘任委员会，经委员会审查，评议会通过，校长也无法干涉。教授治校的精神就在这里。表面看来，校长只有"无为而治"，什么权力好像都被剥削了；但是，北大在连续几年风波动荡里面，能够不被吞没，全靠了他，后来北京师大等校也仿行了。③

尤其是从1919年以后，学潮不断，政治力量也一直试图干涉大学校政，蔡元培屡辞校长职务，虽有蒋梦麟作为代表，但蒋氏初到北大，根基尚浅，做事低调，而北大不少教授认为他属于江苏省教育会黄炎培的势力，对其又多怀戒心，所以在一次出席教职员会时，蒋梦麟就很谦

---

① 蔡元培：《回任北京大学校长在全体学生欢迎会演说词》，见高平叔编：《蔡元培全集》，第2卷，中华书局，1984年，第341—342页。
② 冯友兰：《三松堂自序》，《三松堂全集》，第1卷，河南人民出版社，2001年，第274页。
③ 马叙伦：《我在六十岁以前》，岳麓书社，1998年，第40—41页。

虚地说，他只是蔡先生派来代捺印子的。① 而奉行"教授治校"原则的评议会正是重制度平衡而轻领袖魅力，于是评议会作为学校最高权力机构，长期维持校务，威望很高。②

北大毕业生谢兴尧在忆文中曾说"（马）幼渔先生之在北大，真是当朝一品，位列三台。北大国文系之闻名世界，马氏之功实不可没。民十以后，外人谓北大当政者，有'三沈三马'之称，后又有'朱马'之名，实际说来，确够得上是北大的中心人物。""（马）幼渔为人，宽宏大量（略）北大国学系之负盛名，他实在是首创的开国元勋，公主府（马神庙）银安殿（北大评议会）上那二十四把金交椅，他总算是首座。"③ 北大评议会所选议员一般在 12 到 17 人，从未达到过 24 人，不过马裕藻、朱希祖分别长期担任文史两系主任，"太炎学说派"在评议会中占据较大力量，确属实情。如表二所示，从 1917 年到 1931 年取消评议会为止，除去 1927、1928 两年的共 12 年间，担任评议员次数最多的即是马裕藻，计 10 次，胡适与朱希祖次之，均为 9 次。同属太炎学说一派的如沈兼士、陈大齐、沈尹默均为 6 次，沈士远 4 次，徐炳昶、马衡均为 2 次，与之立场接近的如顾孟余 6 次，马叙伦 5 次，李煜瀛 4 次，李书华 3 次，李宗侗 1 次。与胡适接近的如王星拱 6 次，丁燮林、周览均为 3 次，李四光、王世杰均为 2 次，高一涵、石瑛均为 1 次。总体来说，在校评议会中，"太炎学说派"或者更大的范围上来说所谓的"法日派"占优势。从时间的纵向来看，在 1929 年以前"法日派"影响也更为持久。

---

① 马叙伦：《我在六十岁以前》，岳麓书社，1998 年，第 41 页。
② 如 1926 年 11 月 21 日《晨报》载短讯《北大评议会改选徐炳昶等十二人当选》即云："北京大学虽为校长制，但一切设施，实由评议会主持，故该评议会力量极大。每届改选，各教授靡不极力竞争。"（王学珍等编：《北京大学史料》，第 2 卷第 1 册，北京大学出版社，2000 年，第 147 页。）
③ 谢兴尧：《堪隐斋随笔》，辽宁教育出版社，1995 年，第 79、81 页。

表二①

姓名	年份（19xx）												累计
	17	18	19	20	21	22	23	24	25	26	29	30	
马裕藻		●	●		●	●	●	●	●	●	●	●	10
朱希祖			●	●		●	●	●	●	●	●	●	9
胡 适		●	●	●	●	●	●	●			●		9
顾孟余				●	●	●	●	●	●				6
王星拱					●	●	●		●	●			6
谭熙鸿						●	●	●	●	●	●		6
沈兼士						●	●	●	●		●	●	6
陈大齐		●	●			●	●		●	●			6
沈尹默		●	●			●	●		●	●			6
冯祖荀				●	●			●		●			5
马叙伦	●		●			●	●						5
俞同奎	●	●	●	●	●								5
陶履恭	●												4
沈士远		●				●							4
李煜瀛						●		●	●				4
李大钊				●	●	●	●						4

---

① 本表格中●代表当选，表格内容依据的是北大相关史料公布的选举结果。见王学珍、郭建荣主编：《北京大学史料》，第2卷第1册，北京大学出版社，2000年，第132—151页。由于人员变更因素，有评议员辞职、补选的情况存在，如1924年的评议员胡适、马叙伦、李四光三人提出辞职后，评议会即从候补当选人中择冯祖荀、高一涵、皮宗石三人补入。1925年评议员石瑛缺出，亦从候补评议员沈士远、余文灿中选定后者补入。（王学珍、郭建荣主编：《北京大学史料》，第2卷第1册，北京大学出版社，2000年，第181—182、184页。）有意思的是，胡适、李四光两人辞职，补选入的高一涵、皮宗石二人正是与其立场接近的，同属"英美派"，评议会原有力量格局并未因此改变，补充石瑛之缺的亦是相对与之接近的余文灿而非太炎学说一派的沈士远。这或许是巧合，但更可能是补充时已有关于这方面的考虑。

姓名	1	2	3	4	5	6	7	8	9	10	11	合计
朱希龄		●	●		●						●	4
何育杰			●	●	●							3
丁燮林					●		●	●				3
李书华								●	●	●		3
周览							●	●	●			3
夏元瑮					●					●	●	3
李四光						●		●				2
贺之才			●								●	2
罗惠乔						●	●					2
王世杰							●	●				2
徐炳昶								●	●			2
樊际昌								●		●		2
何基鸿									●	●		2
王烈									●	●		2
刘复									●	●		2
马衡									●	●		2
王仁辅									●	●		2
张大椿			●	●								2
蒋梦麟			●	●								2
陈启修				●		●						2
陈世璋				●	●							2
黄振声		●	●									2
马寅初		●	●									2
温宗禹	●		●									2
秦汾	●	●										2

第一编　制度与人事

姓名										次数
孙瑞林	●	●								2
李宗侗							●			1
关应麟								●		1
余文灿					●					1
胡濬济		●						●		2
郑寿仁				●						1
徐宝璜								●		1
朱家骅						●				1
高一涵						●				1
石瑛					●					1
韩述组		●								1
何杰		●								1
陈汉章	●									1
陈介	●									1
张星烺	●									1
张善扬	●									1

对于"太炎学说派"在北大乃至北京教育界的巨大影响，也有不少人表示不满。二十世纪二十年代长期在清华任教的杨树达，在其日记中即多次予以批评、攻击，如其1925年6月1日记：

> 访吴检斋，约其下年度到师大任教。检斋为章门高等弟子，学问精实。其同门多在北大任职，以检斋列章门稍后，每非议之；实则以检斋学在己上媢嫉之故。一日，余以请吴任教告同事马幼渔教授。马云："专门在家著书之人，何必请之！"马君固列章门下，十年不作一文者也。①

---

① 杨树达：《积微翁回忆录·积微翁诗文集》，上海古籍出版社，2007年，第26页。

吴检斋（承仕）是杨树达好友，二人在学术上互相钦佩，吴氏虽为太炎门生，却与同门交谊疏远，长期不得进入北大任教，后虽引进，亦只得讲师席，杨树达此记显有为之鸣不平之意。

又1929年8月14日、1930年3月30日、1931年6月9日分别有如下记述：

> 饮席遇杨丙辰，谈北大学生近日开会，以朱希祖、马裕藻两主任把持学校，不图进步，请当局予以警告云云。向闻师长警戒弟子，不闻弟子警告师长；此可谓奇闻矣。然闻其事者，不责北大学生，却都称快不已，朱马二人之物望可知矣。丙辰言两君尚在抵抗中，尤令人骇绝。
>
> 到北大第三院参加单不庵追悼会。不庵学问渊邃，为人耿介。余昔任师大主任时，请其任教，坚决只肯受一小时之聘。余方疑怪，久而始知其实授课二时。盖惩于其乡人朱希祖、马裕藻等人之贪，欲以此矫之也。不庵尝告皮皓白云："欲北大办好，非尽去浙人不可。"不庵固浙籍，盖愤朱马辈之把持也。故余挽之云，"众人皆醉，灵均独醒"，指此事也。
>
> 伯峻侄来，言北大国文系学生开会，请当局聘余任教。北大教授不足为余轻重，但马裕藻等之把持又多一次考验耳。①

关于北大学生驱赶朱（希祖）、马（裕藻）事，其实背后有出身北大、曾为朱希祖学生的傅斯年等"英美派"运作的成分。杨树达听闻杨丙辰所言之朱、马"两君尚在抵抗中"，并不确实。②（关于此事，后文详述，此处不赘。）

杨树达日记中虽对于北大被所谓"浙籍"把持多有不满，尤其是所

---

① 杨树达：《积微翁回忆录·积微翁诗文集》，上海古籍出版社，2007年，第43、45、57页。
② 关于杨树达日记中对朱希祖的误记，朱乐川《辨析〈积微翁回忆录〉中有关朱希祖的记述》一文曾加以辨析，亦可参看，载《南京师范大学文学院学报》，2007年第4期。

引单不庵告皮皓白（即皮宗石）之语（"欲北大办好，非尽去浙人不可"）更是耸人听闻，但其矛头所向，主要只是朱希祖与马裕藻二人，他对于章太炎本人则颇为敬仰，与太炎门生中的吴承仕尤为相得，即便是可视为"法日派"中的其他人如沈兼士、马衡等，亦常相论学，交谊颇深。① 这里除去个人感情因素（马裕藻对杨树达好友吴承仕不够友善）和学问上的轻视（马裕藻"十年不作一文"）外，更多的应该是由于朱、马二人长期担任北大文科的领导职务，众望所归，自然也众怨所集，杨树达的指责，很大程度上只能视作是圈外人对于浙籍教员长期主导教育界的不满。②

第三节 1925年北大脱离教育部事件

1925年的北大脱离教育部事件中，"法日派"与"英美派"立场明确对立，各持己见，是双方差异与斗争表现得最为外化的一次。对这一事件的分析，有助于我们更深入地考察二十世纪二十年代北大的权力格局、两派人员组成及文化、教育观的差异。

---

① 如杨树达1932年1月31日日记中对于马衡的评价："叔平以汉钟拓字见赠。叔平通金石学，人亦笃实，视乃兄幼渔之满腔私意者不啻天壤之别矣。"（杨树达：《积微翁回忆录·积微翁诗文集》，上海古籍出版社，2007年，第60页。）杨氏与沈兼士关系更为深厚，学术上互相称赏，感情亦接近："访沈兼士，盛赞余'小学金石论丛'之美。谓是辟一新途径。允即为余撰序。又谓象形字本无定音，说亦有理。""沈兼士来书，寄《〈小学金石论丛〉序》文来，题文曰'跋'，盖谦逊也。于余说有纠正处，又谓一字无定音定义，说颇当。""王恁来书，沈兼士在北大授课时称余著述之美。""访孙子书。子书告余，日前与沈兼士同饮席，席间兼士盛称余所著书。古人所谓乐道人之善者，兼士有之矣。""得余季豫书，云：张孟劬养病，足不下楼。不相见者已年余。沈兼士于外事一切不问。高阆仙闭门养疾，并授课事亦不肯任。僻处荒乡，闻故友近状，为之一慰。""得余季豫北平书，言生事日艰，家人皆食稷粱，独季一人白粲耳。告沈兼士冥鸿он去，盖南行也。""沈兼士自重庆来书，告已微服入川，索余近年来文字。行装甫卸，即通书求益，兼士好学之笃，令人惊叹。惟余文恐不足以厌其望，是足愧耳。"（以上引文分别见杨树达：《积微翁回忆录·积微翁诗文集》，上海古籍出版社，2007年，第124、125、127、144、199、200页。）
② 周作人亦称马裕藻为"北大'某籍某系'的老大哥"，见《周作人回忆录》，湖南人民出版社，1982年，第416页。

一、缘起与经过

事件的直接起因为女师大风潮，根源则为教育界对于教育总长章士钊的长期不满。1925年8月18日，教务长顾孟余召集评议会（代理校长蒋梦麟因家事南归，校事由顾孟余代拆代行），表决反对章士钊为教长、北大脱离教育部事。① 据上文，当时北大评议会议员为：王星拱、高一涵、皮宗石（补胡适、李四光）、丁燮林、王世杰、周览、顾孟余、李煜瀛、陈大齐、马裕藻、沈尹默、沈兼士、朱希祖、谭熙鸿、罗惠侨、冯祖荀（补马叙伦）、余文灿（补石瑛）共17人。胡适等人后来所撰的《这回为本校脱离教育部事抗议的始末》一文称：

> ……我们几个评议员到场始知为反对章士钊为教长的事。当时讨论甚久，最初表决的问题为本校对于此事应否有所表示，马裕藻教授并说明评议会本有建议于教育部之权，故表示是可以的。表决的结果为赞成与反对各六票（余文灿、罗惠侨两教授中途退席，不及参加投票），主席顾先生自投一赞成票，赞成表示者遂为多数。次表决应否与教部脱离。时皮宗石教授退席而去；王星拱、王世杰教授等声明，对于此案无表决权，应交全体教授大会议决，但主席卒以此案付表决，赞成与教部脱离者凡六票。②

据此，我们可以推测出当日到会者本为15人（主席顾孟余，第一轮表决赞成与反对票各6人，以及提前退场之余文灿、罗惠侨）。当日，评议会将议决案公布：

一、本校学生会因章士钊摧残一般教育，及女师大事，请本校

---

① 胡适等：《这回为本校脱离教育部事抗议的始末》，见王学珍等编：《北京大学史料》，第2卷第3册，北京大学出版社，2000年，第3000页。
② 同上。

宣布与教育部脱离关系事。

议决：以本会名誉宣布不承认章士钊为教育总长，拒绝接受章士钊签署之教育部文件。①

次日胡适等发表《致评议会书》，对评议会宣布与教育部脱离关系表示抗议。首先，事先并未征求教职员同仁意见，"就手续言，要不免有越权自专，漠视全体教职员同仁之嫌"。其次，"处兹政治与教育十分纷乱之时期，本校对于教部倘采取脱离关系之极端手段，似亦应以教部对于本校地位有直接加害行为之场合为限"，否则的话，一来"本校将日日在一般学潮与政潮之漩涡中"，二来，从功利的角度出发，"即就目前而论，下学年本校之经费尚无着落，下学年之考试与课务亦尚缺乏任何准备"。李四光随后（8月20日）在北大日刊（8月22日）发表《李四光教授致陶孟和教授等书》，明确支持胡适等人观点。② 次日，胡适等17名教授又发表《为北大脱离教部关系事致本校同事的公函》，认为"学校为教学的机关，不应该自己滚到政治的漩涡里去，尤不应该自己滚到党派政争的漩涡里去"。他们对于章士钊的许多主张和政策也表示不满，但是认为"我们尽可用个人的资格或私人团体的资格，去攻击他或反对他，不应该轻用学校机关的名义"，"因为学校里大部分的教员学生究竟是作学问事业的，少数人的活动如果牵动学校全体，便可以妨害多数人教学的机会，实际上便是剥夺他们教学的自由"。③

蒋梦麟22日回京后，胡适等人次日即给其撰写公函，援引北大前次反对教长王九龄时蒋梦麟的宣言，即"以后遇这次重大的事件，皆须开评议会与教务会议联席会议"，要"早日召集联席会议，复议此案"，

---

① 《评议会布告》，见王学珍等编：《北京大学史料》，第2卷第3册，北京大学出版社，2000年，第2996页。
② 胡适等：《致评议会书》，共同署名者尚有颜任光、陶孟和、燕树棠、陈源。李四光：《李四光教授致陶孟和教授等书》。见王学珍等编：《北京大学史料》，第2卷第3册，北京大学出版社，2000年，第2996—2997页。
③ 胡适等：《为北大脱离教部关系事致本校同事的公函》，见王学珍等编：《北京大学史料》，第2卷第3册，北京大学出版社，2000年，第2998—2999页。

并要求蒋梦麟将此函在北大日刊临时增刊发表。复议的要求遭到顾孟余、李煜瀛、马裕藻等人的反对,陈大齐、朱家骅、张凤举、王烈四人出来调停,无果。蒋梦麟口头答应 26 日召集联席会议,25 日胡适等人见仍无动静,于是又发一函,予以催促。李煜瀛等 8 名评议员也写信给蒋梦麟,认为无复议之必要。①

另一面,周作人等人于评议会之后亦发布《致校长书》,对评议会的议决表示赞同,但对其没有得到落实表示不满,"提出严重质问",促其"速为执行"。② 8 月 26 日王尚济等 41 名北大教员发表《反对章士钊宣言》,批评章氏"思想陈腐,行为卑鄙,他作司法总长兼教育总长的第一着,就是接二连三的训令各校禁止学生开会纪念国耻;第二着就是提倡荒诞绝伦的复古运动,压迫新思想,抹杀时代精神,以固宠而保禄位"。③ 这是对外宣言。同一日,王尚济等 17 名教授发表《为反对章士钊事致本校同事公函》,援引本校 1923 年"驱彭挽蔡"前例,对胡适等人的反对意见进行回应。首先,不应因章士钊没有直接损害北大便不加反抗。因为前次教长"彭允彝引起蔡校长辞职及本校否认之理由,即在其越权参与查办罗文干一案。罗文干虽曾为本校讲师,但此次之被构陷,实因其为王内阁(即所谓好人内阁)阁员的缘故。本校于地位上未受到什么直接的损害,徒以为正义故尚且那样地反抗",此时章士钊比彭氏对于教育界的摧残更重,更应该本着上次的精神进行反抗。其次,从经济方面来说,章士钊时代与彭允彝时代亦无不同,即使章士钊真可以保证学校的经费,也不应"抛弃历来所叹赞提倡之'狂狷的精神',而采取'有奶便是娘'主义"。最后,强调"评议会为大学最高机关,

---

① 胡适等:《这回为本校脱离教育部事抗议的始末》,见王学珍等编:《北京大学史料》,第 2 卷第 3 册,北京大学出版社,2000 年,第 3000—3001 页。
② 周作人等:《致校长书》,共同署名者尚有李宗侗、李麟玉、徐炳昶、李书华、张凤举、江绍原、王尚济。见王学珍等编:《北京大学史料》,第 2 卷第 3 册,北京大学出版社,2000 年,第 2995—2996 页。
③ 王尚济等:《反对章士钊宣言》,共同署名的尚有李煜瀛、顾孟余、马裕藻、朱希祖、周作人、周树人、沈尹默、沈兼士、钱玄同等人。见王学珍等编:《北京大学史料》,第 2 卷第 3 册,北京大学出版社,2000 年,第 2997 页。

所议决案件,他种机关当然无推翻之权"。①

最终结果是,蒋梦麟决定于 28 日上午召集联席会议,马裕藻等人坚持此会只可为谈话会,说联席会无法律上的依据,胡适一方做出妥协,同意此会只作为谈话会,但坚持谈话会仍可投票复决,只是表决案采取建议书形式,对学校无约束力。马裕藻、李煜瀛、沈尹默、陈大齐则坚持谈话会不应有表决权。最后胡适以退席相胁,李煜瀛等方才同意可以用个人签名式签名于建议书。双方勉强达成一致后,胡适、王世杰分别提出建议书一件。胡适的建议书是:"同人建议于校长,请其对于本月十八日评议会议议决案斟酌情形停止执行。"签名同意者 12 人。王世杰的建议书是:"同人愿建议评议会请求议定:评议会凡对于政治问题,以及其他与本校无直接关系之重大问题,倘有所议决,须经评议会之二度议决,或经由评议会与教务会议联席会议之复决;或经用教授大会之表决,方能执行。"签名者 22 人。②

31 日,蒋梦麟召集评议会,报告其斟酌的结果,仍然继续执行评议会原案,并于数日后在北大日刊登载启事。③ 这一日评议会议决:"评议会对于与本校无直接关系之重大问题,倘有所预闻,须由评议会召集全校教授,依照多数意见决定之。"但是关于"与本校无直接关系之重大问题"一句的解释权归属问题,并未讨论出结果,胡适认为是一个漏洞。④

总体看来,"法日派"与"英美派"争论的焦点在两方面:一是对于评议会权限的理解,二是对于"驱彭挽蔡"和"王九龄教部事"这两个前例的阐释,而由于前者的模糊性,所以对于后者的阐释也就间接地

---

① 王尚济等:《为反对章士钊事致本校同事公函》,共同署名的尚有顾孟余、李煜瀛、朱希祖、马裕藻、沈兼士、沈尹默、冯祖荀、谭熙鸿等人。见王学珍等编:《北京大学史料》,第 2 卷第 3 册,北京大学出版社,2000 年,第 2997—2998 页。
② 胡适等:《这回为本校脱离教育部事抗议的始末》,见王学珍等编:《北京大学史料》,第 2 卷第 3 册,北京大学出版社,2000 年,第 3001—3002 页。
③ 《北京大学日刊》,1925 年 9 月 3 日。
④ 胡适等:《这回为本校脱离教育部事抗议的始末》,见王学珍等编:《北京大学史料》,第 2 卷第 3 册,北京大学出版社,2000 年,第 3002 页。

界定了前者。

二、前例的阐释

关于评议会的权限，据1912年蔡元培发布的《大学令》，评议会审议事项中包括"教育总长及大学校长咨询事件"，并规定："凡关于高等教育事项，评议会如有意见，得建议于教育总长。"① 所以8月18日顾孟余召集评议会时，有"英美派"议员对于本校应否对于反对章士钊为教长事有所表示时，马裕藻即援引这一条，"说明评议会本有建议于教育部之权，故表示是可以的"。② 这也是后来李煜瀛等人坚持评议会、教务会联席会议只可为谈话会的制度依据。"英美派"教员后来则坚持对于类似这种"与本校无直接关系之重大问题"，评议会不应直接议决，"倘有所议决，须经评议会之二度议决，或经由评议会与教务会议联席会议之复决；或经用教授大会之表决，方能执行"。③

"驱彭挽蔡"指的是1923年王宠惠内阁（"好人内阁"）的财长罗文干（亦为北大教员）为陆长张耀曾和众院议长吴景濂构陷，在监察厅宣布不起诉之后，教长彭允彝以国务员论国务之名，提出再交法院。蔡元培为此辞职，1月17日离校，以示抵制，引起北大师生震动，纷纷表示驱逐彭允彝，挽留蔡元培。1月18日晨，北大学生得知蔡元培辞职消息，群情愤激，下午二时在第三大礼堂开会，到者两千余人，推黄日葵为主席，讨论四项问题：（一）驱逐彭允彝；（二）拥护司法独立；（三）挽留蔡校长；（四）警告国会。并选派代表至总统黎元洪住所请愿。④

---

① 蔡元培：《大学令》，见高平叔编：《蔡元培全集》，第2卷，中华书局，1984年，第285页。
② 胡适等：《这回为本校脱离教育部事抗议的始末》，见王学珍等编：《北京大学史料》，第2卷第3册，北京大学出版社，2000年，第3000页。
③ 《这回为本校脱离教育部事抗议的始末》，见王学珍等编：《北京大学史料》，第2卷第3册，北京大学出版社，2000年，第3002页。
④ 《彭允彝惹起教育界大风潮》，1923年1月19日《京报》，见王学珍等编：《北京大学史料》，第2卷第3册，北京大学出版社，2000年，第2934—2935页。

1月20日到众议院"请愿勿投彭氏票",遭到军警殴打,① 其后更是开会、通电不绝。北大评议会1月18日即宣言"以评议会名义会同总务长及教务长维持校务,并声明至教育当局问题及校长问题解决之日为止"。② 北大全体教职员也一致明确表示"驱彭挽蔡",1月19日议决《本校教职员全体呈总统文》,"呈为请予罢免教育总长彭允彝,并乞慰留北京大学校长蔡元培以维持教育而弭学潮事",并于次日在北大日刊发表。③ 复于1月20日撰写《北京大学全体教职员宣言》,称"业于本月十九日公决,呈请大总统罢斥彭允彝教育总长之职;并请慰留本校校长蔡子民先生",表示"如或政府不加谅解,同人虽复多所牺牲;亦在不惜",并进一步提出将来教育行政方面的根本解决,即"拟请政府将教育最高行政机关,独立于内阁之外。庶不受政潮之影响,而得谋教育之安全与发展"。④ 1月21日晚7时,北大教职员临时代表在第一院开会议决发表此宣言,并推举蒋梦麟、顾孟余等五人次日赴总统府要求三件事:(一)速批蔡校长辞呈,(二)罢免彭允彝,(三)批示教员"挽蔡驱彭"呈文。⑤ 同日北大教职员全体召开大会,一致议决组织临时代表会,办理挽留校长等事宜。⑥ 此次学潮波及范围,尚并不限于北大,蔡元培辞职后,北京国立专门以上八校即开会讨论,主张留蔡、免彭、

---

① 《北大学生之哀告》,1923年1月20日《京报》,见王学珍等编:《北京大学史料》,第2卷第3册,北京大学出版社,2000年,第2936页。
② 《北京大学教职员全体宣言》(1923年3月5日《北京大学日刊》),另据同日《评议会布告》,评议会已于19日议决依先例出面维持校务。见王学珍等编:《北京大学史料》,第2卷第3册,北京大学出版社,2000年,第2947页;第2卷第1册,第142页。
③ 《本校教职员全体呈总统文》(1923年1月20日《北京大学日刊》),见王学珍等编:《北京大学史料》,第2卷第3册,北京大学出版社,2000年,第2936页。
④ 《北京大学全体教职员宣言》(1923年1月22日《北京大学日刊》),见王学珍等编:《北京大学史料》,第2卷第3册,北京大学出版社,2000年,第2938—2939页。
⑤ 《昨晚北大教职员临时代表联席会议之情形》(1923年1月22日《北大学生新闻》),见王学珍等编:《北京大学史料》,第2卷第3册,北京大学出版社,2000年,第2939页。
⑥ 《本校教职员临时委员会委员启事》(1923年1月26日《北京大学日刊》),见王学珍等编:《北京大学史料》,第2卷第3册,北京大学出版社,2000年,第2939页。

惩处殴伤学生之指使者。① 1月21日八校教职员代表联席会议发布宣言：自本日起，决不承认彭允彝为教育总长。② 2月5日更是联合国立高等师范、女子高师、工业专门、医学专门、美术专门各校评议会代表联席会议发表启事："现在各校行政暂由各校评议会维持，所有彭允彝署名一切公文概不接受"。③

蔡元培本人于1月21日发布宣言，表明自己辞职的远因在于北京政治空气的恶浊，近因在于彭允彝"破坏司法、蹂躏人权"的无耻，批评"一般胥吏式机械的学者""有奶就是娘"，不论是非、"助纣为虐"的罪恶，认为对于当时政治的反抗"若是求有点效果，至少要有不再替政府帮忙的决心"。④ 对此宣言，陈独秀有所评议，认为他"这种高尚洁己的品行"，当然比那些"胥吏式机械式的学者""高明得万倍"，但也批评他这种反抗是"消极的"、"非民众的"，是"民族思想改造上根本的障碍"。认为"打倒恶浊政治必须彻头彻尾采用积极的苦战恶斗方法，断然不可取消极的高尚洁己态度"，否则"往往引导群众心理渐渐离开苦战恶斗积极的倾向，而走到了退避怯懦的路上去，不啻为恶浊政治延长生命"，二是蔡元培的"不合作主义"、"拆台政策"，只见学者，不见民众，而这也正是国民党的革命运动不成功的原因。⑤ 胡适则明确表示赞成"这点大声主持正义，'不忍为同流合污之苟安'的精神"，认为"他的这一次抗议，确然可以促进全国国民的反省，确然可以电化我

---

① 实际签名者为女子高师校长许寿裳、高等师范评议会主席程时煃、医学专门学校校长周颂声、工业专门学校校长俞同奎、美术专门学校校长郑锦，见《八校校务讨论会之三主张：留蔡——免彭——惩殴伤学生之指使者》（1923年1月23日《晨报》），见王学珍等编：《北京大学史料》，第2卷第3册，北京大学出版社，2000年，第2954—2955页。
② 《北京国立专门以上八校教职员代表联席会议宣言》（1923年1月23日《北京大学日刊》），见王学珍等编：《北京大学史料》，第2卷第3册，北京大学出版社，2000年，第2955页。
③ 《国立北京大学、高等师范、女子高师、工业专门、医学专门、美术专门学校评议会代表联席会议启事》（1923年2月5日《晨报》），见王学珍等编：《北京大学史料》，第2卷第3册，北京大学出版社，2000年，第2945页。
④ 蔡元培：《关于不合作宣言》，见高平叔编：《蔡元培全集》，第4卷，中华书局，1984年，第311—313页。
⑤ 陈独秀：《评蔡校长不合作宣言》，载1月24日《向导》周报，见《陈独秀著作选》，第2卷，上海人民出版社，1993年，第414—415页。

们久已麻木不仁的感觉力"。① 对于陈独秀的评论，胡适也撰写《蔡元培是消极的吗？》一文加以反驳，赞同蔡元培"有所为有所不为"的态度，认为陈独秀"未免太过虑了"，因为"蔡先生的抗议在积极方面能使一个病废的胡适出来努力，而在消极方面决不会使一个奋斗的陈独秀退向怯懦的路上去"！②

北大乃至整个北京学术界在力挺蔡元培、"驱彭挽蔡"这一立场上虽采取完全一致的态度，但是对于蔡元培行为的解读，却有所不同。一般人都侧重强调蔡元培此举的政治意义而予以赞同③，胡适则在认同蔡元培与"恶政治"奋斗的同时，强调其斗争的方式、对大学和教育的态度，即其"不愿为一人而牵动北京大学，自然更不愿为一人而牵动北京学界"，所以他的支持者应该体察这份苦心，"继续维持各学校"，"同情的表示尽可以采取个人行动的方式，不必牵动学校"。④ 这和胡适一贯的将教育问题与普通政治问题分开，试图通过教育改造社会的思维方式有关，体现出他不欲使大学卷入政治漩涡、维持教育的一片苦心。

但是由于蔡元培的崇高威望、北京教育界一致的抵抗态度以及蔡元培、罗文干与胡适的私人感情等因素，胡适对于北大及其他诸校宣布脱离教育部并未有反对的表示。所以1925年"法日派"宣布脱离教育部、反对章士钊即援引"驱彭挽蔡"的先例，认为章士钊"之卑鄙龌龊不亚于彭允彝"，而且特别强调"罗文干虽曾为本校讲师，但此次之被构陷，实因其为王内阁（即所谓'好人内阁'）阁员的缘故。本校于地位上未

---

① 胡适：《这一周·蔡元培以辞职为抗议》，见《胡适文集》，第3卷，北京大学出版社，1998年，第451页。
② 胡颂平编著：《胡适之先生年谱长编初稿》，联经出版事业公司，1984年，第522页。
③ 如《北京大学全体宣言》即指出"我们校长蔡先生此次辞职，不只是一个教育问题，而且是一个政治问题。……他的辞呈的确是对于现政治的'抗议书'"。1923年1月24日《北京大学日刊》，见王学珍等编：《北京大学史料》，第2卷第3册，北京大学出版社，2000年，第2941页。
④ 胡适：《蔡元培与北京教育界》，见《胡适文集》，第11卷，北京大学出版社，1998年，第110—111页。

受到什么直接的损害，徒以为正义故尚且那样地反抗"①，实亦有暗讽胡适等人对待两次事件厚此薄彼有个人感情因素在内。②

"王九龄教部事"指的是 1925 年 3 月 14 日北大评议会议决"以本校名义反对"王九龄长教，"如王来到任，本校即与教部脱离关系"。③ 胡适等人认为"事前并未声明开会的事由，所以到会的人不到半数"，④ 因而向代校长蒋梦麟提出抗议，蒋也于 3 月 18 日召集评议会与教务会议联席会议，议决维持原案，但是"以后进行，随时由本联席会议议决行之"。胡适等人虽然对维持原案的结果有所不满，但也成功利用联席会议对于评议会的权力做出了书面上的限制。⑤ 所以在反对章士钊、脱离教育部事件中，"英美派"一再援引此例，以为没有召开评议会与教务会议联席会议，应该复议。

表三⑥

评议员	反对章士钊宣言(8, 26)	为反对章士钊事致本校同事公函(8, 26)	为北大脱离教部关系事致本校同事的公函(8, 21)	致蒋梦麟要求开联席会复议函(8, 23)	再致蒋梦麟要求开联席会复议函(8, 25)	这回为本校脱离教育部事抗议的始末(9, 21)

---

① 王尚济等：《为反对章士钊事致本校同事公函》，共同署名的尚有顾孟余、李煜瀛、朱希祖、马裕藻、沈兼士、沈尹默、冯祖荀、谭熙鸿等人。见王学珍等编：《北京大学史料》，第 2 卷第 3 册，北京大学出版社，2000 年，第 2997—2998 页。
② 罗文干为王宠惠"好人内阁"成员，胡适则是"好人政治"的鼓吹者，胡适、蔡元培、罗文干等人并一度都是颜惠庆宅茶话会的成员。而胡适与章士钊虽然在政治文化立场上有分歧，但是私交一直不错。
③ 《评议会议事录·十四年三月十四日》，见王学珍等编：《北京大学史料》，第 2 卷第 1 册，北京大学出版社，2000 年，第 186 页。
④ 胡适等人此说不确，根据当日"评议会议事录"，则出席者为 12 人，其中评议会员 11 人（另一人为代校长蒋梦麟），当年评议员共 17 人，出席人数显然超过半数。不过缺席的 6 人中，"英美派"居多，如王星拱、皮宗石、丁燮林、周览皆未出席。参见《评议会议事录·十四年三月十四日》，见王学珍等编：《北京大学史料》，第 2 卷第 1 册，北京大学出版社，2000 年，第 185—186 页。
⑤ 胡适等：《这回为本校脱离教育部事抗议的始末》，见王学珍等编：《北京大学史料》，第 2 卷第 3 册，北京大学出版社，2000 年，第 3000 页。
⑥ 表格中●代表赞成校评议会议决，○代表反对，△代表试图居中调停。

姓名	1	2	3	4	5	6
王星拱			○	○	○	○
高一涵			○	○	○	○
皮宗石			○	○	○	○
丁燮林			○	○	○	○
王世杰			○	○	○	○
周　览			○	○	○	○
罗惠侨						○
余文灿						○
顾孟余	●	●				
李煜瀛	●	●				
陈大齐	●			△		
马裕藻	●	●				
沈尹默	●	●				
沈兼士	●	●				
朱希祖	●	●				
谭熙鸿	●	●				
冯祖荀	●	●				

三、结语

从这一事件的发展及最终结果来看，显然是"法日派"胜出，"英美派"落败，这正可以反映出"法日派"在北大评议会中的优势地位。如表三所示，在上文提及的双方针锋相对的几份文件中，北大评议会内坚决支持反对章士钊、脱离教育部的有9人（在两份文件均签名），即顾孟余、李煜瀛、陈大齐、马裕藻、沈尹默、沈兼士、朱希祖、谭熙鸿、冯祖荀，陈大齐虽然只在第一份文件签名，并且后来试图居中调停,但也坚决支持评议会的议决,反对联席会议复议。坚决反对的有 6 人,即王星拱、高一涵、皮宗石、丁燮林、王世杰、周览(在四份文件均签名),罗惠侨和余文灿也倾向于支持他们,但是相对边缘,只在最后的《这回为本校脱离教育部事抗议的始末》一文后签名。校长蒋梦麟则两面为难,不愿意得罪任何一方,这与他 1931 年以后的依靠"英美派"打击"法日派"大为不同。

除去人事、人情因素,这一事件也集中体现了"法日派"和"英美派"对于教育、学术与政治、社会之间关系看法上的差异。"法日派"教员倾向于干预社会政治,为此甚至不惜牺牲一时之教育、学术,"英美派"教员则认为大学职责在于教育、学术本身,为此宁愿与不义的政府委曲求全。

第四章

"北大中兴"与"除恶务尽"

二十世纪二十年代后期以来，北京政局动荡，学者教授大批南下，复因国民政府定都南京，北大颇有衰颓之势。1930年，蒋梦麟辞去教育部长之职，再度出任北大校长，通盘筹划，网罗人才，试图实现"北大中兴"。①

在二十世纪二十年代，北京大学几乎一直是蔡元培担任校长，在引用人才方面，奉行"兼容并包"主义；在学校制度方面，则推行教授治校制度，以评议会为学校最高权力机关。尤其是在相当一部分时间里，蔡元培并不到校，由根基不深的蒋梦麟代理，评议会更得以在学校行政方面发挥作用。而在二十世纪二十年代的评议会里，"法日派"相对来说是略胜一筹的，蒋梦麟则尽量在各派之间保持平衡。1930年重回北大的蒋梦麟，态度有了根本转变，完全与胡适等结盟，集结"英美派"的力量，逐步清除"法日派"的影响。这里既有教育、学术理念上的接近，也有着实际的考虑。蒋梦麟辞去教育部长职务，本是政治斗争失利的结果，对于收拾北大这个烂摊子，一开始并无兴趣，最终之所以决定出任校长并能立足，与胡适关系甚大。胡适对于由美国退还庚款组成的中华教育文化基金会具有很大的影响力，也正是在他的支持下，中基会与北大协定，自1931年起，每年提出二十万元国币，赠予北大，以五年为期。② 胡适在教育文化各界又有着广泛的人脉，在网罗人才方面，

---

① 据《国民政府令》（1930年12月4日）："任命蒋梦麟为国立北京大学校长。（略）代理国立北京大学校长陈大齐著毋庸代理。"（见王学珍等编：《北京大学史料》，第2卷第1册，北京大学出版社，2000年，第280页。）
② 胡适日记1931年1月13日剪报，见曹伯言整理：《胡适日记全编》，第4卷，安徽教育出版社，2001年，第12—14页。

为北大出力不少，蒋梦麟对他和傅斯年颇为倚重，重大决策多与之商量。据蒋梦麟1950年的回忆，"'九一八'事变后，北平正在多事之秋，我的'参谋'就是适之和孟真两位。事无大小，都就商于两位。他们两位代北大请到了好多位国内著名的教授，北大在北伐成功以后之复兴，他们两位的功劳，实在是太大了"。① 蒋、胡等人联手整顿，除旧布新，主要体现在两个方面：一是制度更张，一是人事变革。

第一节　评议会与校务会议

蒋梦麟时代的北大，从制度建设的角度而言，主要是变蔡元培时代的"教授治校"为"校长治校"。二者相比，前者倾向于削弱、制衡校长权威，以期达到"无论何人来任校长，都不能任意办事"的效果。② 众所周知，教授治校制度虽然在北大最早施行，但是最为完备的则是清华大学，后来长期担任该校校长的梅贻琦就积极淡化个人权威色彩，以"王帽"自居，谦称校长就是为教师和学生管管桌椅教具的，③ 在校事上少表示个人主见，多采取"吾从众"的态度。④ 这一制度显然长于预防校长独裁，宜于守成，而不利于变革，尤其是当教授因特定因素（地缘、学缘等）结成派别时，校长往往无力改变现状。校长治校制度则正

---

① 蒋梦麟：《忆孟真》，见王富仁等编：《谔谔之士——名人笔下的傅斯年·傅斯年笔下的名人》，东方出版中心，1999年，第34页。
② 蔡元培：《回任北京大学校长在全体学生欢迎会演说词》，见高平叔编：《蔡元培全集》，第2卷，中华书局，1984年，第341—342页。
③ 梅贻琦的大学理念中，关于淡化校长权威，突出教授、学生的言论颇多，如："大学者，有大师之谓也"，"一个学校，有先生上课，学生听课，这是主要的。为了上课听课，就必须有些教具以及桌椅之类。因此也需要有人管这些方面的事。一个学校的校长就是管这些事的人"，"当校长就好像一个唱王帽戏的演员，他坐在那里好像很重要，其实戏是别人唱的，他并没有很多的戏。"见冯友兰：《三松堂自序》，《冯友兰全集》，第1卷，河南人民出版社，2001年，第287页。
④ 朱自清：《清华的民主制度》，《朱自清全集》，第4卷，江苏教育出版社，1990年，第415页。

是要增强校长的权威，为改革确立制度基础，提高行政效率。①

如前文所述，北大"法日派"参与校政，主要是通过评议会这一方式，蒋梦麟与胡适要对此做出改变，首先要去除评议会这一最高权力机关，这在法令上，主要依据的是1929年颁布的《大学组织法》。北伐成功以后，国民政府名义上统一了全国，也试图加强对于教育的控制，这一大学"组织法"即大大扩充了校长的权力：校长直接聘任院长，对于各院教员、系主任的聘任有最终决定权，可以直接聘任职员。取代"评议会"的"校务会议"，"以全体教授、副教授所选出之代表若干人，及校长、各学院院长、各学系主任组织之，校长为主席"，并且"校长得延聘专家列席"。② 校长加上院长、系主任等人，往往已达会议半数，有利于校长集权。此时的蒋梦麟刚辞去教育部长之职，在政治上也得到中央政府的支持，不再是当年蔡先生派来代捺捺印子的了。

胡适直接参与甚至是主导了北大的制度变革，蒋梦麟决定实行加强校长权威的院长制，即与胡适等人的劝说有很大关系。据胡适日记，他对于蒋梦麟的这一决定表示满意，但对他"仍要敷衍王烈、何基鸿、马裕藻三人"表示不满，认为"仍是他的弱点"，并要傅斯年"劝梦麟努力振作"。③ 1931年2月25日胡适收到杨振声来信，提到北大改革事项：

（一）各种委员会（聘任委员会在内），其委员由校长于教授中聘任。遇必要时，得请校外专家为委员。

（二）院长系主任皆由校长于教授中聘任。

（三）关于学校重要事务，设校务会议（或教务会议），由校

---

① 蔡元培本人的崇高威望一来是源于其"以清朝翰林为革命巨子，新旧资望备于一身"（梁漱溟：《纪念蔡元培先生》，《忆往谈旧录》，陕西师范大学出版社，2009年，第81页。）的身份，二来则源于"思想自由、兼容并包"的学术眼光与气度，相较而言，二十年代的蒋梦麟则要弱势得多。
② 宋恩荣等编：《中华民国教育法规选编》，江苏教育出版社，1990年，第416—417页。
③ 胡适日记1931年1月30日，见曹伯言整理：《胡适日记全编》，第4卷，安徽教育出版社，2001年，第51页。

长，教务长，总务长，及各学院长组织之。校长为主席。

（四）关于学制，预算，决算，及立法事项，设评议会（或校务会议），于教授中推选七人，加入校长，教务长，总务长，及各院院长为当然委员。

（五）教授聘期，确定为一年。每学年终续发第二年聘书。其不发聘书者，即作为解约。

以上（三）（四）二条，与部章稍有出入，但清华实行之，极得力。其余各条，部章于（一）（二）明有规定。（五）亦各校惯例。①

当晚，胡适即"与梦麟，孟真谈北大事"②，杨振声的这个计划显然是胡适授意据"部章"制定的。一个月以后（1931年3月25日夜），蒋梦麟请评议员吃饭，讨论实行政府颁布的《大学组织法》及《大学规程》一案，为次日的评议会事先疏通。参加者除蒋、胡二人外，尚有马幼渔、刘半农、贺之才、王仁辅、夏元瑮、樊际昌、王烈、何基鸿。马幼渔显然对变制表示不满，"说话最多"，称"现在自然没有中道可走，只有左或右两条道：右是保存旧法，左是采用政府法令。若一部分用政府法令，一部分又顾全旧制，那是中道，是站不住的"，并追问蒋梦麟变制的理由。蒋梦麟给出三个理由，其中被胡适认为"最有力"的是："大学组织法是我做部长时起草提出的。我现在做了校长，不能不行我自己提出的法令"。马幼渔提出左右两条道路，表示没有第三条道路可走，显然是想否定变制，维持旧制，只是不便明说而已。胡适立即抓住这一点，主动出击，说："我赞成幼渔先生的话，尤其赞成他说第二条道路，就是政府颁布的法令。有些法令原文不够用之处，可用施行细则补充。"这可见胡适的世故，也可见他此时已完全处于强势地位。评议员们并谈起评议会已通过的议案应如何处置，尤其是"辞退教授须经评

---

① 曹伯言整理：《胡适日记全编》，第6卷，安徽教育出版社，2001年，第70页。
② 同上。

议会通过"一条，这牵涉到学校的人事权力归属，非同小可。对此，蒋梦麟以四两拨千斤的方式（胡适称之为"聪明而得体的官话"）回答"凡是和大学组织法等法规不抵触的议案，自然都有效"，其实是含蓄而强硬地予以否定。胡适对这一晚蒋梦麟的表现很满意，认为他"态度很好，说话也很周到"，这自然是指其对于马裕藻等人不敷衍的态度以及那些"聪明而得体的官话"。①

次日正式召开评议会，马裕藻、沈兼士、马衡均未出席，这自然是已经预见到会议结果的缘故，但马裕藻曾有信给蒋梦麟，特别强调"适之先生赞成我的第二条路，但第一条法也更应注意"，算是表明立场。会议顺利通过"本校各项组织及各项办法，自本年七月一日起，遵照《大学组织法》及《大学规程》改定。自四月一日起开始筹备"一案。胡适在当日日记中以胜利者的口吻回忆起6年前关于"反章脱部"的联席会议："我自从十四年秋天出席评议会与教务会议联席会议和李石曾、顾孟余等争论以后，至今将六年，今年为第一次出席评议会，会所即是六年前吵架的会议室。"② 此次评议会议决案两日后在北大日刊发表。至此，"法日派"在制度上完全失败，"英美派"开始在北大占据主导地位。

在具体的学校组织方面，1932年公布的《国立北京大学组织大纲》即是以《大学组织法》为基础：北大设文理法三学院，院长皆由校长就教授中聘任，系主任由院长商请校长聘任，课务处、秘书处、图书馆课业长、秘书长、馆长及职员亦均由校长任命。大学的校务会议以校长、秘书长、课业长、图书馆长、各院院长、各学系主任及全体教授、副教授选出之代表若干人组织之，校长为主席。校长并有权聘请不超过总人数五分之一的专家列席。③ 这确保了校长对于校务会议的控制力。蒋梦

---

① 本段据胡适1931年2月25日日记，见曹伯言整理：《胡适日记全编》，第6卷，安徽教育出版社，2001年，第102页。
② 本段据胡适1931年2月26日日记，见曹伯言整理：《胡适日记全编》，第6卷，安徽教育出版社，2001年，第102—103页。
③ 《国立北京大学组织大纲》（1932年6月18日《北京大学日刊》）。

麟曾经向冯友兰说过他在大学发现的一个规律："一个大学中有三派势力，一派是校长，一派是教授，一派是学生，在这三派势力中，如果有两派联合起来反对第三派，第三派必然失败。"① 二十世纪三十年代的蒋梦麟对于北大学生的许多要求（如参与校政、缓缴学费等）均敢于明确拒绝，关键即在于他在中央政府得到了执政者的有力支持，在大学内部则依据《大学组织法》将校长和教授的两派势力"整合"成了一派。

第二节　除旧布新

胡适在写于1948年的《北京大学五十周年》一文中，曾对于蒋梦麟二十世纪三十年代试图改革实现"中兴北大"的努力做过如下回忆："话说民国二十年一月，蒋梦麟先生受了政府的新任命，回到北大来做校长。他有中兴北大的决心，又得到了中华教育文化基金会的研究合作费国币壹百万元的援助，所以他能放手做去，向全国去挑选教授与研究的人才。他是一个理想的校长，有魄力，有担当，他对我们三个院长说：'辞退旧人，我去做；选聘新人，你们去做。'"② 从这里也可以看得出蒋梦麟对自身对于大学的掌控力的自信。而所谓的"旧人"，自然是以"某籍某系"为核心的"法日派"学人。

如下表所示，1930年北大主要职员（校长、院长及各系部主任）、教授共54人，其中浙籍人数占19人，超过三分之一。代校长陈大齐为浙籍，属于"法日派"。国文系10人中，浙籍5人，太炎门生4人；史学系4人，浙籍3人。东方文学系2人，浙籍1人。又如上文所示，本届评议会13人中，浙籍占7人（王烈、马裕藻、沈兼士、樊际昌、朱希祖、马衡、夏元瑮），此时"法日派"仍然占据主导地位。

---

① 冯友兰：《三松堂自序》，《冯友兰全集》，第1卷，河南人民出版社，2001年，第72页。
② 胡适：《北京大学五十周年》，《胡适文集》，第11卷，北京大学出版社，1998年，第812页。

表四　1930年国立北京大学主要职员及文科教授名单①

姓　名	别　字	籍　贯	职　务
蔡元培	孑　民	浙江绍兴	校　长
陈大齐	百　年	浙江海盐	第一院主任兼哲学系教授兼代校长
王星拱	抚　五	安徽怀宁	二院主任兼总务长
王　烈	霖　之	浙江萧山	地质系教授兼主任兼代总务长及二院主任
何基鸿	海　秋	河北藁城	法律系教授兼主任兼政治系主任兼第三院主任兼教务长
马裕藻	幼　渔	浙江鄞县	国文系教授兼主任兼研究所国学门导师
朱希祖	逖　先	浙江海盐	史学系教授兼主任兼研究所国学门导师
贺之才	培　之	湖北蒲圻	法文系教授兼主任
张　颐	真　如	四川永宁	哲学系教授兼主任
温源宁		广东陆丰	英文系教授兼主任
戴　夏	夷　乘	浙江永嘉	教育系教授兼主任
周作人	启　明	浙江绍兴	东方文学系教授兼主任兼研究所国学门导师
郑　奠	石　君	浙江诸暨	国文系教授兼预科主任
樊际昌	逵　羽	浙江杭县	心理学系教授兼主任
杨震文	丙　辰	河南南阳	德文系教授兼主任
王仁辅	士　枢	江苏昆山	数学系教授兼主任
夏元瑮	浮　筠	浙江杭县	物理系教授兼主任
胡壮猷	愚　若	江苏无锡	化学系教授兼主任
经利彬	燧　初	浙江上虞	生物系教授兼主任

---

① 本表制作依据1930年5月《北京大学职员录》,见王学珍等编:《北京大学史料》,第2卷第1册,北京大学出版社,2000年,第363—373页。

马　衡	叔　平	浙江鄞县	史学系教授兼图书部主任兼研究所国学门导师
李麟玉	圣　章	天　津	化学系教授兼仪器部主任
杨　铎	警　吾	浙江义乌	地质系讲师兼出版部主任
胡濬济	沈　东	浙江慈溪	数学系教授兼庶务部主任
沈兼士		浙江吴兴	国文系教授兼研究所国学门导师
俞平伯		浙江德清	国文系教授
张凤举		江西南昌	国文系教授
许之衡	守　白	广东番禺	国文系教授兼研究所国学门导师
黄　节	晦　闻	广东顺德	国文系教授兼研究所国学门导师
刘　复	半　农	江苏江阴	国文系教授兼研究所国学门导师
刘文典	叔　雅	安徽合肥	国文系教授（讲师待遇）
钱玄同	疑　古	浙江吴兴	国文系教授兼研究所国学门导师（讲师待遇）
叶　瀚	浩　吾	浙江杭县	史学系教授兼研究所国学门导师
陈衡哲		湖南衡山	史学系教授
徐炳昶	旭　生	河南唐河	哲学系教授兼研究所国学门导师（讲师待遇）
钢和泰		埃细尼亚	哲学系教授兼研究所国学门导师
邓以蛰		安徽怀宁	哲学系教授（讲师待遇）
郭汝熙	怀　康	福建惠安	英文系教授
芮卡慈		英国剑桥	英文系教授
罗　昌	文　仲	广东宝安	英文系教授
朱家健	叔　琦	江苏吴县	法文系教授
铎尔孟	浩　然	法　国	法文系教授
徐祖正		江苏昆山	东方文学系教授

周作仁	濯 生	江苏淮安	经济系教授
秦 瓒	缜 略	河南固始	经济系教授
陈翰笙		江苏无锡	经济系教授
朱锡龄	继 庵	江苏江浦	经济系教授
童德禧	禧 文	湖北蕲春	教育系教授
刘廷芳		浙江永嘉	教育系教授（讲师待遇）
马师儒	雅 堂	陕西米脂	教育系教授
胡道维	叔 方	湖北枝江	政治系教授
陶履恭	孟 和	天 津	政治系教授（讲师待遇）
黄右昌	黼 馨	湖南临澧	法律系教授
白鹏飞	经 天	广西桂林	法律系教授
韩述组	志 勤	河北宛平	心理系教授

蒋梦麟 1930 年 12 月被任命为北大校长，23 日到校就职。① 1931 年迅速取消评议会，改校务会议为最高权力机构。又设院长制，这也是胡适劝说的结果，据胡适日记 1931 年 1 月 30 日记："梦麟今早来谈，下午又来谈，皆为北大事。他今天决定用院长制，此是一进步。"② 蒋梦麟新聘留学美国的刘树杞为理学院长，③ 留学美、德的周炳林为法学院长，文学院长一职，蒋梦麟一直为胡适保留，在其正式接任前由蒋自兼。④ 院长制权力集中，更利于踢开旧人搞变革。胡适日记 1931 年 3 月

---

① 《北大学生会昨开迎蒋大会》(1930 年 12 月 24 日《京报》)；《校长布告》(1930 年 12 月 27 日《北京大学日刊》)。见王学珍等编：《北京大学史料》，第 2 卷第 1 册，北京大学出版社，2000 年，第 280—281 页。
② 曹伯言整理：《胡适日记全编》，第 6 卷，安徽教育出版社，2001 年，第 51 页。
③ 刘树杞是湖北蒲圻人，治化学，先后就读于美国密歇根大学、哥伦比亚大学，分别获学士、博士学位，在进北大前先后任厦门大学、武汉大学、中央大学教授。见曹伯言整理：《胡适日记全编》，第 6 卷，安徽教育出版社，2001 年，第 105 页。
④ 《蒋梦麟分别聘请接洽新教授》(1931 年 7 月 31 日《京报》)。见王学珍等编：《北京大学史料》，第 2 卷第 1 册，北京大学出版社，2000 年，第 451—452 页。

28日即记:"北大新聘的理学院长刘树杞博士(楚青)从南京来。叔永(引注:即胡适好友任鸿隽)约他和梦麟和我们吃饭,饭后他和梦麟谈理院教授人选。不到两点钟,整个学院已形成了。院长制之效如此。"① 理学院长胡适其实本来属意李四光,但李表示"教书甚愿,院长无缘"。胡适令蒋梦麟劝亦无效,李四光后来只担任地质系主任。②

二十世纪三十年代胡适虽然一直对北大事务具有决定性的影响力,但是直至1932年2月15日方才接任文学院长之职,③ 同时兼任教育系主任。④ 外文系主任先由温源宁担任,但是胡适对其不满,⑤ 遂改为蒋梦麟兼领,实际上仍是胡适负责。⑥

国文系和史学系本是太炎学说一派的大本营,两系主任马裕藻与朱希祖又是太炎门生中的领头人物,也最早受到冲击。

1929年河北《民国日报》载有北大学生所撰的《警告朱马二教授》一文,对两人予以攻击,二人分别于7月31日和8月1日致信陈大齐(当时北大被改名为"北大学院",陈为院长),请求辞职。⑦ 8月3日,陈大齐复马裕藻、朱希祖函,称"先生主讲北大垂二十年,诸生无不热忱爱戴,若偶因学生误会遽尔灰心,将国文系(史学系)主任辞去,则

---

① 曹伯言整理:《胡适日记全编》,第6卷,安徽教育出版社,2001年,第104页。
② 曹伯言整理:《胡适日记全编》,第6卷,安徽教育出版社,2001年,第57页;《北大昨发表各系主任及教授讲师》(1932年9月27日《北平晨报》),见王学珍等编:《北京大学史料》,第2卷第1册,北京大学出版社,2000年,第452—453页。
③ 曹伯言整理:《胡适日记全编》,第6卷,安徽教育出版社,2001年,第176页。
④ 教育系主任先由胡适兼领,1934年改为吴俊升。《北大昨发表各系主任及教授讲师》(1932年9月27日《北平晨报》),《北大下年度各系教授名单》(1934年7月10日《北平晨报》),见王学珍等编:《北京大学史料》,第2卷第1册,北京大学出版社,2000年,第452、455页。
⑤ 《北大昨发表各系主任及教授讲师》(1932年9月27日《北平晨报》),见王学珍等编:《北京大学史料》,第2卷第1册,北京大学出版社,2000年,第452页;曹伯言整理:《胡适日记全编》,第6卷,安徽教育出版社,2001年,第53、424页。
⑥ 曹伯言整理:《胡适日记全编》,第6卷,安徽教育出版社,2001年,第53、428页。
⑦ 马函为《国文系主任致院长函》:"顷阅河北《民国日报》,载有本校学生会诋藻之语,是实藻诚信不孚所致,敬请先生召集国文系教授会改选主任,俾得早卸仔肩,幸甚幸甚。"朱函为《史学系主任致院长函》:"顷见报载警告朱马二教授标题内,有朱马二教授把持校务,黑幕重重,请学校当局严重取缔等语。希祖对于校务是否把持当在洞鉴之中,惟是诚心不孚不能见谅于学生,以后本系事务自难进行,用敢辞去史学系主任之职,另行改造以利进行。"(均见1929年8月5日《北京大学日刊》。)

该系一切进行计画势将停顿。爱校如先生当不忍出此,务请以学校前途为重,概允继续担任国文系(史学系)主任,无任企祷(略)"。① 二人仍然不愿回任,陈大齐再次致函慰留,分析学生反对之原因在于旧教授未能全返而误会二人从中阻挠,指出这是客观因素造成(同人"散居南北各处","各有职守"),非个人所能左右。认为北大精神在于教授治校,系主任乃教授互选结果,不当受学生影响。② 9月23日,已经再次被任命为北大校长的蔡元培也分别致函朱、马二人,③ 认为学生会本不应有此种举动,所以完全可以置之不理,并告知此前见学生代表时已经对其进行劝告,并在致学生会函中就此事批评他们"对于学校当局设身处地知其难处,勿轻发无责任之言论以取快一时而妨碍全局",蔡元培认为学生已经觉悟,请朱、马二人回任主任之职。④ 随后,北大史学会于28日召开会议,议决案中的一条便是"主任问题仍请朱希祖先生继续担任"。⑤

学生的驱逐运动,背后往往有教员运作的影子。据谢兴尧忆文,驱赶朱、马运动,即有旧北大教授的参与:

> 自民十六革军北伐,学界风潮尤为澎湃,新留学回来的,谁都懂得政治手腕,于是设法煽动学生中的有力分子,以群众为后盾,向学校说话,名为请求,实即要挟。这中间凡信仰、同乡,各种关系都有,只要讣闻上所列的那些谊,都用得上,又以主义与党谊的作用,最为激烈,……我还记得,似乎有位研究农村经济的新人物,也曾在北大教过书,这时忽又想回北大作教授,学校当局大概是恐怕他戴的红帽子,将来惹起麻烦。没想到这位先生便以学生为

---

① 陈大齐复朱、马二人函措辞完全一致,此处将两函合并。两函均载1929年8月5日《北京大学日刊》。
② 《陈代校长致马朱两教授函》,1929年9月23日《北京大学日刊》。
③ 1929年9月16日国民政府任命蔡元培为北大校长,蔡校长到校前由陈大齐代理(1929年9月26日《北京大学日刊》)。
④ 分别见《蔡校长致马幼渔先生函》、《蔡校长致朱逖先先生函》,均载1929年9月30日《北京大学日刊》。
⑤ 《史学会议决案及职员选举之结果》,1929年10月2日《北京大学日刊》。

斗争工具,来个"霸王硬上弓",说朱希祖、马幼渔二人把持校政,不肯聘请新人。中间也曾贴标语,闹风潮,末了这位先生还是进来了。①

戴着"红帽子""研究农村经济的新人物"的"红色"革命家当指陈翰笙。

陈翰笙曾先后留学美国、德国诸大学,获博士学位,1924年回国后在北大史学系担任教职,并与王世杰等人一起办《现代评论》,是当时所谓"最年轻的教授"。据其回忆,北大历史系主任朱希祖曾以十几位学生的名义伪造短信,称:"陈翰笙是南方口音,我们听不懂,他讲课的内容也不适合,不配教授我们!"并将其拿到评议会。陈翰笙先入为主地认定朱希祖"想把我排挤走,要他的留日朋友代替我"。不过值得玩味的是,陈翰笙当时对于朱希祖出示的短信,并不能确定真伪,亦不查实,而是先后和高仁山、王世杰、李大钊、陶孟和、周鲠生诸人商量对策,最后由担任法学系主任的周鲠生聘请其兼任该系课程,如此一来,历史系便无法将其辞退。而对于不去直接核实名单真伪的原因,陈翰笙则借王世杰的话(查实"会把朱希祖搞臭了")来坐实自己被"伪造排挤"的假定。② 其实,揆诸常理的话,这份短信上既附有学生名单,其真伪一问便知,在北大多年屹立不倒的朱希祖即便要排挤陈翰笙,似不至愚蠢至此。从这些方面,我们也都可以看出,当时两个教员群体之间的疏远与误解之深。

1930年北大历史系又发生了一次驱逐朱希祖运动,并最终迫其离校。12月7日晚,史学系学生致函朱希祖迫其辞职,并在校内张贴标语,散布宣言,次日朱希祖即向代校长陈大齐再次提请辞职,同时撰长文《逐辩"北京大学史学系全体学生驱逐主任朱希祖宣言"》进行回应,并在北大日刊发表。从朱希祖辩文所引来看,"宣言"共"三大纲

---

① 谢兴尧:《红楼一角》,《堪隐斋随笔》,辽宁教育出版社,1995年,第82页。
② 陈翰笙:《四个时代的我》,中国文史出版社,1988年,第28—29页。

十四条",谓"朱希祖决不配干史学系主任"、"朱希祖擅变课程"、"朱希祖嫉贤妒能排挤教授",分别攻击朱希祖无学识、无做系主任设置课程的能力、心胸狭窄难以容人导致历史系人才凋零。朱希祖对此几乎逐一辩驳,如对其学识的攻击,主要是集中在其"在北大吃饭的工具就是只四十页的'史学概论'讲义,上课时仅在顶上摘几十个字演黑板,所讲一切无一字出其范围之外者"。朱希祖认为讲义字数少,是因其"不取浮词泛论,亦不取新式铺排"之故,而且所谓"概论云者,本略叙其大概,至其详细内容,全在口头讲述,否则四十页之书,朗诵一遍,无一字出其讲义之外不过两月即可了事,何以能敷衍一年!"对于自家学问,朱希祖也颇为自信,认为其中重要断案,皆自有心得,并举其驳正王国维《释史》王氏采纳以为证明。至于说其"擅变课程",盛赞此前课程为"名教授李守常陈翰笙"所釐定,非常完善,这更是对于北大历史系的历史非常隔膜之语。朱希祖即指出当其初任主任时,李守常、陈翰笙尚未来北大史学系为教授,被称为"完善"并归功于李、陈的课程,正是作为史学系主任的朱希祖阅读德国史学家朗泊雷希脱《历史学》一书受到启发而编制。此后的改革,则是因为朱希祖发现此前课程注重灌注而忽略学生的自动精神,有所反思,"宣言"不察,不仅朱冠陈戴,对于课程设置的认识也不足。在此也可充分见出,"宣言"并非严谨的批评,鼓吹陈翰笙(李守常已于1927年遇害),逢朱必反,有为反对而反对的色彩。至于"嫉贤妒能排挤教授",则先后涉及陈汉章、何炳松、杨栋林、徐曦、陈垣、顾颉刚、陈寅恪、蒋廷黻、陈翰笙等人,更是将历史系的一切不如意均归诸朱希祖一人。对此,朱希祖也一一答辩。除去战乱、经费等客观原因以外,具体的人事因素,如陈汉章是为女生谭某"詈以不明科学方法"而去,朱希祖和叶瀚反复慰留无效,顾颉刚则因为在燕京大学任职,不便在外兼课领薪,所以去年是义务来授课,结果无一人来听课,今年不便再请,责任实在学生。陈寅恪、蒋廷黻等均因在清华任教,在外兼课钟点有限,无法增加。"宣言"此部分涉及篇幅最多的仍是陈翰笙,称之为"同学最欢迎的教授,因受朱希祖的排挤,愤而离校",复校时,学生"要求朱希祖请陈先生回校,而朱则竭力污蔑",陈翰笙不愿回北大历史系任教,也是因为"不愿和朱希祖共事",只肯"在经济系担任农业经济两小时",其后因"朱希祖散布陈某有史学系主任野心的流言",于是陈翰笙连"两小时的农业经济也不来上课了"。此段攻击使用无法证伪的"流言战术",将陈翰笙不来历史系和在经济系中途离去的原因都归结为朱希祖。对此朱希祖将陈翰笙屡次在北大历史系授课的情形联系在一起,称其第一年在北大史学系教课即不终局,"忽传失踪者数月,同学时来要求请人代授其课,第二年亦不终局,忽而隐避不见,此时尚无此种流言也"。而且陈翰笙本是高仁山介绍而来,并同办艺文中学,"陈翰笙先生两次教课不终局,是由于高仁山的原因,高仁山被逮,他也远避他方,考试成绩至今未给,何尝由于排挤?"至于污蔑云云,朱希祖则质问:"至云余诬蔑陈先生,则所诬者何事?质证者何人?不可随便乱说。"①

朱希祖的辩驳,应该可以称得上是"有理有利有节",可是这种驱逐运动本便不是单纯的学生反对教员,而是牵涉到背后隐藏的各种力量之间的博弈。虽然陈大齐依然予以慰留,② 但是此时蒋梦麟已被任命为北大校长,陈大齐本人也正准备辞职。蒋梦麟到校后,召集历史系学生,劝其"牺牲主张",并要朱希祖此后"自行检点"。用语如此,其实是变相将其逼走。③

从这两次风潮的结局也可以看出,倘若得不到学校当局的支持或默许,部分学生或教员的驱逐运动是不可能胜利的。驱赶朱希祖运动,背后除了有陈翰笙的影子外,更重要的是出身北大、曾为朱希祖学生的傅斯年的运作。朱希祖离职后到南京方知自己之被驱是"傅斯年逢蒙之祸",而据周文玖对与傅斯年关系密切的何兹全的采访,则傅斯年对于鼓动学生驱赶朱希祖并取而代之(史学系主任一职傅暂代后又推荐留美

---

① 朱希祖:《逐辩"北京大学史学系全体学生驱逐主任朱希祖宣言"》,1930年12月8日《北京大学日刊》。
② 《史学系主任朱希祖先生致陈代校长书》,1930年12月12日《北京大学日刊》。
③ 《北大史学系风潮似了未了》(1931年1月14日《北平晨报》),见王学珍等编:《北京大学史料》,第2卷第2册,北京大学出版社,2000年,第1725页。

博士陈受颐担任）不仅供认不讳，而且"很得意"。① 此外，这次风潮所出现的时间也很值得玩味，蒋梦麟与胡适对于驱朱风潮虽未必知情，但正是蒋梦麟长校这一人事上的大变动，确保了朱希祖的离校。

胡适1932年正式接任文学院长一职，后辞去，1934年2月蒋梦麟劝其回任，胡适一开始并不同意，并表示"我若不决心走开，此职终不能得人来做"，要"'避'贤路"。② 但是两个多月以后，胡适即到文学院复任院长，并明确向学生代表表示，"如果我认为必要，我愿意兼做国文系主任"。③ 这主要是由于胡适与蒋梦麟试图变动国文系遭遇了阻力。当年4月13日，胡适致信马裕藻，提出改革国文系方案，内容包括收缩课程、降低预算、减少教员三方面，具体体现为删去第三组，裁并第一组，合并、删除文学组专门科目，讲师去除三分之二，教授减少二三人。④ 对此，马裕藻的回信虽然承认蒋梦麟、胡适"处于校长院长之地位因预算关系主张尽力减少国文系课程及教员等理由，实有值得注意之点"，自谦"囿于一系范围以内"，"有所见未广之嫌"，但亦称自己"在此系范围内十二年之久，亦有一得之愚"，几乎将胡适的建议逐条驳回。对于蒋、胡的立足通盘计划，马裕藻倾向于强调国文系的特殊性："国文系在北大以图谋贡献世界者维多。凡关于文字文学及校订文籍诸事，一方面取他人之长补我不足，一方尤当自动努力以其发明为外人之先导。"没有成规可循，内容须随时增设，所以预算历来较他系为宽。而在具体的操作方面，国文系课程本来为每周107小时，上次院务会议已经减去20小时，缩减幅度较他系为大，胡适主张减至60小时，马裕藻认为太过，希望仍然维持此前的80小时。关于胡适删去第三组的主张，马裕藻也建议暂缓实行，因为这是他自从1925年以来的筹划，今年方才施行，且第三组可以借用第一组的研究成果，所以希望有数年时间试

---

① 周文玖：《朱希祖与中国现代史学系的建立》，《烟台师范学院学报》，第23卷第1期。
② 曹伯言整理：《胡适日记全编》，第6卷，安徽教育出版社，2001年，第332页。
③ 曹伯言整理：《胡适日记全编》，第6卷，安徽教育出版社，2001年，第377页。
④ 胡适致马裕藻函，见《胡适遗稿及秘藏书信》，第19册，黄山书社，1994年，第245—247页。

验其效果。文学组专门科目如"鲍参军诗"等逐年一换,并非常设一种。至于胡适所云"教员名额都被占满,无从吸收新人",马裕藻认为"此为人的问题,若果有新血脉输入之必要,尽可随时酌量,似无庸预留空额也"。① 其实胡适要裁撤国文系教员,正是要对其大换血,所谓"掺沙子",马裕藻的"无庸预留空额"则是拒绝变动。这正是胡适下定决心回任文学院长并兼任国文系主任的原因。

胡适在1934年年末的日记中专门作一篇《1934年的回忆》,其中提到北大国文系的改革,称"我兼领中国文学系主任,又兼代外国语文学系主任(名义上是梦麟先生),把这学年的文学院预算每月节省了近三千元。外国语文学系减去四个教授,添了梁实秋先生,是一进步;中国文学系减去三个教授,添的是我、傅斯年(半年)和罗常培,也是一进步","中国文学系的大改革在于淘汰一些最无用的旧人和最不相干的课程。此事还不很彻底,但再过一年,大概可以有较好的成绩"。②

至此,胡适、蒋梦麟的变革基本完全成功。"太炎门生"中的核心人物即所谓的"三沈二马一朱",朱希祖早已驱走,马裕藻被解职架空,对于其他在他校担任专职者,则聘为名誉教授。据《北平晨报》载,到1934年,沈尹默、沈兼士、徐炳昶、钱玄同、马衡、朱希祖均被聘为名誉教授。③ 太炎门生中,只剩下马裕藻和周作人还在北大,胡适复解聘国文系林损、许之衡等旧教授,浙籍学人的力量对于学校的干预力量基本完全清除。陶孟和当年"除恶务尽"的目标,基本上也算是实现了。

1934年10月11日,朱希祖在日记中写道:"忆民国六年夏秋之际,蔡孑民掌校,余等在教员休息室戏谈:余与陈独秀为老兔,胡适之、刘叔雅、林公铎、刘半农为小兔,盖余与独秀皆大胡等十二岁,均卯年生也。今独秀被捕下狱,半农新逝,叔雅出至清华大学,余出至中山及中央大学;公铎又被排斥至中央大学。独适之则握北京大学文科全权矣。

---

① 马裕藻致胡适函,见《胡适遗稿及秘藏书信》,第31册,黄山书社,第600—607页。
② 曹伯言整理:《胡适日记全编》,第6卷,安徽教育出版社,2001年,第428—429页。
③ 载1931年7月31日《京报》,1934年7月10日《北平晨报》,见王学珍等编:《北京大学纪事》,北京大学出版社,1998年,第181、209页。

故人星散,故与公铎遇,不无感慨系之。"①

第三节　林损离职与学风转移

二十世纪二三十年代之交中国社会的巨变,文化教育界的格局也同样经历了一次重组,至1934年,胡适和蒋梦麟等人的改组北大基本完成,也正是这一年4月,在北京大学工作长达二十余年的国文系教授林损在获知自己将不再被续聘以后,主动提出辞职,并发表致校长蒋梦麟、文学院长胡适之的措辞激烈的公开信,引起轩然大波。林损离职事件可以被视为"英美派"与"法日派"冲突的一个余波,由于涉及学术理念的异同和学术派别之争,其是非曲直,当时便言人人殊。时至今日,隔了数十年历史的烟尘,语境不在,就更容易产生隔膜。本节拟将这一事件置于当时北大文科格局变动的背景中,参考当时各方人士看法,兼及报纸的相关记载,尽量逼近历史真相。

一、林损解职与胡适的关系

如前所述,胡适对北大事务有决定性影响,后又任文学院长兼国文系主任,其二十世纪三十年代前期的日记中多处记载蒋梦麟、傅斯年来家中讨论校事,蒋在用人方面对其几乎言听计从,后来北大的人事格局,皆一如胡适计划。另据时在北大任教的陶希圣回忆,胡适的影响力不仅限于北大,甚至及于整个北平高教界:"北京大学居北平国立八校之首。蒋梦麟校长之镇定与胡适之院长之智慧,二者相并,使北大发挥其领导作用","校务会议不过是讨论一般校务",重大难题,都是蒋、胡商量决定,"国立各大学之间另有聚餐在骑河楼清华同学会会所内随时举行,有梦麟北大校长、梅月涵(贻琦)清华校长、适之及枚荪两院

---

① 朱偰:《五四运动前后的北京大学》,《文化史料》,第5辑,文史资料出版社,1983年,第185页。

长，我也参加交换意见。月涵先生是迟缓不决的，甚至没有意见的。梦麟先生总是听了适之的意见而后发言。（略）清华会餐席上，适之先生是其间中心"。①

林损的解职，时人多认为与胡适有关。林氏本人直接将去职归因于校长蒋梦麟与文学院长胡适，并有公开信发表，自不待说。学生辈的谢兴尧在四十年代亦有追忆：（马裕藻）"后来调和新旧，尤费苦心，新的胡博士那一班子人马，老在旁边挑眼，旧人如晦闻先生（黄节）不言不语，只有公铎（林损）好发高论，到处给主任闯祸，并且因为作讽刺诗得罪校长（公铎曾以全诗示余，惜未抄录，好像有'莫教文君泣前鱼'句，时蒋氏正'陶醉'于燕尔新婚也），幼渔虽尽了最大的调护之力，而结果是公铎留'讨胡函'而去职，幼渔连带离位。胡老博士亦亲自出马，由文学院长兼国文系主任。"② 另一位北大的老学生张中行在八十年代的忆文中则认为胡适解聘林损是"自己有了权，整顿，开刀祭旗的人是反对自己最厉害的，这不免使人联想到公报私仇。如果真是这样，林先生的所失是鸡肋（林先生不服，曾发表公开信，其中有'教授鸡肋'的话），胡博士的所失就太多了。"③ 平辈之中，如黄侃、马叙伦诸人所得到的信息，皆认为此事与胡适直接相关。1934 年 4 月 19 日黄侃的学生黄健中（离明）向他出示郑奠关于林损事件的来信，又看报纸得悉林、胡相争详情。两日后，黄侃又得到另一学生陆宗达（颖民）来

---

① 吴相湘：《民国百人传》，第 1 卷，见欧阳哲生：《胡适与北京大学》，耿云志编：《胡适评传》，上海古籍出版社，1999 年，第 227—228 页。
② 谢兴尧：《红楼一角》，《堪隐斋随笔》，辽宁教育出版社，1995 年，第 81—82 页。不过谢文认为马裕藻"离位"是受林损"连带"，犹有未确之处，其实胡适、傅斯年等人早有削弱马裕藻权威之意，而胡适与蒋梦麟关于国文系改革的理念也与马裕藻相左。（参见 1934 年胡、马关于改革国文系的通信，耿云志主编：《胡适遗稿及秘藏书信》，第 19 册，黄山书社，1994 年，第 245—247 页；第 31 册，第 600—607 页。）傅斯年则更为激烈，曾给蒋梦麟写信，称"马丑恶贯满盈久矣"，"似乎一年干薪，名誉教授，皆不必适于此人"，要"乘此除之"，并主动请缨，要担任急先锋（《傅斯年致蒋梦麟》，《胡适来往书信选》下，中华书局，1979 年，第 531 页。按：此信下注约写于 1931 年，不确，当为 1934 年。）
③ 张中行：《胡博士》，《负暄琐话》，黑龙江人民出版社，1986 年，第 35 页。

信,其中亦专门说及胡适(即"钉铰先生"、"钉铰后人")。① 马叙伦在《林攻渎》一文则称:"盖攻渎有节概,犹是永嘉学派遗风也,既不肯屈己附人,而尤疾视权势,其在讲堂有刘四骂座之癖,时时薄胡适之,卒为适之所排而去。"②

当然也有论者认为,林损之被解聘,乃全因其性格上有弱点,不肯在学术上用功,被辞退理所应当,与胡适无关,其重要佐证即是胡适在写于1948年12月13日的《北京大学五十周年》一文中曾提到蒋梦麟的一句话:"辞退旧人,我去做;选聘新人,你们去做。"③

黄、马、谢、张诸人出于学术理念或学术派别的关系,对于胡适的看法或许不免偏颇,但身处当时文化教育界的语境之中,一致将林损解职与胡适直接联系,自非空穴来风。而蒋梦麟所谓的"辞退旧人,我去做;选聘新人,你们去做"更多的也只能视为勇于任事(胡适也正是在这个意义上引用此语),而不宜看作是严格的职责分工。辞退旧人与选聘新人本是一体两面,根本无法截然分开。

当然,最直接的证据还应是来自胡适本人。胡适生性谨慎,日记、书信均四平八稳,但是具体的事务终属实录。查其1934年5月30日日记,明确记载"商定北大文学院旧教员续聘人数",不续聘者为"梁宗岱、Hewvi Frei、林损、杨震文、陈同燮、许之衡"。④

二、林损的道德与学术

胡适对林损的直接评价,一次是前文已引的:"北大里边也有守旧派,(略)你不要以为北大全是新的,那时还有温州学派,你知道吗?陈介石、林损都是。他们舅甥两人没有什么东西,值不得一击的。后来

---

① 黄侃这两日日记中相关文字分别为:"离明以介石与彼书说公铎事见示。夜诣九日(按:九日即汪东,字旭初)说公铎事,见报乃悉公铎与钉铰后人忿争情状";"得颖民书,云景龙道德经已觅得付寄(别说钉铰先生事)"。(《黄侃日记》下,中华书局,2007年,第981—983页。)
② 马叙伦:《林攻渎》,《石屋余沈·石屋续沈》,山西古籍出版社,1995年,第150—151页。
③ 程巢父:《张中行误度胡适之》,《思想时代》,华夏出版社,2004年,第178—182页。
④ 曹伯言整理:《胡适日记全编》,第6卷,安徽教育出版社,2001年,第388页。

还有马序伦。马序伦大概是陈介石的学生。"（引注："马序伦"即马叙伦）另一次则称："公铎的天分很高，整天喝酒、骂人、不用功，怎么会给人家竞争呢？天分高的不用功，也是不行的，章太炎、黄季刚，他们天分高，他们是很用功的啊。公铎当我面时，对我很好，说：'适之，我总不骂你的。'"① 胡适的评价，包括两个层面：一是道德上，脾气大，好饮酒骂人，甚至有表里不一之嫌；二是学术上，林损属于守旧派，天分虽高，却不肯用功，没什么学问。

好饮酒，几乎毫无疑义。黄侃是林损的好友，同样好酒，但是连他都认为"公铎甘酒，略无醒时，可虑"②，可见其嗜酒程度之深，这从另一面也可反证胡适说其天分高却不用功并非妄言。性格上有名士气，好骂人，亦属实情，这一点即便是与林损亲近的人，也不讳言。前引马叙伦文，即说他"在讲堂有刘四骂座之癖，时时薄胡适之"，只不过认为这是"有节概""不肯屈己附人，而尤疾视权势"。张中行虽然对胡适的做法不以为然，但是也认同"林先生傲慢，上课喜欢东拉西扯，骂人，确是有懈可击"。③ 北大的老教师周作人也说："其脾气的怪僻与黄季刚也差不多，但是一般对人还是和平，比较容易接近得多。"④ 学衡派的吴宓在文化理念上与林损接近，一度钦佩无极，但是同居一宅之后，"林既不履行经济及其他之义务，且醉则多言，终夜不寐，命令无时"，生活上多受牵累，从而对林深有不满。⑤

至于林、胡二人的关系，由于文化理念和所属学术阵营的不同，嫌隙已久，这从上文所引诸人的回忆文字中可以得到一致的证实。另外尚可补充一则具体事例：1920年，北大学生孔嘉彰因升班事对林损不满，致信胡适，朱希祖将此信前两页示于林损，林因其内容猜得孔生姓名，并认为此事与胡适有关，大闹起来，胡适向朱希祖抱怨，朱希祖为此专

---

① 胡颂平编：《胡适之先生晚年谈话录》，中国友谊出版公司，1993年，第61、223页。
② 黄侃：《黄侃日记》下，中华书局，2007年，第779页。
③ 张中行：《胡博士》，《负暄琐话》，黑龙江人民出版社，1986年，第35页。
④ 周作人：《周作人回忆录》，湖南人民出版社，1982年，第456页。
⑤ 吴宓：《吴宓日记》，第3卷，生活·读书·新知三联书店，1998年，第59、195、196、254页。

门回信解释、道歉，亦对林损颇为不满。①

在具体的解聘事件过程中，林、胡二人的反应也大不相同。林损分别给蒋梦麟、胡适写了言辞激烈的公开信：

> 梦麟校长左右：自公来长斯校，为日久矣，学生交相责难，痛不敢声，而校长隐加操切，以无耻之心，而行机变之巧，损甚伤之，悉从执御，诡遇未能，请从此别，视汝万春，林损。

> 适之足下：损与足下犹石勒之于李阳也，铁马金戈，尊拳毒手，其寓于文字者微也，顷闻足下又有所媒孽。人生世上，奄忽如尘，损宁计议于区区乎。比观佛书，颇识因果，佛具九恼，损尽羼之。教授鸡肋，弃之何惜，敬避贤路，以质万明，林损。②

胡适则显得非常从容，其回信也相当理智，对于"尊拳毒手，其寓于文字者微矣"和"顷闻足下又有所媒孽"等语，表示"不懂"，对于其"敬避贤路"之语，则云"敬闻命矣"。③此外，查这一时期的胡适日记，也毫无关于解聘林损事件的记述，胡适给林损回信是在4月16日夜，可是这天的日记胡适只记了阅读郑珍《巢经巢文集》的读书笔记，以及陈东原、徐中舒的来访，对于林损只字不提。④

林、胡二人表现的不同，与各自的性格（林损的激切与胡适的温和）有关，更反映出两人及其分别代表的学术在文化界的位置。胡适其时在文化教育界举足轻重，更决定北大（尤其是文科）教员的去取，在斗争中是胜利方，一封充满牢骚气的书信对其并不能造成有效伤害，自

---

① 《朱希祖致胡适》，见耿云志编：《胡适遗稿及秘藏书信》，第25册，黄山书社，1994年，第307—310页。
② 1934年4月19日《申报》，见王学珍等编：《北京大学史料》，北京大学出版社，2000年，第480—481页。
③ 《胡适来往书信选》中，中华书局，1979年，第237页。当然，在此前后，胡适帮助梁宗岱的原配夫人与之打官司，同时解聘的梁宗岱、许之衡等人，或是与胡适有嫌隙，或是学术理念不一，在胡适自己看来，这些自然"无可对人说"，但在林损看来，恐怕就算是"有所媒孽"了。
④ 曹伯言整理：《胡适日记全编》，第6卷，安徽教育出版社，2001年，第368—369页。

易从容。林损只是普通教授,是失败者,被胡适的"敬闻命矣"结结实实地砸了饭碗,难免激烈。不唯如此,在当时的学术场域中,新派相对于旧派也处于强势地位。这些因素共同制约着林胡二人的公众表现。

至于学术评价上,林损的确属于旧派,但是说其没有学问,恐亦则不免门户之见。所谓"各人花入各人眼",由于文化理念不同,学术判断标准不一,对于同一学人的判断常有霄壤之别。马叙伦称林损在北京为教授,"先后二十余年,学生中喜新文学者排之,喜旧文学者拥之,其得于人亦有在讲授之外者"。① 1934 年 4 月 17 日,在得知林损辞职后,北大国文系的学生十人立即自发赴林宅要其打消辞意,未果。后经过开会,选举代表四人(孙震奇、石蕴华、徐芳、李耀宗),谒见校长蒋梦麟,请求挽留林损。而林损对学生的态度,也颇具师范,辞职后发表的《布告学生》书,不失风度:"来学诸公览,损即日自动辞职,凡选课者,务祈继续自修,毋旷时日,以副平素,区区之望,是所至祷。"② 可见,林损的脾气,的确只指向权势者,对于学生,不乏爱护,虽非学术明星,却也颇得爱戴。

作为旧派学者,林损既研习经史之学,又长于词章,尤以后者为人所识,马叙伦就认为他"学不醇而长于诗文,倚马千言,八叉成诵,洵不虚也。其文畅达,位置当在魏叔子、邵青门间,时亦有汪容甫风格,诗则才华斐赡,深于表情"。③ 吴宓初与之交谈,即"甚佩其人",以为"此真通人,识解精博,与生平所信服之理,多相启发印证,甚慰"。④林损的学生徐英(也是黄侃的学生)所作《林先生公葬墓表》对其学行多有阐发:

> 光复初,北京大学校长胡仁源,慕先生之学行,以为陈亮、叶适,不能过也,乃聘先生为文学教授,时陈公与辛亦并主讲席。师

---

① 马叙伦:《林攻渎》,《石屋余沈·石屋续沈》,山西古籍出版社,1995 年,第 150 页。
② 王学珍等编:《北京大学史料》,第 2 卷,北京大学出版社,2000 年,第 480、435、1866 页。
③ 马叙伦:《林攻渎》,《石屋余沈》,上海书店,1984 年,第 205 页。
④ 吴宓:《吴宓日记》,第 3 卷,生活·读书·新知三联书店,1998 年,第 59 页。

友昆季，世罕厥俦。京师故人文渊薮，而大学尤名师所聚。一时朋辈如陈汉章、刘师培、黄侃、黄节、吴梅、钱夏、张尔田之流，或以经史著，或以辞章显，或骋骥騄而奋风云，腾英声而懋芳懿。而先生以弱龄周旋其间，吐纳百氏，提衡道儒，讲学之暇，潜心著述。

尤其强调其学术上的造诣为词章文采所掩，不为世人所识：

> （略）先生含茹名理，从容道术，既望古而遥集，遂并世而分流。故虽揖让贤豪，名满天下，而知其学术者，未易多觏。大氐惊其华藻，奇其文章，则以为舒、向、渊、云，同符曩哲；博辨纵横，辞旨艳发，则以为惠、祈、秦、仪，俯愧来裔。或偶聆玄旨，乍接名言，则又比德于文、列，齐类于马、龙。而于其大经大本，至道绝诣，诵数以贯，思索以通者，转皆掩匿而不可见。呜呼！世不知学，盖亦久矣。①

林损被北大解聘后，一两个月内即得到中央大学聘书，此中固然有黄侃周旋之力，但更主要的还是其学问能得到东南学人的认可。同理，许多新派学人的学术造诣，在旧派眼中，也难以得到认可。胡适本人即曾被章太炎认为"无根"，柳诒徵等人对于胡适、顾颉刚发起的"疑古"思潮，多有批评。即便是今日被学界公同视为国学大师的王国维，在陈伯弢、黄侃等人看来，其经史修养也颇为可疑。陈伯弢曾面纠其失，黄侃则认为"国维少不好读注疏，中年乃治经，仓皇立说，挟其便给，以炫耀后生，非独一事之误而已"，尤其是对他们引领的那种"经史正文忽略不讲，而希冀发见新知以掩前古儒先"的学术风气不满。② 邓之诚撰《张君孟劬别传》，比较曾一起被称为"海上三子"的张尔田、王国

---

① 徐英：《林先生公葬墓表》，见卞孝萱等编：《民国人物碑传集》，团结出版社，1995年，第471—472页。
② 黄侃：《黄侃日记》中，中华书局，2007年，第313页。

维和孙德谦,认为:"国维颇有创见,然好趋时,德谦只辞碎义,篇幅自窘。二子者,博雅皆不如君。"①

另一面,胡适引进的新人中,也有学术上无论是从新派还是旧派立场看来都不能令人信服者。中基金与北大合作设立的特别款项,其主要用途为聘请研究教授,所以研究教授待遇最高,也最为难得。第一次共聘请15人,国文系3人,分别为周作人、刘复、徐志摩,其中徐志摩最有争议,经胡适力挺方才当选,据胡适日记,"志摩之与选,也颇勉强",随后胡适又自我解释式地写道:"但平心论之,文学一门中,志摩当然可与此选。"② 如果遴选诗人、文学家,徐志摩与选或许无可厚非,但选择研究教授,则无论从何种角度,徐志摩都必然"勉强"。另一显例是梁实秋,胡适几乎一到北平就开始极力为北大罗致,凡事均与胡共进退的傅斯年心底里对此颇不以为然,在给蒋梦麟的信中说:"梁实秋事,如有斯年赞成之必要,谨当赞成。若询斯年自己见解,则斯年疑其学行皆无所底,未能训练青年。此时办学校,似应找新才,不应多注意浮华得名之士,未知适之先生以为如何?(朱之实学恐在梁之上。)"③ 梁实秋尚且被认为"学行皆无根底",则更不必说徐志摩了。④

三、结语

比较蔡元培与蒋、胡时代的北大,人事格局与学术风气的差异相当明显。蔡元培其实更注重制度的力量,试图通过建立完善的"教授治校"制度,形成良好的大学的传统。新文化运动前后,新派尚处于弱势,蔡元培实行"兼容并包",但是"兼中有偏",保护新派,又能欣赏

---

① 邓之诚:《张君孟劬别传》,见卞孝萱等编:《民国人物碑传集》,团结出版社,1995年,第451页。
② 曹伯言整理:《胡适日记全编》,第6卷,安徽教育出版社,2001年,第141—142页。
③ 《傅斯年致胡适》,《胡适来往书信选》下,中华书局,1979年,第531页。
④ 当然,胡适的办学理念其实与傅斯年不同,胡适选择徐志摩、梁实秋除去人情因素外,亦自有其学术上的考虑,主要是试图增强大学中文系文学创作与欣赏的部分,以弥补过分注重考证之弊。此处引用,只为说明学术立场与文化理念对于学术评价的影响。学术上为傅斯年称道的朱光潜后来也正是因胡适的赏识而得以进入北大。

旧派。各种学风并存，教授中多跨专业的通人。而蒋、胡时期，则更注重领袖的作用，不免乾纲独断，变"兼容并包"为"一枝独秀"，门户俨然，学术上则致力于专业化、专家化。①

不过平心而论，胡适在具体的人事操作上，或不免偶有人情、门户的成分，但是总体来说，终究不失光明磊落，于教育、学术上皆有主张、有坚守，非普通所谓党同伐异、培植私人者可比。他和蔡元培根本的区别，倒不仅在气度的广狭，更在于才性之不同。胡适晚年常说"容忍比自由更重要"，但在蔡元培那里，或许根本不存在刻意的"容忍"，而是自身兴趣使得其对于各种学术均能有所会心。这一点，梁漱溟的论述最为切当：

> 关于蔡先生兼容并包之量，时下论者多能言之。但我愿指出说明的：蔡先生除了他意识到办大学需要如此之外，更要紧的乃在他天性上具有多方面的爱好，极广博的兴趣。意识到此一需要而后兼容并包，不免是人为的（伪的）；天性上喜欢如此，方是自然的（真的）。有意的兼容并包是可学的，出于性情之自然是不可学的。有意兼容并包，不一定兼容并包得了。唯出于真爱好而后人家乃乐于为他所包容，而后尽复杂却维系得住。——这方是真器局，真度量。②

所以蔡元培长北大，校中派别林立，却能共存，虽然矛盾重重，终有百家争鸣的活泼之气。胡适本身即在门户中，北大自不免一派独尊，略失生机了。

---

① 在刻意强调专业化、专家化方面，胡适与傅斯年略有分歧，后者对于这方面的追求更为急切，态度也更为激烈。胡适则仍在一定程度上保留着五四遗风。
② 梁漱溟：《纪念蔡元培先生》，《忆往谈旧录》，陕西师范大学出版社，2009年，第82页。

第二编　学术与风气

第五章

从词章到考据：
以胡适为中心

考据之学，在清代尤其是道、咸以前，一直居于学术界的统治地位，被视为学术正宗。王国维在《沈乙庵先生七十寿序》一文中曾说：

> 我朝三百年间，学术三变：国初一变也，乾、嘉一变也，道、咸以降一变也。顺、康之世，天造草昧，学者多胜国遗老。离丧乱之后，志在经世，故多为致用之学，求之经史，得其本原，一扫明代苟且破碎之习，而实学以兴。雍、乾以后，纪纲既张，天下大定，士大夫得肆意稽古，不复视为经世之具，而经史小学专门之业兴焉。道、咸以降，途辙稍变，言经者及今文，考史者兼辽、金、元，治地理者逮四裔，务为前人所不为，虽承乾嘉专门之学，然亦逆睹世变，有国初诸老经世之志。故国初之学大，乾、嘉之学精，道、咸以降之学新。①

考据之学是所谓"汉学"（朴学）的核心，顾亭林、阎若璩等人已开示门径，后经钱大昕、戴震等人发扬光大，成为清代学术主流。道、咸以后，一来考据之学已趋于极盛，二来面临帝国内外的重重危机，遂有"经世致用"的今文经学兴起。又由于太平军之乱，朴学大本营江南学术遭到毁灭性打击，湘籍的曾国藩等人崛起，考据之学受挫，理学和

---

① 王国维：《沈乙庵先生七十寿序》，《王国维文集》，第1卷，中国文史出版社，1997年，第97页。

桐城古文一定程度上得到兴盛。① 但是考据之学虽有衰落之势，在"同治中兴"以后，仍然继续存在，只不过"普通的经学史学的考证，多已被前人做尽，因此他们要走偏锋为局部的研究"，即金石学、元史及西北地理学和诸子学。② 这在清末民初的学术研究中便引起两种风气：一是考据化，一是史料化。

第一节　现代大学从业者的学者化、专家化

民国以来，现代大学的建构日趋完备，研究化和专业化的要求，也强化了这两种倾向。如1913年后北京大学文科中太炎门生取代桐城派占据主流地位，在学术方面，其实是汉学家取代古文家，考据家取代文学家。陈平原曾将大学中的教员更替和学制演变结合考察，认为桐城派之被"扫地出门"，既有人事关系，牵涉到"领导权之争"，也是由于他们的文论，如林纾的《春觉斋论文》和姚永朴的《文学研究法》，主要着眼点，都不是"文学研究"，而是"写作指导"，"偏于具体写作经验的传授，与新学制的规定不尽吻合"。③

学者对文人、儒林对文苑的轻视，在历史上一直存在。姚鼐欲师戴震反遭"微言匡饬"，后来屡屡攻击"朴学残破"，其弟子方东树则撰《汉学商兑》，专门攻击汉学。④ 民国时桐城派重镇姚永朴任职北大，以《文学研究法》为授课讲义，计四卷二十四目，其中"范围"一目区分文学家与诸家的不同，考据家为其一。姚氏认为，"考据家宗旨，主于训诂名物，其派有二：在经者为注疏家，（略）在史者为典制家"。对于

---

① 艾尔曼著，赵刚译：《从理学到朴学》，江苏人民出版社，1995年，第173、174页。
② 梁启超：《中国近三百年学术史》，《饮冰室合集》，第10卷，中华书局，1989年，第28页。西北地理学的兴起也与当时学人面对外部危机，关心边疆有关。
③ 陈平原：《新教育与新文学》，《中国大学十讲》，复旦大学出版社，2002年，第123、125页。
④ 章炳麟：《清儒第十二》，《訄书》，上海古籍出版社，2000年，第151页。

后者，只是一笔带过，主要评论对象则是注疏家，①虽然说"文学家读书议礼，亦未尝不用考据"，并引姚鼐语，所谓"以考证累其文，则是弊耳；以助文之境，正有佳处，夫何病哉！"但其主旨，仍在论述考据注疏之学对于文学的负面作用。如引《汉书·艺文志》说，"后世经传既已乖离，博学者又不思'多闻缺疑'之义，而务碎义逃难，便辞巧说，破坏形体"，引吴汝纶书信，"说道说经，不易成佳文。道贵正而文者必以奇胜，经则经疏之流畅，训诂之繁琐，皆于文体有妨"。又引梁章钜语，从著述家与考据家出现的先后论述前者优于后者："著作始于三代，考据起于汉唐注疏，考其先后，知所优劣矣。著作如水，自为江海；考据如火，必附柴薪。"②林纾也站在文学创作和鉴赏的立场批评当时大学中文学考据化的破碎倾向，斥章太炎为"庸妄巨子"，"剽袭汉人余唾，以捃扯为能，以饾饤为富；补缀以古子之断句，涂垩以《说文》之奇字，意境义法，概置勿讲"。③朴学大师章太炎则区分经儒与文士，以为"经说尚朴实，而文辞贵优衍"，而"桐城诸家，本未得程、朱要领，徒援引肤末，大言自壮，故尤被轻蔑"。④钱基博也称"章炳麟实为革命先觉；又能识别古书真伪，不如桐城派学者之以空文号天下。于是章氏之学兴，而林纾之说熸"。⑤在当时的环境中，太炎学说一派已经占据强势地位，姚永朴、林纾的言论，并不能引起关注。

新文化运动中，陈独秀进北大任文科学长，带入一大批"新人"，这些人多是原来《甲寅》、《新青年》的作者，因"文学革命"得名，不以学术成就为人知，在世人心目中属于"文士"，对于大学来说，是一股外来力量，与现代大学的本身性质并不完全相合。蔡元培引进陈独秀，很大程度上是要借助其与《新青年》的"新"来攻伐老北大的

---

① 这与当时学术界桐城派和"太炎学说派"的斗争有关，其后黄侃的《文心雕龙札记》和刘师培的《中古文学史讲义》，均有与姚书争锋之意。
② 以上所引姚永朴文，见姚永朴：《文学研究法》，凤凰出版社，2009年，第22—23页。
③ 林纾：《与姚永概书》，见钱基博：《现代中国文学史》，中国人民大学出版社，1999年，第171页。
④ 章炳麟：《清儒第十二》，《訄书》，上海古籍出版社，2000年，第152、151页。
⑤ 钱基博：《现代中国文学史》，中国人民大学出版社，1999年，第171页。

"旧"，以思想革命作用于学术领域，借助现代刊物的动员力量来表明立场、打开局面。人们多能看到"一校一刊"结合产生的巨大力量，往往忽略了二者冲突的一面。大学有其自身的内在逻辑和规则，"新人"倘若不能适应、顺利实现文士向学者身份的转化，往往难以立足。这批"新青年"初进北大，学术上均遭不同程度质疑，原因便在于此。

据罗章龙回忆，蔡元培宣布聘请陈独秀担任文科学长之初，"消息传出，全校震动。青年学生无不热烈欢迎，奔走相告，而教师中的遗老遗少则窃窃私议，啧有烦言。他们的'理由'之一，是陈先生只会写几篇策论式的时文，并无真才实学；到北大任教，尚嫌不够，更不要说出长文科了。蔡先生对于这些攻击，态度是鲜明的，驳斥也是有力的。他说，仲甫先生精通音韵训诂，学有专长，过去连太炎先生也把他视为畏友。熟悉陈先生的人也出来说话，说他在文学考据方面有素养、有研究、有著作，高一涵先生甚至说，仲甫先生讲文字学，不在太炎先生之下。这样众口一辞，才慢慢堵住了攻击者的嘴"。① 陈以爱曾据此分析当时的学风，一来当时只有"训诂音韵"、"文学考据"才算得上是真正的学问，在北大文科中，考证之风已经形成，二来章太炎已然成为该领域的学术权威，其学术具有不证自明的合法性。② 其实，罗章龙文中所谓的"遗老遗少"，就包括部分章门弟子。

李大钊之进北大，是章士钊提议，蔡元培、陈独秀引入，据章氏回忆，"盖守常虽学问优长，其时实至而声不至，北大同僚，皆擅有欧美大学之镀金品质，独守常无有，浅薄者流，致不免以樊哙视守常"。③ 由于现代大学的研究化、专业化特质，对于从业人员的学历和专业学术成果均有要求，李大钊其时两者皆无，自不免遭人轻视。当然，章士钊

---

① 罗章龙：《陈独秀先生在红楼的日子》，见童宗盛主编：《中国百位名人学者忆名师》，延边大学出版社，1990年，第55—56页。当时的北大学生罗家伦在后来的回忆中也说："他（引注：指陈独秀）的毛病是聪明远过学问，所以只宜于做批评社会的文字而不宜于做学术研究的文字。"（罗家伦：《蔡元培时代的北京大学与五四运动》，见罗久芳编著：《罗家伦与张维桢：我的父亲母亲》，百花文艺出版社，2006年，第47页。）
② 陈以爱：《中国现代学术研究机构的兴起》，江西教育出版社，2003年，第17页。
③ 章士钊：《〈李大钊先生传〉序》，见《李大钊史事综录》，北京大学出版社，1989年，第175页。

此文撰于1951年，具有时代烙印，认为"北大同僚，皆擅有欧美大学之镀金品质"，不免有误，当时北大文科中欧美留学生尚未占据主导地位，引领风气的正是多留学于日本的太炎门生。

在这批"新人"中，转型最成功的是胡适。这一来是因为他具有留学经历，属于"洋博士"，二来他也积极适应当时学风，虽因提倡文学革命而名震海内，但迅速转向国故学的研究，"用科学的研究法去做国故学的研究"，打造其"新知深沉"、"旧学邃密"①的"新式讲国学者"形象，获得老派学者的尊重。

胡适初进北大，学问也一度遭到学生质疑，后来安然渡过难关，在北大立足，固然有傅斯年等人"保驾"的成分，更重要的是他不信任上古史料的"裁断"，外接西方"科学精神"，内续清代辨伪传统，②与当时学风有相合之处。蔡元培1918年在为《中国哲学史大纲》作序时，也刻意强调胡适在材料辨伪上的"汉学"工夫，有意无意地将胡适说成是"生于世传'汉学'的绩溪胡氏，禀有'汉学'的遗传性；虽自幼进新式的学校，还能自修'汉学'，至今不辍"。③胡适自己在次年的《再版自序》中，称做这部书，所最要感谢的学人中，过去的是王怀祖、王伯申、俞荫甫、孙仲容，近人中是章太炎，北大同事中则是两位太炎门生钱玄同和朱希祖，这都可以反映当时的学术风气和胡适的态度。④

罗家伦以北大学生的眼光，观察到胡适"回国第一年的工夫，拼命地在写着他的《中国哲学史》上卷，他自己亲手抄了两道，的确下过一番苦功"，初到北大时，"胆子还是很小，对一般旧教员的态度还是很谦恭，后来因为他主张改良文学而陈独秀钱玄同等更变本加厉，大吹大

---

① 胡适：《论国故学——答毛子水》，《胡适文集》，第2卷，北京大学出版社，1998年，第327—328页；蔡元培：《我在北京大学的经历》，见高平叔编：《蔡元培全集》，第6卷，中华书局，1988年，第350页。
② 后来读书渊博的陈汉章反倒因为同学"詈以不明科学方法"愤而离职。(朱希祖：《逐辩"北京大学史学系全体学生驱逐主任朱希祖宣言"》，1930年12月9日《北京大学日刊》。)
③ 蔡元培：《〈中国哲学史大纲〉序》，《中国哲学史大纲》，上海古籍出版社，1997年，第1页。
④ 胡适：《〈中国哲学史大纲〉再版自序》，《中国哲学史大纲》，上海古籍出版社，1997年，第1页。

摇，于是胡适之气焰因而大盛，这里仿佛有点群众心理的作用在内"。① 胡适态度转变的原因，固然有罗家伦所分析的成分，是借助外部思想文学变革的力量，与其在学术上站稳脚跟也有关系。

刘文典早年曾参加革命，认同新文化运动，是《新青年》早期的撰者之一，被陈独秀引进北大后，却"费了一年多的工夫，把《淮南子》整理了一遍，做成《淮南鸿烈集解》这一部大书"，被胡适称为"可以不朽"。② 刘文典虽然对于自己的学术颇为自信，③ 且"做过校勘的工夫"，但"素来无人晓得"，所以初做此书时，"就有人听了冷笑"。④ 刘文典急于出成果，以乾嘉学人之法治《淮南子》、《论衡》、《庄子》，⑤ 正是要展现自己的学术能力，"挂招牌"⑥，确立自己的学术地位。也正是因为《淮南鸿烈集解》一书的出版及胡适的"逢人说项"，使得刘文典"薄有虚名"，⑦ 对其学术地位的确立，起到了重要作用。

因没有学历而受伤害最大的是刘半农。他支持陈独秀的新文化运动，长于文学创作，周作人曾看过他所出示的《灵霞馆笔记》的资料，"原是些极为普通的东西，但经过他的安排组织，却成为可诵读的散文，当时就很佩服他的聪明才力"，但是现代大学注重的是学术研究而非创作，当时"英美派绅士很看他不起，明嘲暗讽，使他不安于位"。⑧ 鲁迅

---

① 罗家伦：《蔡元培时代的北京大学与五四运动》，见罗久芳编著：《罗家伦与张维桢：我的父亲母亲》，百花文艺出版社，2006年，第46—47页。
② 曹伯言整理：《胡适日记全编》，第3卷，安徽教育出版社，2001年，第476、478页。
③ 刘文典在给胡适的信中曾自夸《淮南鸿烈集解》"比起平常的书来费心血也要多些，将来定价也要贵些，并且价值比较的永远些，无论多少年后都可以有销路，究非那些风行'一时'的书可比"。见《胡适遗稿及秘藏书信》，第39册，黄山书社，1994年，第649—650页。
④ 刘文典致胡适函，见《胡适遗稿及秘藏书信》，第39册，黄山书社，1994年，第651页。
⑤ 刘文典在给胡适的信中曾反思此前的治学方法："（略）自己从前做工夫的法子实在太呆板、太拘谨了，充其量不过跟着乾嘉时候的先生们'履大人迹'，实在不是二十世纪的学者所该干的。从前很以'谨守家法'自豪，现在很想要自己开拆一点境字，至少也要把'家法'改良修正一番，总要教后人以我们的'法'为'家法'才好。"《胡适遗稿及秘藏书信》，第39册，黄山书社，1994年，第687页。）
⑥ 1922年2月2日刘文典致胡适信中催促速将《淮南鸿烈集解》付印，称"典因为一种关系，急于要挂块招牌"。（《胡适遗稿及秘藏书信》，第39册，黄山书社，1994年，第658页。）
⑦ 刘文典1923年12月18日致胡适信，《胡适来往书信选》（上），中华书局，1979年，第223页。
⑧ 周作人：《周作人回忆录》，湖南人民出版社，1982年，第339页。

在忆文中也曾提到,刘半农不仅"使有些'学者'皱眉。有时候,连到《新青年》投稿都被排斥"。① 后来到法国镀了一层金,获得"国家博士"后,才心安理得。

从大学教员更替的长远趋势看,正是学者、专家取代文士、通人,大学对学历的要求日益严格,以文学或社会批评见长者,往往被视为"浮华得名之士"。陈独秀后来被挤出北大,固然有人事因素,但与他注意力集中于社会政治批评,不措意于学术研究,在大学根基不深也有关系。鲁迅虽然学术研究和文学创作均有建树,且一直不忘其"文学史",但不能忘情社会、"为学术而学术",所以也只有为了"文章"而牺牲"学术",虽一度在高校任教,终于离开大学,自由撰稿。②

第二节　胡适与文学研究的考据化倾向

在具体的文学研究方面,罗志田曾注意到考据风尚之下"文学"的失语,即王国维所谓的以"考证之眼"研究文学和"以史学的标准看待小说戏曲"两种倾向。这两种倾向看似新的学术趋向,实则"是陈旧的东西被推陈出新者以新生形式表述出来"③,揭示了传统与现代学术之间断裂与传承并存的混沌现象。

考证之学,本是清代学术主流。民国时期,胡适等人又提倡整理国故,将西方的科学与传统考证方法结合起来,成为所谓"新汉学",在学界具有很大的影响,形成舆论气候以后,对于那些"相对重理解而轻功力的学者造成一种压迫,以至于必须为自己非考证的研究方法辩护"。④ 钱穆本来喜好心性之学,不喜考据,但受主流学术风气影响,

---

① 鲁迅:《忆刘半农君》,《鲁迅全集》,第 6 卷,人民文学出版社,2005 年,第 74 页。
② 顾颉刚曾称自己长于研究,鲁迅长于创作。虽非确评,却可见出其自我期许,及时人将文学创作与学术研究视为两途的看法。
③ 罗志田:《裂变中的传承:二十世纪前期中国的文化与学术》第九部分《文学的失语——整理国故与文学研究的考据化》,中华书局,2003 年。另,陈以爱《中国现代学术研究机构的兴起》一书中,亦有《文化启蒙与考证学风》一节,可参看。
④ 陈平原:《中国现代学术之建立》,北京大学出版社,1998 年,第 224 页。

中青年时期却主要致力于此，以至于时人皆以考据家视之。① 这也可见出学术环境对于年青学人治学的引导和规约。

胡适作为五四新文化运动的先锋，思想上历来被认为趋新，学术方法上虽也屡屡开创新范式，但与传统治学方法却有着千丝万缕的联系，其实是披着科学外衣的传统考证之法。这里面固然有主流学风制约的因素，但也是其自身学术内在理路发展的结果。纵观胡适一生，其治学方法来源主要有四个方面：一是最为人所知的，即杜威的实验主义（历史的方法和实验的方法），胡适通过杜威的"科学方法"反观中国传统考据之学，认为二者有"相通之处"。② 二是西方的"版本学"（textual criticism），尤其对于西方校勘法中的"求古本"最为推崇，终身奉行不辍。胡适认为中西方的校勘学"殊途同归"，而西方的校勘法"更彻底、更科学化"。③ 三是宋学尤其是朱熹的影响。胡适治学最重证据，但实际上直到二十岁时方才开始接触注重"实事求是"的汉学，并对其颇有微词。胡适的治学门径是从朱熹的宋学处悟入，称"朱熹的宋学为我后来治汉学开拓了道路"。④ 这一方面固是因为他思想中有重疏通、综合的一面，反感汉人的附会、胶着，也牵涉到他对于汉、宋之分的看法。其实清代主流学人崇尚汉学，不满宋明之学，在内在学术理路上主要是源于对王学末流"空疏"的不满，其反对的重点在陆、王而非朱熹。而作为宋学的一支，朱熹也注重实证，且具批判精神，章学诚便认为"今人有薄朱氏之学者即朱氏之数传而后起者也。朱子求一贯于多学而识，寓约礼于博文，其事繁而密，其功实而难"，将顾炎武、阎若璩、戴震

---

① 钱穆晚年回忆中曾抱怨"余本好宋明理学家言，而不喜清代乾嘉诸儒之为学。及余在大学任教，专谈学术，少涉人事，几乎绝无宋明书院精神。人又疑余喜治乾嘉学。则又一无可奈何之事矣"，又张君劢曾对他说"君何必从胡适之作考据之学，愿相与作政治活动，庶于当前时局可有大贡献。余告以余非专一从事考据工作者，但于政治活动非性所长，恕难追随"。（钱穆：《八十忆双亲·师友杂忆》，生活·读书·新知三联书店，2005年，第150、175页。）
② 胡适口述，唐德刚整理：《胡适口述自传》，安徽教育出版社，2005年，第103页。
③ 胡适口述，唐德刚整理：《胡适口述自传》，安徽教育出版社，2005年，第134—135页；曹伯言整理：《胡适日记全编》，第2卷，安徽教育出版社，2001年，第516—519页。
④ 胡适口述，唐德刚整理：《胡适口述自传》，安徽教育出版社，2005年，第128、136页。

等都算作朱熹传人。① 胡适受到他的影响，认为"清代的汉学大师，除了惠栋、江藩一般迷信汉儒的人之外，和汉儒的精神相去最远，和宋儒、朱熹一派倒是最接近的"。② 在他看来，清人治学与宋学之间并非截然对立，其中有着内在的历史延续性，"近三百年来学术方法上通行的批判研究，实是自北宋——第十至第十二世纪之间——开始，其后历经八百余年逐渐发展出来的批判方法，累积的结果"。③ 胡适学术思想的第四个来源，便是清代学术。一是乾嘉之学，所谓"用归纳之法，以小学为之根据"。④ 胡适对此虽然接触较晚，小学根基终于不深，但是归纳法却正与其思维方式相合，在其理解中并与杜威实证主义的"科学精神"相通，成为其研究传统学问最重要的方法。二是辨伪学者尤其是今文学家的疑经思潮所带来的批判精神。怀疑和辨伪精神，本是朴学求真题中应有之义，阎若璩《古文尚书疏证》已开其端绪，其后有今文学派兴起，今文家以考据学为手段攻击古文学派伪造典籍，由常州学派庄存与、刘逢禄等人发其源，魏源、龚自珍、廖平等人扬其波，至清末康有为发表《新学伪经考》、《孔子改制考》，以考据的形式，批评古文家作伪，张扬今文学说。虽然康有为文中多有今文家的怪力乱神之处，但其《孔子改制考》一文实开民国古史辨派的疑古之风，顾颉刚即受其影响，产生对古史的怀疑。⑤ 胡适也曾明确关注过清代的疑古辨伪学人，他1915年即注意到姚际恒的《古今伪书考》，并做摘录，⑥ 在北大时又指示顾颉刚搜集姚际恒的材料，顾颉刚因此向上追溯研究辨伪史，发起编辑《辨伪丛刊》。⑦ 另一位辨伪学人崔述更被胡适称为"科学的古史

---

① 章学诚：《朱陆篇》，见胡适：《科学的古史家崔述》，《胡适文集》，第7卷，北京大学出版社，1998年，第165—166页。
② 胡适：《科学的古史家崔述》，《胡适文集》，第7卷，北京大学出版社，1998年，第165页。
③ 胡适口述，唐德刚整理：《胡适口述自传》，安徽教育出版社，2005年，第128页。
④ 曹伯言整理：《胡适日记全编》，第2卷，安徽教育出版社，2001年，第515—516页。
⑤ 顾颉刚：《〈古史辨〉第一册自序》，《古史辨自序》，河北教育出版社，2001年，第42—43页。
⑥ 曹伯言整理：《胡适日记全编》，第2卷，安徽教育出版社，2001年，第295页。
⑦ 顾颉刚：《〈古史辨〉第一册自序》，《古史辨自序》，河北教育出版社，2001年，第57—58页。

家"、"新史学的老先锋"。① 1921年胡适购得《东壁遗书》，令顾颉刚搜集材料，标点整理，② 并撰《科学的古史家崔述》一文，为其编写年谱，揄扬不遗余力。

胡适自称有"历史癖"和"考据癖"，研究文学所使用的也正是历史和考据的方法：一是纯粹考证作者、版本，这多用于文人独立创作的小说；一是考察某一故事在历史上的演变过程，这多用于由一个母题长期滚雪球似的演变带有集体创作性质的小说。前者如《〈红楼梦〉考证》，长达数万字，几乎全是关于作者身份、家世的考证。③ 1920年，亚东图书馆出版标点本《儒林外史》，胡适为之作序，竟作成了一篇《吴敬梓传》，1922年该书出第四版时，胡适又将新搜集的资料整理出来，做了一篇详细的《吴敬梓年谱》。④ "历史的方法"则尤其适用于《西游记》、《水浒传》、《三国演义》、《三侠五义》等小说。这些小说的共同点，都是先有一两个核心故事（母题），经过数百年乃至上千年的传说、演绎，最后逐渐成熟、定型。胡适从考察《三侠五义》中李宸妃故事900年变迁沿革中得到的教训即是："传说的生长，就同滚雪球一样，越滚越大，最初只有一个简单的故事作个中心的母题（motif），你添一枝，他添一叶，便像个样子了。后来经过众口的传说，经过平话家的敷演，经过戏曲家的剪裁结构，经过小说家的修饰，这个故事便一天一天的改变面目：内容更丰富了，情节更精细圆满了，曲折更多了，人

---

① 胡适：《科学的古史家崔述》，《胡适文集》，第7卷，北京大学出版社，1998年，第142页。
② 顾颉刚：《〈古史辨〉第一册自序》，《古史辨自序》，河北教育出版社，2001年，第61—62页。
③ 胡适：《〈红楼梦〉考证》，《胡适文集》，第2卷，北京大学出版社，1998年，第464页。实际上关于《红楼梦》的悲剧性，正是王国维早年论文《红楼梦评论》的着力之处，在他看来，中国人的精神是世间的、乐天的，所以文学作品都是"始于悲者终于欢，始于离者终于合，始于困者终于亨"，带有厌世解脱精神的只有《桃花扇》和《红楼梦》，而《桃花扇》中的解脱是缘于外力的（张道士的棒喝之语），"他律的"，《红楼梦》中的解脱则是从作品内部生发出来的，是"自律的"。王国维也正是在这个意义上高度肯定《红楼梦》的价值与文学地位。（王国维：《红楼梦评论》，《王国维文集》，第1卷，中国文史出版社，1997年，第10—11页。）
④ 胡适：《吴敬梓传》，《胡适文集》，第2卷，北京大学出版社，1998年，第592—598页；《吴敬梓年谱》，《胡适文集》，第3卷，北京大学出版社，1998年，第475—499页。

物更有生气了。"① 在胡适看来,这些故事的最后成型,是许多年无数人不断添加材料、"做加法"的结果,而他要做的就是将关涉该母题的史料(包括历史和文学作品)按照时间演进顺序排列,倒回去追根溯源,抽丝剥茧,"做减法",考察其在不同时代的演变、由此反映出的读者(听众)的心理以及该文体在每一时段发展的成熟程度。如研究《西游记》,胡适便把"玄奘取经故事"这一母题的发展详细考辨,从玄奘本人的《大唐西域记》和慧立的《慈恩三藏法师传》开始,到《大唐三藏取经诗话》、《唐三藏西天取经》等,直到现在定型的《西游记》,又考察美猴王的来历等,一一梳理。②

  胡适这一方法,将考证与历史的方法完美地结合在一起,将故事整个演变过程清晰、完整地予以呈现,带有强烈的方法论色彩,为这一类小说的研究开创了新的范式。不过就其本质而言,这其实是以史的方法来研究文学,显然更适用于史学研究。顾颉刚正是看到胡适为亚东版《水浒传》所做的序文受到启发,开始以故事的眼光看待古史,以胡适考察"梁山泊故事"的方法来考察"孟姜女故事"的演变,并由此发展出"层累造史"的史观,开启了民国"古史辨运动"的潮流。顾颉刚称他的"古史辨"文字,"并不是仅仅要做翻案文章",其"唯一宗旨,是要依据了各时代的时势来解释各时代的传说中的古史",其实即是将古史作为了解其所流传时代思想风俗的史料。③ 而胡适用这一方法研究白话小说时,所更多注意的也正是其史料价值,而非美学价值。而且,这一方法的另一大缺陷,在于只适合研究在历史上长期演变、带有集体创作性质的故事、传说,对于文人独立创作的作品常常无用武之地。

---

① 胡适:《〈三侠五义〉序》,《胡适文集》,第 4 卷,北京大学出版社,1998 年,第 382 页。
② 胡适:《〈西游记〉考证》,《胡适文集》,第 3 卷,北京大学出版社,1998 年,第 500—535 页。
③ 顾颉刚:《〈古史辨〉第一册自序》,《古史辨自序》,河北教育出版社,2001 年,第 56、58、80—81 页。

小　结

　　五四以后发展起来的文学研究考据化倾向,以清人治经学的方法研究小说、戏曲等通俗文学,一方面固然有利于提高白话文学的地位,但另一面也将研究对象"化石"化,使之与当下的文学创作隔开。这一风气在大学中文系和文学研究者中造成的影响即是重考据而轻欣赏、批评,重新史料的发现而轻旧知识的理解、贯通,重作者身世、题材演变的考察而轻审美层面的体味、涵咏,重外部研究而轻内部研究,使得文学研究支离破碎,难免买椟还珠之讥。① 胡适以历史考据的外部研究方法治文学,这与他自身文学创作、鉴赏能力不高有关,也受制于当时学风及他自己提倡的"科学方法"。他的方法内接传统考证之学、外援西方科学精神,一时蔚为风气,成为学术界的"舆论气候",对那些"相对重理解而轻功力的学者造成一种压迫,以至于必须为自己非考证的研究方法辩护"。② 程千帆在二十世纪四十年代曾指出大学中文系偏重考据之蔽:"以考据之风特甚,教词章者,遂亦病论文术为空疏,疑习旧体为落伍。师生授受,无非作者之生平,作品之真伪,字句之校笺,时代之背景诸点。涉猎古今,不能自休。"③

　　罗志田曾考察中国现代文学研究中的考据倾向和文学失语的关系,认为这一倾向在某种程度上是中国儒林轻视文苑传统在现代的复活,同时也是"整理国故运动"影响的结果。④ 而现代意义上的大学和现代学术体制的建立,强调从业人员的学者身份,对于"文士"的排斥,强化了这一传统。现代学术更以容易客观化、量化的"研究"、新见为评价、

---

① 不独中国如此,外国文学研究中也有此风气,如朱光潜在《"灵魂在杰作中冒险"——考证、批评与欣赏》一文中述及自己在外国大学中学习"文学批评"方面的课程,教师所讲授的只是版本研究、"来源"研究、作者生平研究等考据学知识。(朱光潜:《朱光潜全集》,第 2 卷,安徽教育出版社,1987 年,第 36—37 页。)
② 陈平原:《中国现代学术之建立》,北京大学出版社,1998 年,第 224 页。
③ 程会昌(程千帆):《论今日大学中文系教学之蔽》,《国文月刊》,第 16 期。
④ 罗志田:《裂变中的传承:二十世纪前期的中国文化与学术》,中华书局,2003 年,第 255—321 页。

考核标准，忽略涵养性情的品格陶冶和文学创作。前引程千帆文对此作出分析，认为中国传统学术于义理、词章、考据三者之中，"义理期于力行，词章即是习作，自近人眼光视之，皆不足语于研究之列。则考据一项，自是研究之殊称"。所以在新式"科学精神"的潮流下，作为传统旧学的"考据"不仅未受压抑，反借势兴起，压倒义理和词章之学，"于所谓科学方法一名词下，延续其生命"。①

大学中文系授课内容的考据化、破碎化倾向，不仅在文学研究方面造成偏颇，对于文学创作的发展更是不利。作为白话文的倡导者，胡适自然乐于见到今人疏于操练被他称为"假古董"的古典诗文，但是大学中文系中连新文学创作都退居边缘，却不能不引起他的反思。这从他1934年2月14日的一条日记中可见一斑：

> 偶检北归路上所记纸片，有中公学生丘良任谈的中公学生近年常作文艺的人，有甘祠森（署名永柏，或雨纹），有何家槐、何德明、李辉英、何嘉、钟灵（番草）、孙佳汛、刘宇等。此风气皆是陆侃如、冯沅君、沈从文、白薇诸人所开。
>
> 北大中文系偏重考古，我在南方见侃如夫妇皆不看重学生试作文艺，始觉此风气之偏。从文在中公最受学生爱戴，久而不衰。
>
> 大学之中国文学系当兼顾到三个方面：历史的；欣赏与批评的；创作的。②

"历史的"方面，自然偏重考据；"欣赏与批评的"，则重于体味涵泳。二者的对象都是前人的文学创作。"创作的"在胡适那里，显然只能是新文艺"创作"。胡适的复杂性在于：作为学者，他固然不断强调乾嘉考证之学与西方实证科学的联系；而作为白话文运动的鼓吹者，他又对与自己的倡导有很大关系的大学中重学术研究尤其是考据之学而轻

---

① 程会昌（程千帆）：《论今日大学中文系教学之蔽》，《国文月刊》，第16期。
② 曹伯言整理：《胡适日记全编》，第6卷，安徽教育出版社，2001年，第325页。

创作、欣赏的风气，深表不满。他在执掌中国公学和北大文科时，对此做出过反拨的努力，提倡新文艺创作，如引进没有学历的作家沈从文到大学任教，请新文艺作家到北大开设《文学演讲》、《新文艺试作》之类的课程，甚至聘请以创作知名的徐志摩担任北大级别最高的研究教授等，不过一种风气一旦形成，并落实为学术制度，即便是始作俑者也难以扭转。关于文学研究考据化和大学中文系培养目标学者化的论争，在二十世纪四十年代依然继续。

第六章

新与旧，文与学
——大学文学教育中的新文学运动与旧学术结构

中国现代大学自诞生以来，学风屡变，其变迁轨迹，既与世风有关，又受制于旧学术传统和现代学术体制本身的特点，并与学术派别、人事沿革相纠葛。既有整体上的新取代旧（至少对旧造成冲击），显示出学术上的断裂，旧也往往反过来制约新，保持着一定程度上的历史延续性。不过其总体趋向是现代化、专业化，在文学学科方面，既大量引入有新式教育学历的"新人"，也以西方现代科学精神来整理、剪裁中国学术，并将创作技能的训练摒弃于大学之外。专业化和西化交织在一起，一面是新文化运动冲击大学，以传统考证之学研究戏曲、小说，提高白话文学的地位，努力将正在发生的新文学经典化，并积极在大学中提倡新文学、培养新作家，另一面大学自身的逻辑也排斥尚未被经典化的新文学进入大学，以体制的力量压抑大学中的文学创作倾向。

中国高等教育开始走向现代，源于晚清的壬寅癸卯学制。1904年发布的《奏定大学堂章程（附通儒院章程）》仿日本例，将大学分为八科，设通儒院，八科分别为经学科、政法科、医科、文学科、格致科、农科、工科、商科。其中文学科大学分为九门，分别为：中国史学门、万国史学门、中外地理学门、中国文学门、英国文学门、法国文学门、俄国文学门、德国文学门、日本国文学门。① 中国文学门的课程设置如下：

---

① 《奏定大学堂章程》，见璩鑫圭、唐良炎编：《中国近代教育史资料汇编·学制演变》，上海教育出版社，2007年，第348页。

表五

主 课	第一年每星期钟点	第二年每星期钟点	第三年每星期钟点
文学研究法	2	3	3
说文学	2	1	0
音韵学	2	1	0
历代文章流别	1	1	0
古人论文要言	1	1	0
周秦至今文章名家	2	3	3
周秦传记杂史周秦诸子补助课	0	1	1
四库集部提要	1	0	0
汉书艺文志补助、隋书经籍志考证	1	0	0
御批历代通鉴辑览	2	2	2
各种纪事本末	1	2	3
世界史	1	0	0
西国文学史	0	1	2
中国古今历代法制考	1	1	2
外国科学史	1	1	2
外国语文（英、法、俄、德、日选习其一）	6	6	6
合 计	24	24	24

以上科目属于必修，此外尚有一些选修科目（"随意科目"）：

第一年应以心理学、辨学、交涉学为随意科目。

第二年应以西国法制史、公益学、教育学等为随意科目。

第三年应以拉丁语、希腊语为随意科目。

另附有各门课程的解说，关于"文学研究法"一科，有"研究文学之要义"：

一、古文籀文、小篆、八分、草书、隶书、北朝书、唐以后正书之变迁，一、古今音韵之变迁，一、古今名义训诂之变迁，一、古以治化为文，今以词章为文关于世运之升降，一、修辞立诚、辞达而已二语为文章之本，一、古今言有物、言有序、言有章三语为作文之法，一、群经文体，一、周秦传记杂史文体，一、周秦诸子文体，一、史汉三国四史文体，一、诸史文体，一、汉魏文体，一、南北朝至隋文体，一、唐宋至今文体，一、骈散古合今分之渐，一、骈文又分汉魏六朝唐宋四体之别，一、秦以前文皆有用、汉以后文半有用半无用之变迁，一、文章出于经传古子四史者能名家、文章出于文集者不能名家之别，一、骈散各体文之名义施用，一、古今名家论文之不同，一、读专集读总集不可偏废之故，一、辞赋文体、制举文体、公牍文体、语录文体、释道藏文体、小说文体，皆与古文不同之处，一、记事、记行、记地、记山水、记草木、记器物、记礼仪、文体、表谱文体、目录文体、图说文体、专门艺术文体，皆文章家所需用，一、东文文法，一、泰西各国文法，一、西人专门之学皆有专门之文字，与汉艺术志学出于官同意，一、文学与人事世道之关系，一、文学与国家之关系，一、文学与地理之关系，一、文学与世界考古之关系，一、文学与外交之关系，一、文学与学习新理新法制造新器之关系（通汉学者笔述较易），一、文章名家必先通晓世事之关系，一、开国与末造之文有别（如隋胜陈、唐胜隋、北宋胜晚唐、元初胜宋末之类，宜多读盛世之文以正体格），一、有德与无德之文有别（忠厚正直者为有德，宜多读有德之文以养德性），一、有实与无实之别（经济有效者为有实，宜多读有实之文以增才识），一、有学之文与无学之文有别（根柢经史、博识多闻者为有学，宜多读有学之文以厚气力），一、文章险怪者、纤佻者、虚诞者、狂放者、驳杂者，皆有妨世运人心之故，一、文章习为空疏，必致人才不振之害，一、六朝南宋溺于好文之害，一、翻译外国书籍函牍文字中文不深之害。①

从这一"要义"可以看出，"文学研究法"一科主要包括几个方面的内容：字体的演变（包括音形义三方面）；文学的目的、根本及作法；文学的各种体裁及其变迁；文章与时代、国家、政治等各外部环境的关系；文章应当取法的轨范与应当避免的弊端。

科目名称为"文学研究法"，而起首先讨论字体的变迁，说明当时的"文学"仍受传统大文学观的影响，还不是外来的"literature"式的纯文学。② 而且，该科的讲授其实仍是传统路数，侧重于创作义法，其内容除了对于文章性质、任务的论述之外，涉及的便是读书取法对象、具体做法以及应具的和应避免的风格倾向，根本上来说，还是词章之学。宣统二年（1910年）后，桐城派的姚永朴到京师大学堂担任经文科教员，讲授这门课程，编撰同名讲义《文学研究法》，其全篇内容布局几乎与这一"要义"完全吻合，也反过来说明，《奏定大学堂章程》中对于文学课程的设置，仍不出桐城文风的范围。

另一值得注意之处，是对于习文学专科者，"除研究讲读外，须时常练习自作，教员斟酌行之，犹工、医之实习也；但不宜太数。愿习散体、骈体，可听其便"，"博学而知文章源流者，必能工诗赋，听学者自为之，学堂勿庸课习"。③ 虽然在习作方面，主要是依靠学生自修，但与教学并不分离，这和考据之风占领大学后文学研究与创作分裂的情形也不相同。

唯一带有明显"现代色彩"的是《历代文章流别》科下注明："日

---

① 《奏定大学堂章程》，见璩鑫圭、唐良炎编：《中国近代教育史资料汇编·学制演变》，上海教育出版社，2007年，第362—364页。
② 朱希祖1916年在北大讲授中国文学史时，其对于文学的理解也仍然是广义的，1920年时则已"主张狭义之文学"，"以为文学必须独立，与哲学史学及其他科学，可以并立，所谓纯文学也"。（朱希祖：《中国文学史要略·叙》，见陈平原编：《早期北大文学史讲义三种》，北京大学出版社，2005年，第241页。）这也可以看出学术风气对于学人的影响。
③ 《奏定大学堂章程（附通儒院章程）》，见璩鑫圭、唐良炎编：《中国近代教育史资料汇编·学制演变》，上海教育出版社，2007年，第348、357、363—365页。

本有《中国文学史》，可仿其意自行编纂讲授"。① 虽则中国古代诗话如钟嵘的《诗品》已有"溯源流，品高下"的研究方法，但是引入文学史的观念，则是文学教育现代化的一个标志。所以陈平原认为"此举关系重大"，"此前讲授'词章'，着眼于技能训练，故以吟咏、品味、模拟、创作为中心；如今改为'文学史'，主要是一种知识传授，并不要求配合写作练习"。② 这是就教师而言，若就学生而言，则在大学学习"文学"的目的，并不在于创作，而在于研究，不在于成为诗人、作家，而在于成为专家、学者。

不过单从这份课程表看来，其所授科目总体上是将中外科目糅合一处，只是在传统科目中冲兑一些西方因素，符合当时"中体西用"的指导方针，和后来的用西方的科学精神研究中国学问不同。

在教员聘任上，大学堂正教员，"以将来通儒院研究毕业，及游学外洋大学院毕业得有毕业文凭者充选。暂时除延访有各科学程度相当之华员充选外，余均择聘外国教师充选。"副教员则依此标准略降一等级。③ 此后，大学教员的聘任虽几经沿革，但其注重学历尤其是留洋学历的选择精神，却是以一贯之的。

辛亥革命以后，1913年教育部公布大学大学规程，大学之文科分为四门，分别为哲学、文学、历史学、地理学。文学门下分八类，其中国文学类科目有：文学研究法、说文解字及音韵学、尔雅学、词章学、中国文学史、中国史、希腊罗马文学史、近世欧洲文学史、言语学概论、哲学概论、美学概论、论理学概论、世界史。④ 大量加入"文学史"、"概论"一类的课程，显然也是进一步"现代"的表现。

---

① 《奏定大学堂章程（附通儒院章程）》，见璩鑫圭、唐良炎编：《中国近代教育史资料汇编·学制演变》，上海教育出版社，2007年，第365页。
② 陈平原：《"文学"如何"教育"》，《当代中国人文观察》，人民文学出版社，2004年，第243页。
③ 《奏定任用教员章程》，见璩鑫圭、唐良炎编：《中国近代教育史资料汇编·学制演变》，上海教育出版社，2007年，第432页。
④ 《教育部公布大学规程》（1913年1月12日部令第1号），见璩鑫圭、唐良炎编：《中国近代教育史资料汇编·学制演变》，上海教育出版社，2007年，第708、710页。

第一节　"向不肖处寻正统"：胡适的文学演进观

小说、戏曲是现代白话文学本土的直接源头，但在传统知识体系中处于边缘地位，其文体地位远低于文、诗、词，历来被视为小道，"街谈巷议"，不足采信。传统文人即便意在提高小说、戏曲地位，也是将其向经史之学靠拢，努力证明二者有相通之处。冯梦龙编写《警世通言》，便说其"足以佐经书史传之穷"①，是经史在"下等人"中的低配版，其实仍是以"卑体"自居。

王国维最早将戏曲作为严肃的学术研究对象，在他眼中，"元人之曲，为时既近，托体稍卑，故两朝史志与《四库》集部，均不著于录。后世硕儒，皆鄙弃不复道。而为此学者，大率不学之徒。即有一二学子，以余力及此，亦未有能观其会通，窥其奥窔者。遂使一代文献，郁埋沈晦者数百年，愚甚惑焉"。所以他对于自己所做的《宋元戏曲史》也颇为自负："世之为此学者自余始，其所贡于此学者亦以此书为多，非吾辈才力过于古人，实以古人未尝为此学故也。"② 余嘉锡则批评清代考证学大家钱大昕对于小说的偏见："（钱）学术极博，于书无所不窥，然其恶小说，尝作正俗篇，以为小说专导人以恶，有觉世牖民之责者，宜焚而弃之，勿使流播"，明确表示不同意见，以为"夫街巷之间，人之所聚集，其谈说告语，所谓舆人之诵也。人生而好善，岂有群众相聚，言不及义，专导人以恶者乎？"③ 后来余嘉锡以乾嘉之法考证梁山泊及杨家将故事，也可见学风之转向。

对于小说词曲的注意，从近代已经开始，胡适在《中古文学概论》的序中有所回顾：

---

① 冯梦龙：《三言·警世通言·序》，《三言·警世通言》，中华书局，2014年，第1页。
② 王国维：《宋元戏曲史·序》，《王国维文集》，第1卷，中国文史出版社，1997年，第307页。
③ 余嘉锡：《杨家将故事考信录》，《余嘉锡文史论集》，岳麓书社，1997年，第393页。

从前的人，把词看作"诗余"，已瞧不上眼了；小曲和杂剧更不足道了。至于"小说"，更受轻视了。近三十年中，不知不觉的起了一种反动。临桂王氏和湖州朱氏提倡翻刻宋元的词集，贵池刘氏和武进董氏翻刻了许多杂剧传奇，江阴缪氏、上虞罗氏翻印了好几种宋人的小说。市上词集和戏剧的价钱渐渐高起来了，近来更昂贵了。近人受了西洋文学的影响，对于小说渐渐能尊重赏识了。这种风气的转移，竟给文学史家增添了无数难得的史料。词集的易得，使我们对于宋代的词的价值格外明了。戏剧的翻印，使我们对于元明的文学添许多新的见解。古小说的发现与推崇，使我们对于近八百年的平民文学渐渐有点正确的了解。我们现在知道，东坡、山谷的诗远不如他们的词能代表时代；姚燧、虞集、欧阳玄的古文远不如关汉卿、马致远的杂剧能代表时代；归有光、唐顺之的古文远不如《金瓶梅》《西游记》能代表时代，方苞、姚鼐的古文远不如《红楼梦》《儒林外史》能代表时代。于是我们对于文学史的见解也就不得不起一种革命了。[①]

明确鼓吹小说、戏曲等俗文学，将其从边缘移到中心，抬至正统地位以为白话文学张目的，也正是横向移植西方文学观念的胡适。[②] 他在1917年回国途中阅读薛谢儿的《再生时代》，注意到欧洲各国国语文学兴起即源自但丁等人以"俗语"（各国土语）为文学，摈弃统一的拉丁语，认为"足供吾人之参考"。[③]

胡适鼓吹白话文学，从创作的角度来说，是"用白话作文作诗"："（这）是最基本的。这一条中心理论，有两个方面：一面要推倒旧文

[①] 胡适：《中古文学概论·序》，《胡适文集》，第3卷，北京大学出版社，1998年，第609—610页。
[②] 晚清梁启超等人提倡小说，主要目的是以小说为政治改革的手段，胡适则将小说等白话文学抬高到中国文学正宗的地位。
[③] 曹伯言整理：《胡适日记全编》，第2卷，安徽教育出版社，2001年，第600、605页。

学，一面要建立白话为一切文学的工具。"① 在胡适看来，"盖白话之可为小说之利器，已经施耐庵曹雪芹诸人实地证明，不容更辩；今惟有韵文一类，尚待吾人之实地实验耳（略）"。② 在理论建设上，胡适则借用进化论思想，结合中国传统"一代有一代之所胜"的文学演变观，将中国文学史做成白话文学演进史，向历史上寻求白话文学的合法性，确立其正统地位。

"一代有一代之所胜"的观念源于清代的焦循，他曾拟从中国历代文学中选取各时代最具代表性的文体，"汉则专取其赋，魏晋六朝至隋则专录其五言诗，唐则专录其律诗，宋专录其词，元专录其曲，明专录其八股，一代还其一代之所胜"。在他看来，"舍其所胜，以就其所不胜"的创作，"皆寄人篱下者耳"，只能算是前代文学的"余气游魂"。③ 王国维发挥此论："四言敝而有《楚辞》，《楚辞》敝而有五言，五言敝而有七言，古诗敝而有律绝，律绝敝而有词"，④ 并解释其原因：某一文体一旦成为俗套，就会对内容形成束缚，难以创新，所以必须改革。⑤ 中国传统诸文体间，原本有等级关系——如文高于诗，诗高于词，词高于小说戏曲——王国维与焦循将各体平行列出，不做高下区分，品评优劣只在同一文体之中进行，已在无形中抬高了卑体的地位。

胡适则是将这一观念与进化论结合起来，在文体演化的过程中划出一条渐近自然的进化路线，为白话文学正统论张目，于是文体间依时间

---

① 胡适：《中国新文学运动小史》，《胡适文集》，第 1 卷，北京大学出版社，1998 年，第 125 页。
② 胡适致陈独秀，《胡适文集》，第 1 卷，北京大学出版社，1998 年，第 25 页。
③ 焦循：《易馀籥录》，第 15 卷，见周勋初：《文学"一代有一代之所胜"说的重要历史意义》，《周勋初文集》，第 6 卷，江苏古籍出版社，2000 年，第 223—224 页。
④ 王国维：《人间词话（定稿）·五十四》，《王国维文集》，第 1 卷，中国文史出版社，1997 年，第 154 页。王国维在《宋元戏曲考》的序中也曾说："凡一代有一代之文学：楚之骚，汉之赋，六代之骈语，唐之诗，宋之词，元之曲，皆所谓一代之文学，而后世莫能继焉者也。"（《王国维文集》，第 1 卷，第 307 页。）
⑤ "盖文体通行既久，染指遂多，自成习套。豪杰之士，亦难于其中自出新意，故遁而作他体，以自解脱。一切文体所以始胜终衰者，皆由于此。故谓文学后不如前，余未敢信。但就一体论，则此说固无易也。"（王国维：《人间词话（定稿）·五十四》，《王国维文集》，第 1 卷，中国文史出版社，1997 年，第 154 页。）

顺序便产生了新的等级关系。胡适最早借用这一观念，见于1917年发表的《文学改良刍议》："文学者，随时代而变迁者也。一时代有一时代之文学：周、秦有周、秦之文学，汉、魏有汉、魏之文学，唐、宋、元、明有唐、宋、元、明之文学。此非吾一人之私言，乃文明进化之公理也。"① 在1921年7月3日的日记中说得更加明白："唐朝的诗一变而为宋词，再变而为元明的曲，都是进步。即以诗论，宋朝的大家实在不让唐朝的大家。南宋的陆、杨、范一派的自然诗，唐朝确没有。（略）至于学问，唐人的经学远不如宋，更不用比清朝了。"其论证的方式也颇有意味，依据的却是科技与媒介的进步："我们试想孔夫子的时代，没有纸，没有墨，只有竹简，用刀刻画字迹；然后想到帛书的时代，漆书的时代，纸墨的时代，石经的时代，后来到刻板的时代，最后始到活字的时代，与金属活字的时代：——这个进步就可惊叹了。"② 这里可以明显看出胡适以科技发展代替社会整体进程的"科学主义"倾向。时代愈发展，科学愈发达，知识总量愈增加，这或许都符合实情，但据此认为文学艺术水准也一定直线上升，则既不免于对进化论的误读和滥用，也混淆了科学与文学的界限。胡适之所以认为宋诗优于唐诗，与其对于文学、语言功能的理解有关。他在论证白话比文言更进步时预设的判定标准就是"应用"能力："应用的能力增加，便是进步；应用的能力减少，便是退步。"③ 他显然更重视文学传达信息、启蒙民众的功能，相对忽略其美学功能，他对"白话"之"白"的理解即是"说得出，听得懂"、"不加粉饰"、"明白晓畅"。④（当然在胡适看来，明白晓畅就是美）宋诗较之唐诗，"白话"、"自然"的成分更多，自然也更符合胡适的语言标准。

胡适热衷于进化论，固与当时知识界的舆论气候有关，但也是出于一种矫枉过正的策略性考虑，是要以绝对的"进化论"来挑战、打破中国传统文化、文学的"退化论"发展史观。传统知识人即便要革新，也

---

① 胡适：《文学改良刍议》，《胡适文集》，第2卷，北京大学出版社，1998年，第7页。
② 曹伯言整理：《胡适日记全编》，第3卷，安徽教育出版社，2001年，第354—355页。
③ 胡适：《国语文法概论》，《胡适文集》，第2卷，北京大学出版社，1998年，第340页。
④ 胡适：《白话文学史·自序》，《胡适文集》，第8卷，北京大学出版社，1998年，第147页。

往往是"托古改制","以复古为解放"。姚永朴《文学研究法》一书中即列举大量此类例证,如苏辙《欧阳公神道碑》:"自魏晋以来,历南北,文弊极矣,虽唐贞观、开元之盛,卒不能振。惟韩退之一变复古,阏其颓波。东注之海,遂复西汉之旧。其后五代相承,天下不知所以为文,及公文之出,乃复无愧于古。"韩愈、欧阳修文学之所以得到称颂,并非是实际上的创新,而恰是因为口号上的"复古"。方苞《赠方文辀序》云:"文章之传,代降而卑(略)。然则道德文术之所以衰者,其故可知矣。周时人无不达于文,见于传者,隶卒厮舆,亦能雍容辞令。(略)盖三代盛时,无人而不知学,虽农工商贾,其少也固常与于塾师里门之教矣。(略)汉之文,终武帝之世而衰,虽有能者,气象薾然,盖周人遗学老师宿儒之所传,至是而扫地尽矣。自是以降,古文之学,每数百年而一兴,唐宋所传诸家是也。(略)而其尤衰则在有明之世。盖唐宋之学者,虽逐于诗赋论策之末,然所取尚博,故一旦去为古文,而力犹可藉也;明之一世五经、四子之书,其号则正矣,而人占一经,自少而壮,英华果锐之气,皆蔽于时文,而后用其馀以涉于古,则其不能自树立也宜矣。"方苞将文章"代降而卑"的原因归结为"上之所以教,下所以学",文章衰落之原因,正在于不博学古人之经典。①

桐城派文人既以这种"退化论"为宗旨,则对文学的语言、师法、取材等看法自然与持进化论的胡适等新文化人士不同。胡适重俗,桐城派重雅,胡适主张作文如说话,桐城派严格区分口语与书面语。姚永朴《文学研究法》中的"雅俗"一目,极力主张"雅俗之不相容,虽冰炭异性,薰莸异气,不足以喻。故不欲文章之工则已,如欲其工,就雅去俗,是为首务"。并引姚鼐之语:"大抵作诗、古文,皆急须先辨雅俗。俗气不除尽,则无由入门,况求妙绝之境乎?"在师法古人方面,也特别提出白居易不易学,学之则易流于轻俗,又以袁枚、蒋士铨、赵翼等性灵派为戒。胡适鼓吹唐宋僧人以至理学家讲学的"语录体",树为白话文的源头之一,桐城派则正要从文学中将"语录"剔除出去,姚鼐即

---

① 姚永朴:《文学研究法》,凤凰出版社,2009年,第65—66页。

认为这是当时"僧徒不通于文,乃书其师语,以俚俗谓之'语录'。宋世儒者弟子,盖过而效之。然以弟子记先师,惧失其真,犹有取尔也。明世自著书者,乃亦效其辞,此何取哉?"胡适鼓吹小说,桐城派则以小说家笔调为作文之戒,谈其弊端,思想上,"情钟儿女,入于邪淫;事托鬼狐,邻于妄诞。(略)伤风败俗,为害甚大",笔法上纵然"新颖可喜,而终不免纤佻",不合雅正之旨。①

胡适鼓吹白话文学,在方法上,借用进化论以为支持;在资源上,则是将文学史上的"中心"与"边缘"互换,撇开"肖子"的文学,去寻"不肖子"的文学,即摒弃历来被视为正统的古文传统,去重新发现、建构一直被压抑和遮蔽的白话文学。

在胡适看来,白话文学史就是中国文学史,因为"白话文学史就是中国文学史的中心部分",是"最热闹,最富于创造性,最可以代表时代的文学史"。这材料"包括旧文学中那些明白清楚近于说话的作品",但更重要的还是民间文学以及文人创作的小说词曲等。这也得力于新史料的发现,如"敦煌石室的唐五代写本的俗文学"、流传在日本的唐人小说《游仙窟》,罗振玉在日本影印的《唐三藏取经诗话》,盐谷温发现的《全相平话》、吴昌龄的《西游记》,国内《京本通俗小说》的出现,以及元人曲子总集《太平乐府》、《阳春白雪》的流通,北大歌谣研究会搜集的歌。在研究方面,鲁迅的《中国小说史略》等都提供了大量的白话文学的材料,有助于勾勒出一幅清晰的白话文学史图景。②

胡适是以民间文学为文学和思想发展的动力及源泉的,他由此总结出一个文学史上的"公式":

> 文学的新方式都是出于民间的。久而久之,文人学士受了民间文学的影响,采用这种新题材来做他们的文艺作品。文人的参加自有他的好处:浅薄的内容变丰富了,幼稚的艺术变高明了,平凡的

---

① 姚永朴:《文学研究法》,凤凰出版社,2009年,第178—179、184、21—22、25页。
② 胡适:《白话文学史》,《胡适文集》,第8卷,北京大学出版社,1998年,第150、146—147、144—145页。

意境变高超了。但文人把这种新体裁学到手后,劣等的文人便来模仿;模仿的结果,往往学到了形式上的技术,而丢掉了创作的精神,天才堕落为匠手,创作堕落为机械,生气剥丧完了,只剩下一点小技巧,一堆烂书袋,一套烂调子!于是这种文学方式的命运便完结了,文学的生命又须另向民间去寻新方向发展了。①

如果这一公式成立的话,则文学史的演化和文学生机的保持,都有赖于民间文学提供滋养和刺激,也正可以证明胡适关于白话文学和文言文学分别为活文学与死文学的论断。胡适的《白话文学史》是系统性地为白话文学"寻根"、向传统中寻求历史合法性的学术研究之作,鲁迅称赞它"警辟之至,大快人心","这种历史的提示,胜于许多空理论"。② 在方法上胡适以白话文学的标准剪裁中国传统文学,开创了一种新的文学研究范式,此后的新文学研究者多不能出其范围。郑振铎的文学史研究,便多是对于胡适的发挥和扩展。其作于二十世纪三十年代的《中国文学史》,首先在文学观念上对传统进行批评:传统的文学观念,"将纯文学的范围缩小到只剩下'诗'与'散文'两大类,而于'诗'之中,还撇开了'曲'——他们称之为'词余',甚至撇开了'词'不谈,以为这是小道;有时,甚至还撇开了非'正统'的骈文等等东西不谈"。郑振铎的文学观念源于西方的"literature",所以特别重视戏曲、小说等文学样式,而于传统的诗与散文,也极力扩张其范围,

---

① 胡适:《词选·自序》,《胡适文集》,第 4 卷,北京大学出版社,1998 年,第 550 页。
② 鲁迅对胡适过分向历史上搜寻白话文例证的倾向也有所批评:"白话的生长,总当以《新青年》主张以后为大关键,因为态度很平正,若夫以前文豪之偶用白话入诗文者,看起来总觉得和运用'僻典'有同等之精神也。"(鲁迅:《致胡适》,《鲁迅全集》,第 11 卷,人民文学出版社,2005 年,第 431 页。)钱钟书后来在其《中国诗与中国画》一文中,将周作人的《新文学的源流》和胡适的《白话文学史》放在一起,大加讥讽:"我们自己学生时代就看到提倡'中国文学改良'的学者煞费心机写了上溯古代的《中国白话文学史》,又看到白话散文家在讲《新文学源流》时,远追明代'公安''竟陵'两派。这种事后追认先驱(préfiguration rétroactive)的事例,仿佛野孩子认父母,暴发户造家谱,或封建皇朝的大官僚诰赠三代祖宗,在文学史上数见不鲜。"(钱钟书:《中国诗与中国画》,《七缀集(修订本)》,上海古籍出版社,1996 年,第 2 页。)只不过鲁迅在提倡白话文方面和胡适站在一边,认同他的工作,有褒有贬,钱钟书比较反感新文学作家,批评起来就尖刻得多了。

将词与散曲、政论文学、策士文学、新闻文学等包罗在内。① 在文学史材料上,他批评此前的文学史之作都不曾涉及"唐、五代的许多'变文',金、元的几部'诸宫调',宋、明的无数的短篇平话,明、清的许多重要的宝卷、弹词",认为这一疏忽如同"英国文学史而遗落了莎士比亚与狄更斯","意大利文学史而遗落了但丁与鲍卡契奥"。② 所以,郑振铎的文学史特别注意发掘新材料,冲击旧文学范围,致力于建构新的文学史图景。书中材料"有三分之一以上是他书所未述及的"。③

在做完《中国文学史》后,郑振铎又专门做了一部《中国俗文学史》。"俗文学"相当于胡适所说的"白话文学",这与胡适做"白话文学史"用意相同。在郑振铎看来,"'俗文学'不仅成了中国文学史的主要的成分,且也成了中国文学史的中心"。他所秉承的也正是胡适"向那旁行斜出的'不肖'文学里去寻"的精神,"因为不肖古人,所以能代表当世"。④ 郑振铎关于"俗文学"与"正统文学"关系的论述,也正是胡适关于"民间文学"与"文人创作"的文学史公式的变体:

> 当民间发生了一种新的文体时,学士大夫们其初是完全忽视的,是鄙夷不屑一读的。但渐渐地,有勇气的文人学士们采取这种新鲜的文体作为自己创作的型式了,渐渐的这种新的文体得了大多数的文人学士们的支持了。渐渐的这种新的文体升格而成为王家贵族的东西了。至此,它们渐渐的远离了民间,而成为正统文学的一体了。⑤

---

① 郑振铎:《插图本中国文学史·绪论》,上海人民出版社,2005年,第6页。
② 郑振铎:《插图本中国文学史·自序》,上海人民出版社,2005年,第1页。
③ 郑振铎:《插图本中国文学史·例言》,上海人民出版社,2005年,第2页。
④ 郑振铎:《中国俗文学史》,上海人民出版社,2006年,第15、27页。
⑤ 郑振铎:《中国俗文学史》,上海人民出版社,2006年,第16页。

第二节　新文学"补丁"与旧学术结构

白话文学经过胡适等新文化人士的鼓吹，在文学界取得了舆论支配地位，政治上也得到当局的支持。1920年，北洋政府教育部颁发部令，规定国民学校一二年级的国文，从秋季起，一律改用国语。所以"学衡派"起而反对文学革命时，胡适以胜利者的姿态从容地说："文学革命已经过了议论的时期，反对党已经破产了。从此以后，完全是新文学的创造时期。"① 不过相较于舆论的转变，制度层面的落实总是相对滞后，尤其是学术制度有着自身内在的稳定性，新文学虽然在舆论上压倒了旧文学，在大学教育与研究中，却并不能一举取代传统文学的支配性地位。

1917年蔡元培出长北大后，引进陈独秀为文科学长，在国文门的课程规划上，试图兼顾学术研究与写作技能训练，分设文学史与文学两科，1918年教授会制定教授案对这两科的分工："文学史在使学者知各代文学之变迁及其派别"，"文学则使学者研寻作文之妙用，有以窥见作者之用心，俾增进其文学之技术"。② 这种分科设计，可以看出使文学教育、研究与新文学创造相通的用心："文学史"科了解过去，是间接为新文学提供资源；"文学"科揣摩文学技法，则是直接为了新文学的创造。

在具体课程做出改变以前，国文门研究所已经在扩大学术研究的范围，将小说、戏曲等带有白话色彩的文学样式作为对象，由导师带领学生进行研究。1917年公布的国文研究所研究科目中就包括小说（刘半农、周作人、胡适为导师）和曲（吴梅为导师）。③ 小说科研究会开会甚勤，刘半农和周作人指导最多，其报告涉及小说研究的方法、所包括的

---

① 胡适：《五十年来之中国文学》，《胡适文集》，第3卷，北京大学出版社，1998年，第260、262—263页。
② 《国文学门文学教授案》，1918年5月2日《北京大学日刊》。
③ 1917年12月4日《北京大学日刊》。

内容，研究西洋小说以作为未来小说创作取材，通俗小说、俄国小说等问题。① 跟随的学生袁振英、崔龙文、傅斯年和俞平伯等，各自认领题目进行研究。

民歌也被新文化人士视为白话文学的源头之一。1918年开始，北大成立歌谣征集处，请社会各界帮助搜集近世歌谣，由沈尹默主任一切并编辑《选粹》，刘半农负责来稿初次审定，编辑《汇编》，钱玄同和沈兼士负责考订方言。同时将搜集到的民间歌谣在《北京大学日刊》选发，这一工作后来为常惠、钟敬文、顾颉刚等人所接续，十年间出版的歌谣至少在一万首以上，刘半农自己还模仿民歌写成《瓦釜集》。②

小说、戏曲地位的提高，自然会落实在课程设置上。1918年，吴梅在中国文学系开设两门课程，一是近代文学史，一是词曲，北大为此遭到上海《时事新报》的嘲讽。③ 1920年鲁迅在北京大学兼任讲师，担任"小说史"课程。1925年，北大中文系将二年级以上课程分为A、B、C三类，分别为语言文字类、文学类、整理国故之方法类。其中文学部分包括"诗（词，赋等亦属之）及戏剧，小说，散文（批评，论说，传记，小品及其他）诸类"。该年所设的课程包括戏曲、戏曲史、小说、小说史等。其中戏曲和戏曲史由接替吴梅的许之衡担任，小说和小说史分别由新文学作家俞平伯和鲁迅担任。④ 鲁迅的授课讲义后来编为《中国小说史略》出版，这是中国第一部小说史，胡适称"这是一部开山的创作，搜集甚勤，取材甚精，断制也甚谨严"。⑤

二十世纪二十年代的大学课堂一般并不直接教授新文学创作，以小说、戏曲成为研究对象，一是抬高了白话文学的地位，二来它们也作为一种文体示范，供新文学创作取法、学习。当时大学课堂的自由散漫，

---

① 1917年12月27日、1918年1月17日、1月20日、2月3日《北京大学日刊》。
② 胡适：《白话文学史·自序》，《胡适文集》，第8卷，北京大学出版社，1998年，第145页；1918年2月1日《北京大学日刊》；马越：《北京大学中文系简史》，北京大学出版社，1998年，第11、13页。
③ 《文本科第二学期课程表》，1918年1月5号《北京大学日刊》；朱偰：《五四前后的北京大学》，《文化史料（丛刊）》，第5辑，文史资料出版社，1983年，第168页。
④ 1925年10月13日《北京大学日刊》。
⑤ 胡适：《白话文学史·自序》，《胡适文集》，第8卷，北京大学出版社，1998年，第145页。

也给教师们提供了极大的言说空间。新文学作家们在讲授外国文学或古代文学时,也不免结合自身的创作经验,介绍写作方法。如鲁迅的"中国小说史"课程,"并不限于中国的小说史,而且重点好像还是在反对封建思想和介绍写作的方法上的",因为在鲁迅看来,中国的小说史,"即使讲得烂熟,大家都能够背诵",也是没什么用处的。在小说史中,传授作法,培养青年作家,才是有效的。① 不惟大学如此,在环境宽松的中学,教师的课程照样有很大的自由空间。据新文学作家赵景深回忆,五四时期他在南开中学读书时,"同学们很快的接受了新思潮。我们的国文教师是洪北平先生,他选胡适、陈独秀、蔡元培、梁启超诸家的白话文给我们读,课外又讲'新文学与旧文学'给我们听。我从他那里第一次知道了浪漫主义和自然主义,也从他那里第一次知道了托尔斯泰、莫泊桑之类"。②

大学自身的学术属性,使得它天然具有一定的保守性,在新文学作品尚未经典化之前,大学一般并不以其为研究、讲授对象,更不直接教授新文学创作,陈独秀关于揣摩作者用心、增进文学技术的"文学科"设想,并未能真正落实。新文学的创作和提倡,对于大学中的新文学作家来说,更多的是一种业余行为,而非职业行为。学者(大学教师)与作家双重身份的分裂,在胡适身上有着典型的体现。作为学者,他不断强调乾嘉考证之学与西方实证科学的联系;作为白话文运动的鼓吹者,他又对大学中重学术研究尤其是考据之学而轻创作、欣赏的风气深为不满。在自身掌握了教育资源以后,便努力加以改变。

胡适在中国公学校长任内,引入没有学历的新文学作家沈从文,便是一大创举。其后沈从文先后继续在青岛大学、西南联大任教,皆和胡适的学生、对大学有很大影响力的新文学作家杨振声等人有关。二十世纪三十年代,胡适在北大文学院长兼中文系主任期间,对北大中文系"偏重考古"的"风气之偏"也有所修正。他刚从上海回到北大,即极

---

① 许钦文:《〈鲁迅日记〉中的我》,《鲁迅先生二三事·前期弟子忆鲁迅》,河北教育出版社,2000年,第103页。
② 赵景深:《海上集》,北新书局,1946年,第43页。(本文转引自上海书店1984年影印本。)

力罗致作为新文学作家的梁实秋、杨振声等人,而与胡适关系密切的傅斯年对这两人的学术均有所不满,从这些细微处可以看出胡适与傅斯年对于大学文学教育理解的差异。①

在此风气影响下,新文学作品直接受到关注,成为大学学术研究对象,如由中文系学生组织的国文学会就曾将"新文学作品的估价"列入研究题目之中,研究院文史部的导师胡适、刘复也曾指导研究生从事如"近二十年之文学"等课题的研究。② 1931年北大中文系在B类科目中除了《小说》、《词》(教师均为俞平伯)、《戏曲及作曲法》(许之衡)和关于文学批评的《文学概论》(徐祖正)等课程外,尚有《文学演讲》和《新文艺试作》两门。前者"临时通知,不算单位",采取学术报告的形式,先后邀请到郑振铎、章太炎、俞平伯、叶公超、罗常培等学者,其中郑振铎、俞平伯、叶公超皆为新文学作家。③ 后者分为四科,指导教师均为新文学作家:《散文》一科为胡适、周作人、俞平伯,《诗歌》一科为徐志摩、孙大雨,《小说》一科为冯文炳,《戏曲》一科为余上沅。④ 后来《新文艺试作》一科有所调整,1934年时只有冯文炳(废名)继续开设了两门和文学创作有关的课程,分别为:《作文·附散文选读》、《新文艺试作·散文、小说、诗》。⑤ 1935年仍然开设《作文》课程,除冯文炳所开两门外,尚有顾随所开的《作文(二)(韵文实习)》。⑥

---

① 作为五四运动的大将,傅斯年留学归来后,更注重于学术研究,不措意于文学创作,对于一直致力于新文艺创作和推广的杨振声,并不看好,胡适二十世纪三十年代回到北大,有意请杨振声加入,傅斯年即颇不以为然。(曹伯言整理:《胡适日记全编》,第6卷,安徽教育出版社,2001年,第48页。)对胡适颇为倚重的梁实秋,傅斯年也很轻视,认为"学行皆无所底",乃"浮华得名之士"。(《傅斯年致蒋梦麟》,《胡适来往书信选》,下卷,中华书局,1979年,第531页。)
② 该"国文学会"1929年还曾邀请鲁迅、林损、刘复、钱玄同等来会演讲,见马越:《北京大学中文系简史》,北京大学出版社,1998年,第24—25页。
③ 1931年9月14日《北京大学日刊》。
④ 1931年9月24日《北京大学日刊》。
⑤ 陈平原:《读〈民国二十三年度〉〈北京大学一览〉有感》,《老北大的故事》,江苏文艺出版社,1998年,第242—245页。
⑥ 《〈民国二十四年度〉〈北京大学一览〉》,见王学珍等编:《北京大学史料》,第2卷第2册,北京大学出版社,2000年,第1164页。

不过蔡元培、陈独秀、胡适等人的"修正",仍然只能是"打补丁"式的努力,并不足以打破大学中学术结构的稳定性。新增一些关于小说、戏曲及新文学研究之类的课程,在旧结构中仍然处于边缘地位,远不足以与传统文学研究分庭抗礼。朱自清在1926年的一篇文章中就表现出了对于学术界那种"国学外无学"、"古史料外无国学"的厚古薄今倾向表示了不满,认为应该把现代生活的材料加入国学,尖锐地批评了当时"国学研究者":

> 大约是由于"傲慢",或婉转些说,是由于"学者的偏见",他们总以为只有自己所从事的国学是学问的极峰——不,应该说只有他们自己的国学可以称为正宗的学问!他们自己的国学是些什么呢?我,十足的外行,敢代他们回答:经史之学,只有经史之学![1]

第三节 创造适应时代的新文学

朱自清对于"国学研究者"的不满主要集中在厚古薄今的崇古思想,"传统的和正宗的空气"对现代生活的压抑,是要为"新"(现代生活)争得与"旧"(古史料)同等的作为学术研究对象的地位,但也涉及到另一问题,即"学者的偏见"。[2] 朱自清所说的"学者",自然专指研究国学者,不过研究与创作,或者说是"学"与"文"之间,本有着相互冲突之处。"学者的偏见"是一种古老的傲慢,是"儒林"与"文苑"之分的悠远回响。

相较于北大在旧学术结构中的"打补丁",清华对于新文学的研究、创作和批评则有着更为自觉的追求。1925年朱自清因胡适、俞平伯的

---

[1] 朱自清:《现代生活的学术价值》,见朱乔森编:《朱自清全集》,第4卷,江苏教育出版社,1990年,第194、195页。
[2] 朱自清:《现代生活的学术价值》,见朱乔森编:《朱自清全集》,第4卷,江苏教育出版社,1990年,第198、195页。

推荐进入清华国文部任教。1928年，罗家伦被国民政府任命为清华学校校长，杨振声、冯友兰随之进入清华，担任要职。朱自清由教员提升为教授，和担任文学院长兼任系主任的杨振声一起规划了清华中文系未来的发展。

此前清华中文系由一帮清朝科举老先生主持，教员待遇低，"是最不时髦的一系，也是最受压迫的一系"，杨振声初到清华时，朱自清就在"那受气的中文系中作小媳妇"。杨振声到任第二天，就到古月堂拜访朱自清，二人商定了中文系的计划：

> 除了中文系的教员全体一新外，我们还决定了一个中文系的新方向，那就是（一）新旧文学的接流（二）中外文学的交流。中文系添设比较文学与新文学习作，清华在那时是第一个。中文系的学生必修几种外文系的基本课程，外文系的学生也必修几种中文系的基本课程。中外文学的交互修习，清华在那时也是第一个。这都是佩弦先生的倡导。其影响必会给将来一般的中文系创造一个新前途，这也就是新文学的唯一的前途。①

从这里可以看出杨振声、朱自清等新文学作家对于大学中文系的计划和构想，是一种"贯通主义"，即贯通新旧和中西，其目的是创造适应现时代的新文学。同样由杨、朱二人商定的清华1929年中国文学系课程总说明中有这样的话：

> （略）我们的课程的组织，一方面注重研究我们的旧文学，一方面更参考外国的现代文学。为什么注重研究旧文学呢？因为我们文学上所用的语言文字是中国的；我们文学里所表现的生活，社会，家庭，人物是中国的；我们文学所发扬的精神，气味，格调，

---

① 杨振声：《纪念朱自清先生》，见姜建：《朱自清年谱》，安徽教育出版社，1996年，第80页。

思想也是中国的。换句话说,我们是中国人;我们必须研究中国文学。我们要创造的也是我们中国的新文学,不过是我们这个时代的中国新文学罢了。

为什么要参考外国现代文学呢?正因为我们要创造中国新文学,不是要因袭中国旧文学。中国文学有它光荣的历史,但是某一时代的光荣的历史,不是现代的,更不是我们的,只是历史的而已。

(略)

不但此也,外国现代文学经时间上的磨炼,科学哲学的培养,图画,音乐,雕刻,建筑等艺术的切磋,在内容及表现上都已是时代的产儿了。我们最少也是时代的追随者——这是极没出息的话,应当是时代的创造者。对于人家表现艺术的——文学大部是表现艺术的——进步,结构技巧的情致,批评艺术的理论,起码也应当研究研究,与自己的东西比较一下。比较研究后,我们可以舍短取长,增益我们创造自己的文学的工具。这也与我们借助于他们的火车,轮船,飞机是一样的。借助于他们的机械来创造我们的新文学。

根据以上理由,所以我们中国文学系的课程,一方面注重于研究中国各体文学,一方面也注重于外国文学各体的研究。(略)①

从这份说明可以看出杨、朱所理解的"中国文学系"之"中国文学"指的是"中国新文学",要点即在于"中国"、"新"和"文学"三个关键词。

研究中国旧文学,是因为它与"新文学"的共同点在于"中国",用的是中国语言,写的是中国的人与事,要表现中国生活,发扬中国精神;研究外国文学,是因为它"新",更具时代精神,可以提供更现代

---

① 杨振声:《为追悼朱自清先生讲到中国文学系》,见俞平伯等:《最完整的人格:朱自清先生哀念集》,北京出版社,1988年,第178—179页。

的文学技巧,足资"中国新文学"借鉴,中、西关系即是新、旧关系;因为是文学系——而非现在通称的"中国语言文学系"——关注点在于"文学",并不包括"语言文字学",所以后来闻一多才会有将现有的中文系与外文系以"文学"与"语言"为因子,合并同类项,取中文系与外文系中的"文学"部分重组"文学系",而另外成立"语言学系"的动议。

融合新旧,即是融合中西,而"研究"之于朱自清而言,并非最终目的,实是为"创造"所做的准备,正如杨振声所说,"其影响必会给将来一般的中文系创造一个新前途,这也就是新文学的唯一的前途",中文系的前途即是新文学的前途,两件事是一件事。

1929年清华大学中国文学系的课程中,一、二年级英文必修,三年级开设西洋文学概要,并有戏曲和小说两门课程(俞平伯),四年级开设西洋文学专集研究。在选修科目中,则有中国新文学研究(朱自清)、当代比较小说(杨振声)、歌谣(朱自清)、高级作文等。在"希望本系学生选修之他系学科"中则建议了现代西洋文学、美学、西洋通史、西洋哲学史等课程,[①] 的确贯彻了杨、朱融合新旧中西的最初设想。

中国新文学研究、当代比较小说两门课,均以新文学为讲授对象,尤其前者是第一次将新文学带入大学课堂,这对于确立新文学的合法性、实现其经典化起到了重要作用。朱自清所编的讲义《中国新文学研究纲要》也是最早对新文学进行系统研究的论著,王瑶曾这样评价:"当时大学中文系的课程还有着浓厚的尊古之风,所谓许(慎)郑(玄)之学仍然是学生入门的先导,文字声韵训诂之类课程充斥其间,而'新文学'是没有地位的。朱先生开设此课后,受到同学的热烈欢迎,燕京、师大两校也由于同学的要求,请他兼课;(略)如果我们用历史的观点看问题,朱先生的《纲要》无论从那一方面说都是带有开创性的,

---

① 齐家莹:《清华人文学科年谱》,清华大学出版社,1999年,第84—85页。

它显示着前驱者开拓的足迹。"①

1929年夏，杨振声受邀到燕京大学讲授"现代文学"，上半年讲中国现代文学，下半年讲外国文学。国内部分"着重讲的是鲁迅的《呐喊》，茅盾的《蚀》，蒋光慈的《少年漂泊者》，郁达夫的《沉沦》和沈从文的《月下小景》"，"外国作家他讲托尔斯泰的《战争与和平》，陀思妥耶夫斯基的《罪与罚》，哈代的《还乡》和罗曼·罗兰的《约翰·克里斯多夫》"。当时在燕京大学国文专修班读书的萧乾曾旁听这门课程，称杨振声给了他一副"当代的文艺地图"，激发他去涉猎更多的作品。后来萧乾又经杨振声的介绍，认识了沈从文、凌叔华等新文学作家，并由此进入《大公报》，和沈从文一起编辑"文艺副刊"。② 在萧乾的文学道路上，杨振声既是启蒙老师，又一直是他的提携者。

融合新旧中西和注重新文学的办系理念，二十世纪三十年代也随杨振声出任新筹建的国立青岛大学校长而被带到山东，可以说青岛大学的文学教育是清华大学的复制与延伸。杨振声聘请了两位学兼中西的新文学作家闻一多、梁实秋分别担任中文系和外文系主任（闻一多并任文学院长），并曾向胡适夸耀："我们中国文学系主任的英文很好，外国文学系主任的中文很好，两个系主任彼此的交情又很好，所以我们中外文学系是一系。"③ 在课程设置上，青岛大学也强调国文和外语两科，中文系学生必须修习外文系两门课程，外文系也必须修习中文系开设的中国文学史课程。这仍是杨振声沟通古今中外的思路。④ 青岛大学中文系先后邀请了沈从文、老舍、台静农等新文学作家来校任，所授课程多和新文学及文学创作有关，如"高级作文"、"中国小说史"、"小说作法"、

---

① 不过值得注意的是，朱自清的这门课程虽然很受同学欢迎，但从1933年后就不再开设，王瑶认为这是"受到了压力"的缘故，由此也可见，"许郑之学"的传统对趋新的学人仍具有一种潜在的制约力量。王瑶：《先驱者的足迹——读朱自清先生遗稿〈中国新文学研究纲要〉》，《朱自清全集》，第8卷，江苏教育出版社，1990年，第127—128页。
② 萧乾：《旅人行踪：萧乾散文随笔选集》，中央编译出版社，2005年，第136—138页。
③ 杨振声：《为追悼朱自清先生讲到中国文学系》，见俞平伯等：《最完整的人格：朱自清先生哀念集》，北京出版社，1988年，第182页。
④ 青岛大学课程设置参见《山东大学校史》，山东大学出版社，1986年，第55—56、63、69页。

"文艺批评"、"欧洲文学概论"、"文艺思潮"、"中国现代文学研究"等。① 闻一多还将自己的得意弟子、新诗人陈梦家带到青岛大学做助教。杨振声自己在校务之余，也开设课程，讲授的则是关于新文学创作的"小说作法"。②

1932年，杨振声辞去校长职务，到北京在朱自清和沈从文的协助下编撰中小学教科书。抗战爆发后，受命到长沙参与组建临时大学，后相继担任长沙临时大学筹备委员会秘书主任、西南联大常务委员兼秘书长、西南联大叙永分校主任，并一度代理中文系主任。在西南联大中文系任教的新文学作家，除杨振声以外，还有朱自清、闻一多、李广田、沈从文、陈梦家等，外文系则有叶公超、卞之琳、冯至、陈铨、潘家洵等人。这些教师，虽然大多并不直接教授关于新文学的课程，但是他们对于在西南联大开设新文学课程、提高新文学的地位、形成新文学的氛围等方面显然会起到很大作用。③

西南联大中文系开设了许多新文学相关课程，如练习语体文写作的各体文习作、中国小说史、现代中国文学、现代中国文学讨论及习作、文学概论、世界文学名著选读及试译、创作实习，担任教师都是新文学作家如沈从文、李广田、杨振声等。④ 抗战胜利后，西南联大解散，各校复员，主持清华中文系的朱自清又邀请李广田到该校任教，讲授"文艺学"、"现代戏剧"、"现代散文"、"写作实习"等课程。⑤

"大一国文"和"大一英文"课，对大学里新文学创作氛围的形成也有重要影响。作为全校必修课，西南联大的"大一国文"和"大一英文"分别由中文系和外文系承担。"大一国文"委员会设在中文系，由

---

① 具体课程参见《山东大学校史》，山东大学出版社，1986年，第66页。
② 《杨振声：被遗忘的教育家，被忽略的正派人》，2009年7月17日《北京青年报》。
③ 西南联大时期中文系和外文系教师名单参见西南联大北京校友会编：《国立西南联合大学校史：1937至1946年的北大、清华、南开》，北京大学出版社，1996年，第115—122、138—145页。
④ 具体课程设置参见西南联大北京校友会编：《国立西南联合大学校史：1937至1946年的北大、清华、南开》，北京大学出版社，1996年，第111—115页。
⑤ 齐家莹：《清华人文学科年谱》，清华大学出版社，1999年，第255页。

杨振声主持。1938年开始编选，几经讨论增删，1942年编定。这本大一国文课本，倾向鲜明，汪曾祺称为"京派国文"，包括文言文15篇，语体文11篇，古典诗词44首，"文言选文和五四以后新文艺选文（有小说、散文、剧本）几乎分量上各占一半"。① 语体文部分选了胡适、鲁迅、徐志摩、林徽因、丁西林等人的作品。篇目顺序和教师安排上，也更重视语体文作品：教材中语体文作品排在前面，由教授担任，古文部分则由助教或教员担任。这一安排，通过大学课程教育的方式，将现代文学置于跟古典文学同等甚至更为重要的位置，有助于稳固现代文学的地位，② 也容易引起学生对新文学的兴趣，汪曾祺就称《大一国文》课本是他"走上文学道路的一本启蒙的书"。③

1942年，教育部强行推广选文全为文言文的"部定教材"。部定《大一国文选目》相较于各校自行编纂的教材更具有保守性，这是由"部定"的性质决定的，所以尽管朱自清也作为专家参与选目（编选会主席是魏建功），但主张收入的三篇语体文（鲁迅两篇，徐志摩一篇）均未入选。对此朱自清并不觉得意外，因为"编选会的选目要由教育部颁行；教育部处于政府的地位，得顾到各方面的意见。刚起头的新倾向，就希望它采取，似乎不易"。④ 部颁"选目"多选先秦文的倾向引起不少非议，实际上在各大学中采用率并不高，据徐中玉所述，他在部定教材颁发后五年间所教过的三所国立大学都未使用这一"选目"，而且像山东大学和中山大学自编的选目中都"已选用相当数量的语体文"，"至少这一点已是比较进步了"。⑤

---

① 周定一：《沈从文先生琐记》，《长河不尽流》，湖南文艺出版社，1989年，第215页。
② 当然，杨振声等人的设计并不能完全得到落实，譬如很多教授一学期只讲一篇，不一定是语体文，有的教授则根本不讲语体文。《国立西南联合大学校史：1937至1946年的北大、清华、南开》，北京大学出版社，1996年，第109页。
③ 汪曾祺：《西南联大中文系》，《汪曾祺全集》，第4卷，北京师范大学出版社，1998年，第355—356页；《国立西南联合大学校史》，北京大学出版社，1996年，第108—111页；张源潜：《大一（1942~1943）生活杂忆》，《云南文史资料选辑》，第34辑，云南人民出版社，1988年，第162页。
④ 朱自清：《论大学国文选目》，《朱自清全集》，第2卷，江苏教育出版社，1990年，第415页。
⑤ 徐中玉：《大学国文教学五论》，《国文月刊》，第67期。

西南联大中文系在对部定教材抵制未果之后，另编一册《西南联合大学大一国文习作参考文选》（后改称《语体文示范》）作为补充教材，不仅原"大一国文课本"中所选的语体文作品全部收录，又增加了此前由于篇幅限制未便选入的许多文章，容量大大扩充，并向其他高校推广。① 杨振声在为此书撰写的序言《新文学在大学里》特别强调了编选的三个原因：一是部本"可使学生瞻仰吾国旧日学术的风光与欣赏旧日文艺的古雅；但不能很适合地帮助学生习作"；二是"大一国文的目的，不应单是帮助学生读古书，更重要的是养成他们中每一个人都有善用文字的能力"，而只有使用语体文而非文言文才能使学生"确切地表达自己的思想感情"；三是语言是活的，文字是死的，"近代的文明国家，没有不是语文一致的。以精致的语言洗练成文学的修辞，又以文学的修辞培养成语言的优美"，我们要"以现代人的资格，用现代人的语言，写现代人的生活，在世界文学同共的立场上创造现代的文明"。② 杨振声的序也是侧重新文学的创造。

从陈独秀、胡适等人在北大将新文学的前身戏曲、白话小说带进大学，使其有资格成为文学研究、教育的对象，间接提高了新文学的地位，到他们学生辈的杨振声、朱自清等人在清华大学（包括后来的青岛大学、西南联大）规划的"贯通主义"，使中西古今并列，新文学自身也进入学术制度之中，"新"逐渐取得与"旧"并列学术地位。这是新旧之争。各种"高级作文"、"小说做法"、"各体文习作"等新文学写作课的开设，则是直接将新文学创作作为大学中文系培养的重要目标，牵涉到的则是研究（学术）与创作（文学）之间的关系。相对来说，新学术进入旧制度易，文学创作进入学术制度则难，这是由大学自身的学术研究属性决定的。

杨振声作为新文学作家并不算知名，但在教育系统中处于重要位

---

① 具体篇目参见《国立西南联合大学校史：1937至1946年的北大、清华、南开》，北京大学出版社，1996年，第110—111页。
② 杨振声：《新文学在大学里——大一国文习作参考文选序》，《国文月刊》，第28、29、30合期。

置,又长于行政才干,对大学有重要影响力,经常主持、参与重要教材的编纂,对于新文学的流播和进入教育体制所起作用很大,其实际影响力超过胡适、朱自清等人。也正是在他和朱自清等大学中新文学作家的共同努力下,新文学才能由"虚"(风气)入"实"(制度),在大学教育和学术制度中占据一席之地,再由"实"返"虚",在大学里营造出传授和创作新文学的氛围。

前些年,趁着"民国热"的风力,有两则关于刘文典讥嘲沈从文的逸事颇为流行。一则是说他瞧不上沈从文评教授:在西南联大,陈寅恪才是真正的教授,他应该拿四百块钱,我该拿四十块钱,朱自清可拿四块钱。可我不会给沈从文四毛钱。沈从文都要当教授了,那我是什么?那我岂不成了太上教授吗?另一则是说刘文典跑警报的时候,沈从文不小心从旁经过,刘文典大怒:陈寅恪跑是为了保存国粹,我跑是为了保存《庄子》;学生跑是为了保存文化火种,可你什么用都没有,跟着跑什么跑啊![①]——刘文典性情狂狷,关于他的奇闻趣谈颇多,隐然成了一个"箭垛式"人物,不论了解他的学问与否,人们对关于他的传闻多能津津乐道,其间不免夸大捏造之处,并不可靠。对于这类逸事,我们自然只能当它是传说。不过传说本身虽"假",从其流传之广和人们的"津津乐道"中,却也可以看出一般人的心理之"真":即陈寅恪做的才算是学术,沈从文教授的不是学术。陈寅恪研究古代文史,又精通多种语言,擅用语言工具考证,就前者而言,足够传统,就后者而言,足够"科学"。沈从文则以作家身份进入大学,既无学历,所授课程又是现代文学,尤其是"习作"与"实习",既不传统,也不"科学"。这也说明,在学术研究对象上,仍然存在"古"高于"今"的潜在心理;在学科之间也存在着等级关系,语言、历史等学科由于更近乎"科学",比文学更"实",更像学术;在文学研究内部,也是考据之学比义理、辞章更"学术"。这也可以看出学术制度自身的稳定性和保守性。

[①] 刘文典讥嘲沈从文的故事流传颇广,并无固定版本,很难确定源头与真伪。

第七章

知能之辨与诗有别材：
大学中文系与文学教育
——以二十世纪四十年代《国文月刊》的争论为例

二十世纪四十年代在西南联大中文系读书的刘北汜曾在系里发给新生的表中提出意见，说他"爱读新文学，讨厌旧文学、老古董"，希望增加新文学课程。在一次中文系的茶会上，时任系主任的罗常培"声色激动"地对此提出了批评："中国文学系，就是研究中国语言文字、中国古代文学的系。爱读新文学就不该读中文系！"在罗常培讲完后，朱自清挺身而出，说："这同学的意见，我认为值得重视。既把古代汉语、古代文学学好，又能学好现代汉语、现代文学，这应该是中文系的方向；不能说中文系的同学爱读新文学就要不得。研读古文，不过为的便于了解和运用古代文学遗产，但这绝不是中文系的唯一目标！"杨振声也起来附和朱自清的意见，"甚至直截了当提出中文系课程应该增加现代文学比重的问题"。①

罗常培虽然是语言文字学家，对新文学其实并不排斥。1942年7月他在昆明广播电台演讲《中国文学的新陈代谢》，对于中国新旧文学的看法与新文学发起者的观点完全一致，以文学革命的发生为文化演进的自然结果，视安福系（林纾等）、学衡派、甲寅派为"反动的余烬"，认为他们挡不住"文学革命的奔流"。关于大学教育，罗常培认为对于传统文学，只需要欣赏了解，不必鼓励青年人摹拟；而对于近二十年的现

---

① 刘北汜：《忆朱自清先生》，见缪名春等编：《老清华的故事》，江苏文艺出版社，1998年，第57—58页。

代文学作品，则需要精心挑选，在大学讲授。①倘若刘北汜所记没有差错的话，则罗常培的本意，也只是限于中文系不宜以研读新文学为目标，而非整体性地反对新文学的传授与学习，新文学完全可以而且应该在诸如"大一国文"之类的课程中讲授。实际上，二十世纪三十年代的闻一多，也曾持有这样的观点。据王力回忆："记得十二年前（引注：1934年），清华大学中文系一个学生曾在《清华周刊》表示过他对于本系的失望。他说，清华中文系的教授如朱自清、俞平伯、闻一多诸先生都是新文学家，然而他们在课堂上只谈考据，不谈新文学。言下大有悔入中文系之慨。等到那年秋季开学的时候，照例系主任或系教授须向新生说明系的旨趣，闻一多先生坦白地对新生们说：'这里中文系是谈考据的，不是谈新文学的，你们如果不喜欢，请不要进中文系来。'我不知道闻先生近年来的主张变了没有；我呢，始终认为当时闻先生的话是对的，不过考据二字不要看得太呆板，主要只是着重于研究工作（research works）就是了。"②闻先生的主张后来当然改变了，但他之前的主张在大学中也颇有代表性。（王力就表示认同）关于大学中文系培养目标的问题二十世纪四十年代在《国文月刊》引起过广泛讨论，涉及新文学与旧文学，研究、创作与应用，语言与文学，文学与文化等相关议题。

第一节　知能之辨：大学中文系中的考据与词章

知与能的问题，即是考据与词章的问题，也就是研究与创作的问题。在二十世纪四十年代，关于新与旧的问题，讨论的并不多，原因在于新与旧之间已形成了相对稳定的格局：在舆论界，新文学已经占据了绝对优势，偶有提及，也多是新文学派总结历史，或旧文学派发发牢

---

① 罗莘田：《中国文学的新陈代谢》，《国文月刊》，第19期。
② 王了一（王力）：《大学中文系和新文艺的创造》，《国文月刊》，第43、44合期（1946年6月）。又见《王力文集》，第20卷，山东教育出版社，1991年，第447—448页。

骚；在学术界，新文学部分加入了学术体制，但是仍处于相对弱势地位，尚不足与传统学术分庭抗礼。此时引起进一步讨论的，倒是在大学这一现代学术体制中，需不需要或能不能教授文学创作的问题。

《国文月刊》于1940年由西南联合大学师范学院国文系创办，第16期发表了程会昌（程千帆）的《论今日大学中文系教学之蔽》一文。程文认为当时大学中文系教学的偏弊有两点：一是"不知研究与教学之非一事，目的各有所偏，而持研究之方法以事教学"；二是"不知考据与词章之非一途，性质各有所重，而持考据之法以治词章"。当时学界考据之风弥漫，成为学术主流，词章之学受到压抑，所以文学研究也多偏于"外部研究"，如"作者之生平，作品之真伪，字句之校笺，时代之背景诸点"。考据重知，词章重能，所以考据重实证，而词章重领悟。程会昌认为，"能者必知，知者不必能"。① 所谓"知"，偏重的是知识层面的考索与证实，一人有所知即可以授予他人；所谓"能"，则是偏重技艺层面的训练与会心，个人有所能只能默契于心，无法直接转授于他人。即使有师承，教师所承担的也只是引导功能，即俗语所谓的"师傅领进门，修行在个人"。"知"是"实"的，可以有客观标准，更近乎科学；"能"常是"虚"的，各人领悟多有不同，属于艺术。所以程会昌引《庄子》中轮扁斫轮的寓言，以示创作中"疾徐甘苦"之难以通过理智活动把握，又说"此又非可以口舌相争者"。由此他认为只有通过对于古代文体的习作，才能领悟到古人作品的紧要处、神妙处，悟得古人心迹，所得才是真知真赏。② 至于考据，则只是文学欣赏的辅助手段，而非最终目标。

这一点于程会昌而言，也是一以贯之的。他在二十世纪八十年代以后仍然坚持习作古代文体在理解古人作品、心迹中的重要性，姑举数例：

---

① 程会昌：《论今日大学中文系教学之蔽》，《国文月刊》，第16期。
② 程会昌：《论今日大学中文系教学之蔽》，《国文月刊》，第16期。

从事文学批评工作，完全没有创作经验是不行的。研究诗最好能够写点诗，即使会画点画也好。逻辑思维与形象思维之间，并不曾隔着铜墙铁壁。长于形象思维，必然对逻辑思维有帮助。反之亦然。①

　　我还有另外一点想法，就是：从事文学批评研究的人不能自己没有一点创作经验。在我国文学批评史上，没有一个理论批评家是不能创作的。正由于我们有创作经验，才能够从自己和别人（包括古人）的创作中，抽象出、概括出理论来。任何理论都是从当代和前代创作中抽象出来的，而批评（如果不是棍子）也必须对其批评对象的艺术经验有较深刻的理解。一位从来没有做过诗或其他艺术经验的人侈谈诗歌艺术，不说外行话，很难。②

　　……还有第二点，就是如何使你们的理性思维更好地同感性思维相结合。我劝你们写写字，作作诗，欣赏欣赏音乐，加强和扩充自己的心灵活动和表现能力。因为研究文学归根结底是面对人的感情，哪怕你研究理论，理论也是从作品中概括出来的。如果你对心灵的火花，感情的悸动缺少同情，缺乏爱赏，而是非常理智地去品评它，也不能说不对，但总是隔了一层，就好像一只蜜蜂，钻不出玻璃窗或者纱窗，看到外面的花很好看，花香也能透进来，但就是采不到。（略）你自己能动手，体会他人的创作也可以加深，分析时自然能讲出内行话啊。俞平伯先生《唐宋词选释》话最少，话多一点的是《读词偶得》《清真词释》，都讲得非常深入，真能体会词心，很大的原因就是俞先生自己词作得好。理解文学，达到通释，有感受力，这是很重要的。客观方面是文献的掌握，主观方面是感受的深浅。③

---

① 程千帆：《詹詹录》，原载《文史哲》，1981年第3期，见巩本栋编：《程千帆沈祖棻学记》，贵州人民出版社，1997年，第52页。
② 程千帆：《答人问治诗》，原载《文史知识》，1986年第4期，见巩本栋编：《程千帆沈祖棻学记》，贵州人民出版社，1997年，第55—56页。
③ 程千帆：《老学者的心声——程千帆访谈录》，原载《原学》，1995年第3辑，见巩本栋编：《程千帆沈祖棻学记》，贵州人民出版社，1997年，第99—100页。

不唯如此，程会昌认为即便是从新文艺创造的角度来看，文言习作也是必要的，因为文学具有历史的延续性（即程文所说的"继续性"），"不习旧体，即无法创变新体"，而现代文体"所受西洋文学之影响，实远过于前代文学之沾溉"，有一个历史的脱节。他据此认为语体文的失败（"不如提倡者之预计"），正是源于"不习旧体，即无法创变新体"。①

程文观点引起争论，主要在三个方面：一是对于考据在文学欣赏中的作用；一是"知能关系"，即从习作旧文体去欣赏旧文体；一是旧体在新体创造中的作用，即"不习旧体，即无法创变新体"。

先说考据。因程文而发的商榷文字是陶光的《义理、词章、考证》。陶文主要是强调考证在学术史上的重要地位，以及在文学欣赏即理解古人作品中考证的作用，他认为程文"主要的论点侧重在词章和考据两者的轻重，很明显地不但在教学上反对用考据方法，即对考据学本身都觉得可疑"。② 徐中玉的《国文教学五论》中也涉及这一问题，他对程会昌以"持考据之方法以治词章"为病蔽这一看法做了修正，对病蔽的考据与健全的考据进行了区分，认为"考据而不知会通，而不知向'领悟'这个目的进行，这才是病蔽"，而健全的考据对于词章的"领悟"则是必要的，缺乏健全考据的"领悟"也是不可靠的。③ 这一点和陶光的意见相似。单从字面上看，陶光和徐中玉在考据问题上与程会昌似乎并不构成直接冲突，因为他们都不认为考证是文学欣赏的全部，即如陶光也说，"当然一味考证作者和时代不能与作品相关涉，谈不到理解"。程会昌认为徐、陶两人关于这一点的批评是出于对他文章的误解，因为他的原文是"若仅御之以考据，岂不无所措手足乎！"所以他很遗憾徐、陶两人都将这一个"仅"字忽略了。从字面来说，误解自然是存在的，而且原因并不像程会昌自嘲的那样，是"拙文也许写得不够详尽，不够

---

① 程会昌：《论今日大学中文系教学之蔽》，《国文月刊》，第 16 期。
② 陶光：《义理、词章、考证》，《国文月刊》，第 28、29、30 合期。
③ 徐中玉：《国文教学五论》，《国文月刊》，第 66—67 期。

清楚，所以才有这种误解发生"，而是源于双方立论侧重点的差异和对当下学风判断的不同：程会昌着眼于考据的过于强势和仅仅停留于考据阶段使人忽略了对作家心迹和作品神妙处的体悟，所以侧重在批评考据之蔽；徐、陶侧重于阐发考据本身有益于加深对作家、作品的理解，所以努力为考据正名，洗刷"冤屈"。对立的双方在文学欣赏过程中虽然都含有考据和领悟，但是对于"考据"所占分量和比重的判断却明显不同。这才是"误解"发生的真正原因。而侧重的不同也源于各自对当时学风的理解：程会昌认为考据之风炽烈，已经对文学欣赏形成压抑；徐、陶显然对于考据的强势并无如此迫切的感受，所以反而更多地看到它有益于文学欣赏的作用，并不认为已形成了压抑。

陶光虽然花费大量篇幅谈论考证，其商榷的真正要点尚在于程会昌提出的"知能关系"，即从习作旧文体去欣赏旧文体。认为从习作入手，有助于更深地理解领悟作品，自然是正确的，不过"能者必知，知者不必能"则不免有些绝对。陶光正是抓住这一点，说："当然一味考证作者和时代不能与作品相关涉，谈不到理解；但若只会模仿古人做几句，就自以为'能'，并且以为'能者必知，知者不必能'，实在很危险，其实是知者不必能，能者也不必知——所谓能者的定义很难下，我的意思是指真正做得很好的，他们也不必知，不但旁人的作品，连自己的作品也不一定能解释，因为创作家不一定兼是批评家。"徐中玉也认为知与能并非完全不可分开，只要借助正当的方法，现代人完全可以比前代做旧诗的人对于旧诗歌有更好的见识。而且他从两个具体的操作层面入手，认为程会昌的提议一是"行不通"，二是"不必要"。所谓行不通，是指程会昌"陈义过高"，因为对于大学教育而言，如果每门课都习作，则时间不够分配，而仅仅是略事习作又不能达到很高的水准，不一定能获得真知。所谓不必要，是指为了做好旧体词章而花费很多时间不值得，这些时间应该用于写对现代人更有用的文章。而且习作旧文体要冒思想感情被古人同化的风险，给自己造成束缚，所以说"轻重倒置"，不必要。①

　　这里牵涉到三个问题。一是从实践的角度来看，习作古人文体而做到真正的"能"很难。比如程会昌终身钦佩的俞平伯自然可以算是"能"了，可是一般人业余习作几篇古代文体作品，往往不能达到真正"能"的程度，则这样的"能"对理解古人作品有到底能有多大帮助，是一个疑问。这是陶光所谓"只会模仿古人做几句，就自以为'能'，并且以为'能者必知，知者不必能'，实在很危险"的意思。

　　二是从理论角度来看，知与能的关系也即创作与欣赏（批评）的关系也未必像"能者必知，知者不必能"这样绝对。如陶光所言，即便是真正的"能"者，好作家，也未必完全知晓自己的作品，而许多好的批评家未必同时是作家，尤其未必是好作家。朱自清在《部颁大学中国文学系科目表商榷》一文中，对程会昌的旧文体习作问题也有回应，说得更明白。他认为欣赏与批评（即"知"）跟创作（即"能"）并无有机关联，是可以分得开的。关于当前的文学欣赏与批评，他认为首要的是"豫之以学"，其次才是阅读与创作。并以常语"眼高手低"为证，来说明创作经验总是落在阅读的经验后面，"所以与其分力创作，不如专力阅读"。② 在另一篇谈论中学生写作训练的文章中，他也批评当时青年人写作中滥用文学调子的弊端，主张欣赏与创作（侧重文学创作）之可以分开："欣赏得从辨别入手，辨别词义、句式、条理、体裁，都是基本。囫囵吞枣的欣赏只是糊涂的爱好，没有什么益处。真能欣赏的人不一定要自己会创作；从现在分工的时代看，欣赏和创作尽不妨是两回事儿。"③

　　三是"新"与"旧"的价值判断问题，这也源自各自（同时也是旧派与新派）对于文学的普遍性与时代性和内容与形式关系的认知。程会昌考虑的是文学自身的艺术价值，认为"旧"文体的价值高于"新"文

---

①　徐中玉：《国文教学五论》，《国文月刊》，第66—67期。
②　朱自清：《部颁大学中国文学系科目表商榷》，《朱自清全集》，第2卷，江苏教育出版社，1996年，第12页。
③　朱自清：《论教本与写作》，《朱自清全集》，第2卷，江苏教育出版社，1996年，第44页。

体——在他看来,至少"新"文体还没有产生足以与"旧"文体经典相媲美的作品。而陶光与徐中玉则更多从时代性角度看问题,注重文学作品对现代人思想情感的表达与塑造功用——新文体更适宜于表达现代人的思想与情感,因而即便幼稚,也远胜旧文体,工具的"新"已绝对性地使新文学立于优胜地位。关于内容与形式,程会昌更注重形式(至少形式与内容一样重要),所以他才会认为体会作者心迹,领悟古人作品神妙处尤为文学欣赏的重要关节。而陶光则认为内容(或曰意义)更重要,内容决定形式,先有了好的内容,再根据内容去选择合适的形式。现代人的思想与情感(内容)只可能用新形式来表现,所以习作旧文体不仅无益于现时代,反而有可能使人沾染旧的习气。

程会昌在后来的回应文章中,在表述上其实也做了调整,他说"关于从习作旧文体去欣赏旧文体,及从习作旧文体去创造新文体这个意思,我承认是个人不合潮流的偏见"、"不合潮流的偏见"云云,自然是受到批评性意见而又不愿置辩的自我保护之词,因为"不合潮流"只是说明自己观点与立场的处境,并不代表不正确与没道理,但他也说:"我所说的方法只是欣赏和创作许多途径当中的一种,并没有说它是唯一的大路。……对于明天的中国抱着热望的人,应该各尽所知所能,从各种不同的角度去观察,去试验。文学变迁的因素,就本身说,不外古代的、外来的、民间的三种。这些因素自然可以个别地接受,但也无妨来一个高级的综合。"[①] 将"从习作旧文体去欣赏旧文体"视为文学欣赏众多方法中的一种,表述上便圆融多了。

由此,也自然发生了创造新文体与习作旧文体之间关系的不同看法。程会昌持"温故知新"的文体演变观,注重新旧文体之间的延续性,将传统文学当作对新文体创造有益的资源,自然视新文体与传统旧文体之间的断裂为失败的表现。不过新文体创造的"截断横流"原本就出自新文学提倡者的本意,而陶光与徐中玉等人也正是要防止旧文体所携带的旧思想与旧感情"污染"新文体,要在旧文体的路径之外另辟大

[①] 程会昌:《关于〈论今日大学中文系教学之蔽〉》,《国文月刊》,第68期。

道，自然会视新文体与旧文体的断裂为必要。徐中玉并举例说，现在三十岁左右的新文学作者，都不是从旧文蜕化的。他认同程会昌重视习作的看法，但习作的对象应该是近体的新文学，而非旧文体。① 在这一问题上，论辩的双方其实是在两条线上说话，虽有辩论，但并未真正近身交锋。程会昌从他自己的文体演变标准来看，当下的新文体并不符合理想——理想中的新文体应该从旧文体中产生的。而徐中玉则以认可现状为前提，正是以当时新文体写作者往往没有旧文体习作基础，来论证新文体的创造并不需要对旧文体的练习。

第二节　诗有别材：作家的"造成"与"养成"

知能关系在程会昌与陶光、徐中玉等人的讨论中所以不能深入到近身肉搏的地步，是因为有一个新旧之别隔在其中，双方在讨论知能关系时，都不免心系新旧问题，而《国文月刊》毕竟又是新派占主导力量的阵地，程会昌在辩论中更多地采取守势，姿态内敛，遭到反驳后不愿恋战，做一简单说明后便抽身而退，② 反倒是新派内部在遇到意见分歧时可以进一步申说，这源于互相之间有着承认新文体的共同前提，参与讨论的各方可以心无旁骛，不必分心照应新旧问题，讨论可以进入到更深入的技术层面。

程会昌提倡旧文体习作的目的在于增进对古代文学的欣赏，而非创作旧文体自身，新派内部讨论新文体创作的目的则正在于培养新文学作家，创造新文学——这也可以看出，当时文学舆论场中新派所占势力已远超过旧派，旧派即便尊崇旧文学，也不便公开提倡旧文体创作。丁易发表于《国文月刊》39期的《论大学国文系》，认为国文系的目标在于"对中国旧文学的整理结算，对中国新文学的创造建设"，而对于当时国文系的现状深表不满。在他看来，当时的国文系有两种：大部分是被他

---

① 徐中玉：《国文教学五论》，《国文月刊》，第66—67期。
② 在大约同一时期发表于《文史杂志》的《论文言的习作》一文中，程会昌对于新文体则有较为直白的批评。（《文史杂志》，第5卷第1—2期。）

视为"乌烟瘴气，漆黑一团"的，因为"沉陷在复古的泥坑里"，既不曾想到过创造建设新文艺，也无力整理结算旧文学，其培养的学生只能是"半通不通的假古董"，这样的国文系在他看来自然是一无是处的；另有一小部分是"稍稍"合乎理想的，在整理旧文学方面有贡献，对于新文艺也不排斥，但是只流于"提倡"，并不落到实处，课程上仍是"古董的整理"占主导地位，新文艺科目只是"点缀"。其中原因，丁易认为是"传统观念在作怪，即使早已认定新文艺建设的重要，而这观念却深入人心中，牢不可破，于是不知不觉之中就偏向旧文学的整理上去了"。①

丁易所说的"传统观念"，其实包括两方面的内容，将新与旧和知与能（创作与研究）捆绑在了一起。"古董的整理"于是承担了两方面的负面效用：一是代表旧文化（古董）对新文化的排斥；一是代表考据（研究）对文学创作的压抑。前者是时代问题（新旧之争），后者是制度问题（现代大学自身的研究属性）。

丁易拟定的改革方案，是对大学国文系重新规划，分为"文学，语言文字和文学史"三组。与教育部拟定的标准相比，语言文字组没有改动，丁易的创见主要体现在文学和文学史组的分工上。教育部拟定的"文学组"其实相当于丁易方案中的"文学史组"，承担的是文学史研究功能。（这也可以看出官方对于大学中文系中"文学"的理解）丁易将其正名为"文学史组"，是为了给他心目中的"文学组"挪位置。在丁易看来，既然国文系的目标是整理旧文学和创造新文学，而文学史组（原文学组）已承担了整理旧文学的目标，则必须有新的文学组来承担创造新文学的功能。这一组的课程包括文艺理论、著名作家的研究、著名作品的欣赏，以及创作实习等。在具体的作家作品研究中，新旧地位相等。教学方法上，则是轻考据而重欣赏与批评。而以上这些其实都是为了新文学创作做准备，因为"创作实习则是本组的主要精神所在，它

---

① 丁易：《论大学国文系》，《国文月刊》，第39期。

的比重应占本组课程二分之一"。①

丁易拟定的改革方案,明确地将创造新文艺作为大学国文系的目标,并试图在课程设置的制度层面落实下来。这与杨振声、朱自清二十世纪三十年代在清华大学中文系提出的目标一致,②只是设计上更为细致,而杨、朱二人身居大学要津,自提倡以来已十余年,尚未能改变这一现状,足见现代大学学术研究属性的稳固。

语言学家王力的观点在同情新文学的大学教师中具有代表性。王力的《大学中文系和新文艺的创造》原是与丁易的商榷文,先发表于昆明《中央日报》,后因引起讨论,再度发表于《国文月刊》。在王力看来,大学中文系从事的是研究工作(即广义的考据),而非文学创作,因而"大学里只能造成学者,不能造成文学家"。从文学这一边来说,创作有赖于天赋和技巧,而这两者都无法传授;从大学这一边来说,大学应该传授有客观标准的知识("不容否认的考证或其他研究的结果"),而无法传授"不可或很难捉摸的技巧"。而且由于文学评价标准的不客观,大学教师也无法对学生给出客观的评价。③不过他也并不认为大学与新文学创造毫无关系,他反对的只是"在大学里传授新文学"和"大学里教人怎样'创作'",并不否认传授客观知识的大学课程有助于文学修养的提高,也赞同大学里可以通过文学讨论会、请文学家演讲等方式造成提倡新文学的空气,并由此"养成"新文学作家。所以他说:"文学的修养应该是'悠之游之,使自得之',不是灌输得进去的。"④

王力的文章虽是因丁易而发,但是实际上他真正谈论的问题与丁易并不相同。丁易虽然讨论到新文学创作问题,但他更关心的显然是新与旧的关系,而非创作与研究之别。丁易提倡大学里的新文学创作,其侧重点在"新",至于"新文学创作",只是提倡"新"的自然引申。而在

---

① 丁易:《论大学国文系》,《国文月刊》,第39期。
② 杨振声:《为追悼朱自清先生讲到中国文学系》,见俞平伯等:《最完整的人格:朱自清先生哀念集》,北京出版社,1988年,第178—179页。
③ 王力:《大学中文系和新文艺的创造》,《国文月刊》,第43、44合期。
④ 王力:《大学中文系和新文艺的创造》,《国文月刊》,第43、44合期。

新与旧这一关系上,王力与丁易并无分歧——他是新文学的支持者,完全赞同丁易对大学中文系复古倾向的批评。王力文章的关键处牵涉的是大学自身的研究属性与文学创作之间的关系,也是广义的考据与词章这一范畴。就此而言,王力的关注点更接近程会昌,而非丁易。

宋人严羽《沧浪诗话》中说:"夫诗有别材,非关书也;诗有别趣,非关理也。然非多读书,多穷理,则不能极其至。所谓不涉理路,不落言筌者,上也。"① 这一段话,涉及文学与学术、思想的关系,如果我们将诗、书、理分别与文学创作(词章)、知识(广义的考据)、思想(义理)对应的话,则严羽的意思大致可以翻译为:文学创作并不能直接通过知识的学习或思想的探究获得,但是知识与思想却可以提高文学的修养,提升创作的境界。而所谓"不涉理路,不落言筌",在严羽看来,需要通过"妙悟"实现。程会昌、王力的文学观显然与严羽一致,他们都看到了文学创作(诗、词章)与欣赏批评的非知识性和个人性,以及"领悟"在其中的作用。程会昌的"考据贵实证,而词章贵领悟",与王力将"不可或很难捉摸的技巧"与"不容否认的考证或其他研究的结果"相对,正有相通之处。因而也都不认为文学创作可以通过知识的传授而获得:程千帆注重"能"和"领悟",王力则否认作家可以"造成",而只承认可以在良好的文学空气中"养成",其实也是强调个人之"悟"。二人的区别在于对大学中文系宗旨或功能的理解。程千帆认为考据与词章在大学中文系的教学中应该均衡,文学创作(词章)自应是大学中文系的任务之一;② 王力则从现代大学的性质和教学中的操作上的困难方面立论,认为大学的本质就是研究,天然地应该注重考据这类可以有客观标准而更接近科学的知识,而不应(也无法)传授有赖于天赋和技术的创作(无论是新文学还是旧文学)。所以虽然二人都认为大学

---

① 严羽著,郭绍虞校释:《沧浪诗话校释》,人民文学出版社,1983年,第26页。
② 在《关于〈论今日大学中文系教学之蔽〉》一文中,程会昌只提到文言习作对于欣赏与批评古代文学的作用,但实际上在这篇文章中,他的观点与态度显然是受舆论风气影响而有意内敛,尤其是发表于《国文月刊》这样一份新派力量占主导的杂志,如果过度倡导文言创作自身,必然会引起更多论争,而在发表于《文史杂志》的《论文言的习作》一文中,他就直接肯定文言创作自身的价值。

中文系存在重考据轻词章、重知轻能现象，但程会昌将此视为偏蔽，立意通过习作予以修正；王力则认为重知轻能本是大学中文系题中应有之意，文学创作应该发生在大学课堂之外。

在知能关系上，程、王二人理解也不同。从"能者必知，知者不必能"的说法可以看出，程会昌是认为能比知更重要的；王力则认为知与能各有疆域，二者之间并无高下之分。不过王力也并不由此视知与能无法相通，在他看来，"知"虽然不直接促成"能"，却可以间接地有助于"能"的形成。在大学与（新）文学的关系上，他着意区分"灌输"与"修养"，"造成"与"养成"之间的关系，虽然否认大学与文学创作、大学教师与新文学作家之间可以有线性的因果（"灌输"与"造成"）关系，但认同大学可以营造一个文学的风气（氛围），使学生在其中"悠之游之，使自得之"。学生能否成为新文学作家，仍要取决于他自身的文学天赋，和个人与这种风气间的互动（"修养"与"养成"）。

抗战结束后，组成西南联大的三校复员，清华中文系仍由朱自清主持，"新"的空气更加浓厚。1948年《清华年刊》的"院系漫谈"中关于中文系部分的标题即是"这里没有一个老夫子"，"课程的内容，虽然是新旧文学并重，但旧文学的研究，是从崭新的观点出发，至于新文学是更不用提了！中文系同学的口号是'扬弃旧的，创造新的'"。[①] 1949年以后，新文学（现代文学）在大学中文系获得了更高的地位，这固然和新政权要借助新文学构建自身合法性有关，但是从中国近现代大学中文系的发展看来，这一变化也是符合其自身演变逻辑的。不过在大学中文系的培养目标这一问题上，却依然没有太多变化。学科的专业化、专门化是现代大学的必然趋势，大学中文系直接培养的只能是学者。二十世纪八十年代以后，在不少大学有"作家班"的开设，但也并不是以"培养"作家为目标，初衷更多地是为那些没有受过良好学术教育的"既成作家"们补补课，让他们"学者化"一下，是先"诗有别材"，再

---

① 《这里没有一个老夫子——中国文学系》，《清华年刊》，1948年，见《清华大学史料选稿》，第4卷，清华大学出版社，1994年，第188页。

来"读书穷理"。元人王若虚有诗云,"文章自得方为贵,衣钵相传岂是真?"知可传,能不可传,文学创作的能力无法通过课堂教学在师生之间转相授受,真正的作家也绝不是任何一个作家班可以教出来的。汪曾祺曾在西南联大上过沈从文的习作课,受益颇多,他说:"创作能不能教?这是一个世界性的争论问题。很多人认为创作不能教。我们当时的系主任罗常培先生就说过:大学是不培养作家的,作家是社会培养的。这话有道理。"① 尽管他后面也说,"也不是绝对不能教",并举沈从文的教学为例,可是沈从文的"教",与其说是"教",毋宁说是师生之间的"交游"。他随时对学生习作中的问题提出看法,更主要的还是学生的"悟"。现代大学对于新文学创作起到过巨大作用,不过这一作用并不体现在直接的"传授",而是在于大学里师生间对于文学作品的探讨所形成的新文学的氛围和文学教育对于学生文学修养的熏陶。或许正如王力所说,文学的修养无法如知识一样直接传授,只能是"悠之游之,使自得之"。②

---

① 汪曾祺:《沈从文先生在西南联大》,《汪曾祺全集》,第3卷,北京师范大学出版社,1998年,第463页。不少作家和中文系研究现代文学的教授都有类似的观点,认为作家的产生和社会、人生关系更大。如萧乾认为:"除非是为了教文学或研究文学,我一点也不认为一个喜好文学的人有入英文系或中文系的必要。文学没有方程式,黑板画不出门径来。如果仅为个人欣赏,则仍应另外有个职业。不应让社会背起这个负担。如果是为创作,则教室不是适宜的工场。文学博士会写文艺思潮,但写人生的则什么士也不需要。"(萧乾:《未带地图的旅人:萧乾回忆录》,中国文联出版公司,1991年,第60页。)二十世纪五十年代后长期担任北大中文系主任的杨晦说:"在大学学习中主要是打基础,多读书,认真听课,学校不能提供文学创作的条件,它培养的是文学研究的专家学者,而不是作家。"(费振刚:《我心中的"史迹碑"》,见赵为民主编:《青春的北大》,北京大学出版社,1998年,第393页。)南京大学教授叶子铭二十世纪五十年代在南大中文系就读时,一度迷恋文学创作,其时系主任是创造社前期成员方光焘,针对学生中的这一倾向,在全系大会上宣布:"中文系是培养语言文学的教学与研究人才,而不是培养作家的。"(叶子铭:《自传》,《别梦依稀:叶子铭纪念文集》,南京大学出版社,2006年,第331页。)
② 王力:《大学中文系和新文艺的创造》,《王力文集》,第20卷,山东教育出版社,1991年,第450页。

第三编 "聚会"与媒介

第八章

《新潮》社与《新青年》作者群

中国现代大学与现代文学发展之间有着十分密切的关系，在相当大的程度上，可以说现代文学起源于大学，或者说，现代大学与现代文学是相伴而生的。五四新文学，在某种意义上就是一种"校园文学"。正是陈独秀、胡适、周作人、钱玄同、刘半农、傅斯年、罗家伦等北大师生以《新青年》、《新潮》等刊物为阵地，发起了新文学运动。

不过，现代大学对于现代文学的沾溉作用并不体现在创作技法的直接传授，尤其是在学术制度相对森严的大学课堂，文学创作在很大程度上反而遭到排斥。无论是学者，还是作家，大多认为文学（或者说作家）不是教出来的。文学创作上虽然可能存在师承关系，但这种关系却很少也很难经由大学课堂这一教学空间建立。而且随着大学教育制度的现代化、学科的专门化，大学中文系的培养目标也逐步转向文学研究者，而放弃了培养作家、训练写作技能的责任。

这是由现代化分科大学的性质所决定的。中国现代大学与新文学关系的复杂性也就在于，大学的现代化一面必然走向分科化、研究化，重视学者培养，忽略创作训练；同时注重研究也很容易形成"厚古薄今"的氛围，认为古典的才有被研究的资格，排斥新文化与新文学。但是另一面现代化也必然导致对于"新"的承认，这种求新的趋向使得大量新文学作家进入大学（当然，主要是以留洋学者的身份），使新文学作品成为大学研究的对象。同时，正如本书第一章所分析的，现代大学既有"现代化"、严格区分学科、专业的一面，也遗留有传统大学、书院的因素，保留着"创造性文化氛围"。随着新文学作品进入课堂，成为被研究的对象，师生之间对于新文学（包括中国新文学和外国的现代文学）的探讨，也在大学形成了提倡新文学和创作新文学的空气。此外，即便在中文系的培养目标的设定上，除了上面所述的"学者化"的意见外，也一直存在另一种观点和努力，那就是将其定位为"建设本国文学的研究与批评，及创造新中国文学"。①

所以，尽管现代大学的性质决定了其文学教育主要侧重于知识的考古而往往忽略了文学的创造和鉴赏，新文学作家、作品进入大学课堂的意义也主要体现在提升新文学的地位，确认其合法性，在大学课堂上，学生文学兴趣的启发和文学实践的引导常常也只能通过作为教师的新文学作家的言外之意领略一二，而在课堂之外，由于蔡元培等现代大学主政者鼓励学生自治，加上新文化运动的作用，大学生热衷于组织团体，创办刊物，大量学生社团和校园刊物涌现。同时在新文化运动前后，尤其是五四运动以后，新文化思潮的价值和新文化知识分子的力量为社会所认可，不少报纸改用白话，并纷纷开辟专栏邀请大学生编辑、撰稿。② 而在二三十年代，京津文坛则先后出现不少以大学师生为中心的文学社团和沙龙，比较著名的如二十年代闻一多西单辟才胡同沙龙，三十年代杨振声、沈从文、萧乾主持《大公报》文学副刊时定期举行的作者聚会，林徽因的"太太客厅"，朱光潜居住的慈慧殿三号"读诗会"等。

现代大学师生之间通过授课和交往，形成一种新文学创作、研讨的氛围，一种文学空气，或者用时髦的话说，是一种"场域"。正是这种氛围以及在此氛围中的活动，构成了新文学的基础。这种师生之间"交往"所形成的大学精神、校园氛围和学术空气，看不见摸不着，却又无所不在，具体可感。张中行在回忆北大的文章中，曾说北大的学生进门

---

① 作为新文学作家的教授杨振声、朱自清、闻一多等人皆持这一观点，参见杨振声：《为追悼朱自清先生讲到中国文学系》，见俞平伯等：《最完整的人格：朱自清先生哀念集》，北京出版社，1988年，第180页。
② 如孙伏园在五四以后先后进入《国民公报》、《晨报》担任副刊编辑和记者，1921年大学毕业后，正式进入《晨报》主持副刊编辑。1920年五四一周年时，《晨报》亦邀请罗家伦编辑五四纪念专刊。

以后，虽则学校管理宽松，但学生实在没有很多混混过去的自由，"因为有无形又不成文的大法管辖着，这就是学术空气。说是空气，无声无臭，却很厉害"。① 在二十世纪二三十年代的中国现代大学中，这种空气主要体现在以大学师生为中心组织的沙龙、社团和杂志中。

这些松散的文学团体，具有大学课堂难以取代的文学教育和文学组织功能，对师生间的文学交往、营造新文学创作的氛围和促进新文学的发展起到了更为直接的作用。由于成员涉及校园内外、师生之间，这些文学团体之间的定期交流，有助于沟通大学与社会传媒，化"实"为"虚"，使学生在新教育、新学术的濡染中创造出新文学，也打破了学校之间、专业之间的界限，部分弥补了现代大学分科形成的偏蔽。师生之间在共同的研讨和文学实践中，呈现出来的自由松散而又较为明确的价值取向和文化氛围，也确立了以大学为中心的新文学写作的整体风范。这种文人之间的聚会，在一定程度上作为现代大学教育的一种补充，增强师生之间的交往，使得大学不仅仅是一个传授知识的机构，师生之间除了课堂上的"奏技者与看客之关系"以外，还有一些言传身教的"从游"之义。许多成名的学者作家，也通过"聚会"这一"网络"积极发现、扶植年轻作家、批评家，使该流派的创作精神得以传承并发扬光大。如沈从文、林徽因之于萧乾，叶公超之于常风，皆属此类。而不同社团的共存，则使新文学在发轫之初即处在一种多元共生的自由的文化氛围之中，促使其向着风格多样化的健康方向发展。这种"氛围既经形成，也就为这种类型的写作培养了相应的读者群，并随着学生的走向社会而影响于时代的文学风尚"，② 对于整个时代和社会的文学品味和文学精神形成一种潜移默化的培育与传承。

第一节 "谈"出来的《新潮》

1958年5月4日胡适在台北"中国文艺学会"的讲演《中国文艺复

---

① 张中行：《红楼点滴一》，《负暄琐话》，黑龙江人民出版社，1986年，第85页。
② 汪成法：《中国现代大学校园文学与新文学传统》，《江苏社会科学》，2009年第3期。

兴运动》中,曾对当年北大学生傅斯年、罗家伦、徐彦之等创办的《新潮》杂志有过非常高的评价,以为"在内容和见解两方面,都比他们的先生们办的《新青年》还成熟得多,内容也丰富得多,见解也成熟得多"。① 不过,这一方面只可以看作是胡适之先生一贯喜欢揄扬学生之善的温厚,也同他初入北大曾受到傅斯年等高材生的"保护"而形成的对北大学生的态度有关,另一面则是因为《新潮》杂志受到他的思想影响较大,胡适此处对学生刊物的赞扬,一定程度上是在曲折地表达他对于《新青年》中那些更为激进的同人的不赞同。

罗家伦在后来追溯《新潮》出现的原因时,曾说部分是由于"不甚满意于《新青年》一部分的文章",以为"若是我们也来办一个杂志,一定可以和新青年抗衡",这些对于《新青年》师长辈的文章和为人的不满也并非泛泛而论,而是有着具体而明确的所指。据罗家伦的说法,这些不满包括:刘半农为文轻薄浮躁;陈独秀聪明远过学问,只宜于做批评社会的文字而不宜于做学术研究的文字;胡适之前恭后踞,所作白话诗似词非词似诗非诗,失之浅薄;钱玄同于新知识所得很少却是满口说新东西;沈尹默纵横捭阖,有谋士的态度;陶孟和的中国文字太坏,读书不能得简,做出的文章非常笨。② 这些评论,虽属后来追述,且带有强烈的褒贬色彩,倒也大体可以反映出新文化运动之初,部分《新青年》同人难以避免的开风气者的肤浅和急躁,也的确符合傅斯年、罗家伦这一批北大学生"都自以为有一套,因而目中无人"③ 的心理。

不过《新潮》的出现,毕竟是《新青年》师长们启蒙的结果。除了选修先生们的课程、阅读他们的文章以外,罗家伦曾特别提到过北大一院的两个聚谈之地,即所谓的"群言堂"和"饱无堂",甚至以为"文学革命"和"对于旧社会制度和旧思想的抨击"即产生于此:

---

① 姚鹏等编:《胡适讲演》,中国广播电视出版社,1992年,第234—235页。
② 罗家伦:《蔡元培时代的北京大学与五四运动》,见罗久芳编著:《罗家伦与张维桢:我的父亲母亲》,百花文艺出版社,2006年,第47—48、50页。
③ 张中行:《红楼点滴一》,《负暄琐话》,黑龙江人民出版社,1986年,第84页。

当时我们除了读书以外实在还有一种自由讨论的空气,在那时我们几个人比较读外国书的风气很盛,其中以傅斯年、汪敬熙和我三个人,尤其以喜买外国书,(略)除了早晚在宿舍里面常常争一个不平以外,还有两个地方是我们聚合的场所,一个是汉花园北大一院二层楼上国文教员休息室,如钱玄同等人,是时常在这个地方的。另外一个地方是一层楼的图书馆主任室(即李大钊的房子),这是另外一个聚会场所。在这两个地方,无师生之别,也没有客气及礼节等一套,大家到来大家就辩,大家提出问题来互相问难。大约每到了下午三时以后,这两个房间人是满的。所以当时大家称二层楼这个房子为群言堂(取群居终日言不及义语),而在房子中的多半是南方人。一层楼那座房子,则称之为饱无堂(取饱食终日无所用心语),而在这个房子中则以北方人为主体。(李大钊本人是北方人;按饱食终日无所用心,是顾亭林批评北方人的;群居终日言不及义,是他批评南方人的话。)这两个房子里面,当时确是充满学术自由的空气。大家都是一种处士横议的态度。谈天的时候,也没有时间观念。有时候从饱无堂,走到群言堂,或者从群言堂出来走到饱无堂,总以讨论尽兴为止。饱无堂还有一种好处,因为李大钊是图书馆主任,所以每逢图书馆的新书到时,他们可以首先看到,而这些新书遂成为讨论之资料。当时的文学革命可以说是从这两个地方讨论出来的,对于旧社会制度和旧思想的掊击也产生于这两个地方。这两个地方的人物,虽然以教授为主体,但是也有许多学生时常光临,至于天天在那里的,恐怕只有我和傅孟真(斯年)两个人,因为我们的新潮座(引注:当为"社")和饱无堂只隔着两个房间。①

《新潮》的创办,正是在这种自由的空气中"谈"出来的。据傅斯

---

① 罗家伦:《蔡元培时代的北京大学与五四运动》,见罗久芳编著:《罗家伦与张维桢:我的父亲母亲》,百花文艺出版社,2006年,第49—50页。

年的说法，1917年秋天，傅和顾颉刚住同一宿舍同一号，徐彦之是近邻，"我们几个人每天必要闲谈的"，顾颉刚的朋友潘介泉和傅斯年的朋友罗家伦也时常加入。在闲谈中，他们认为"学生必须有自动的生活，办有组织的事件，然后所学所想不至枉费了。而且杂志是最有趣味，最于学业有补助的事，最有益的自动生活。再就我们自己的脾气上着想，我们将来的生活，总离不了教育界和出版界，那么，我们曷不在当学生的时候，练习一回呢"。同时也是出于对《新青年》一部分的文章不满意，以为"若是我们也来办一个杂志，一定可以和《新青年》抗衡"。①

"新潮"学生们的另一个讨论之所是以胡适为中心的聚集空间。1917年胡适初入北大，讲授中国哲学史，其现代治学方法得到傅斯年、顾颉刚等学生认可，被他们终身尊为"先生"。当时北大师生间问难质疑、坐而论道的学风浓厚，胡适的"课室，办公室和住所，都成了众人聚集的地方"。新潮社和五四运动的两个重要人物傅斯年和罗家伦的结交，就是在胡适家中。据罗家伦回忆，罗和傅先是在哲学系同上过三门课，而"有较深的了解，却在胡适之先生家里。那时我们常去，先则客客气气的请教受益，后来竟成为讨论争辩肆言无忌的地方"。傅斯年（中文系）、顾颉刚（哲学系）、毛子水（数学系）和罗家伦（外文系），都是最早在这种环境中的受益于胡适的学生。② 傅斯年等人和胡适之间这种"坐而论道"之风，在离开北大以后，也一直保持着。1926年，胡适在法国时，在德国留学的傅斯年得知后专程从柏林赶去与之同住了一段时间，他们白天同在法国图书馆读书，晚上在中国馆子吃饭，饭后常常谈到晚上一二点钟。那时，傅斯年认为"中国一切文学都是从民间来的，同时每一种文学都经过一种生、老、病、死的状态"。胡适认为这个观点对他影响很大。③ 傅斯年后来的成就，除了历史学方面的贡献以外，在学术集团的组织上也很突出，著名的史语所便是一例，这和他们

---

① 傅斯年：《新潮之回顾与前瞻》，《新潮》，第2卷1号。
② 罗久芳：《父亲与胡适》，见罗久芳编著：《罗家伦与张维桢：我的父亲母亲》，百花文艺出版社，2006年，第200页。
③ 胡适：《傅孟真先生的思想》，《谔谔之士》，东方出版中心，1999年，第7页。

早年便已习惯于聚众论学颇有关系。罗家伦即认为"以后集体合作从事学术研究的风气,一部分也是从这样演变而来"。① 罗家伦还在《新潮》创刊以前,便曾和胡适共同翻译了易卜生的剧本《娜拉》,杜威夫妇来华演讲,胡适又曾让其担任笔记工作。1920 年 5 月 4 日,五四事件一周年,罗家伦为《晨报》编辑专刊,约请名流撰写纪念文章,其中便有胡适的文字。罗家伦出国以后,胡适还经常以《努力》周报寄赠,罗也曾向胡适主编的刊物投稿。在欧洲留学时因资助者穆藕初破产,经济拮据,还曾两度向胡适求助。②

可以说,《新潮》的最初倡议者们,是被《新青年》的先生们启蒙了的。《新潮》也是在《新青年》影响下产生的,"新潮社"的学生社员,无论是在思想资源上,还是在社务上,都得到当时"先生们"的大力扶持。

"新潮"社员们一开始的聚谈还只流于空谈,一年以后,徐彦之旧事重提,建议尝试一下,争取校方的赞助。遂由徐彦之向文科学长陈独秀求助,陈独秀极力赞成,表示"只要你们有办的决心和长久支持的志愿,经济方面可以由学校担负"。其后校长蔡元培批准每月从北大的经费中拨 2000 元作为办刊经费,并亲自为《新潮》题写刊名,图书馆主任李大钊在北大图书馆腾出一间房子作为新潮社的社址,出版部主任李辛白帮助他们处理印刷和发行事宜。胡适、李大钊、李辛白均担任该社顾问,给予指导。一年后,因该社的主要成员中不少毕业离校,新潮社力量减弱,教师中的周作人也加入进来,选为主任编辑。③

对于《新潮》杂志的思想和文章,《新青年》的先生们也都是极力揄扬。1919 年 1 月,《新潮》刚刚出版了创刊号,鲁迅即在 16 日给许寿

---

① 罗家伦:《蔡元培先生与北京大学——谨以此文纪念先师蔡孑民先生百年诞辰》,见罗久芳编著:《罗家伦与张维桢:我的父亲母亲》,百花文艺出版社,2006 年,第 43 页。
② 罗久芳:《父亲在北京大学》,见罗久芳编著:《罗家伦与张维桢:我的父亲母亲》,百花文艺出版社,2006 年,第 23 页。
③ 傅斯年:《新潮之回顾与前瞻》,《新潮》,第 2 卷 1 号;孟寿椿:《本社纪事》,《新潮》,第 2 卷 5 号;罗家伦:《蔡元培时代的北京大学与五四运动》,见罗久芳编著:《罗家伦与张维桢:我的父亲母亲》,百花文艺出版社,2006 年,第 50 页;顾颉刚:《回忆新潮社》,《李大钊史事综录》,北京大学出版社,1989 年,第 383 页。

裳的信中称该刊"颇强人意"。① 如果联系到 1917 年时，鲁迅对《新青年》还是不大看得起的，周作人也认为《青年杂志》时期的陈独秀"不过是一个新的名士而已"，则鲁迅对于《新潮》的这一评价，可算是很高了。②

鲁迅经常将《新潮》与《新青年》赠予亲友，查诸鲁迅日记，自 1919 年 1 月《新潮》创刊以后，便屡有将该刊赠予许季市、张梓生等人的记载。《新潮》初出时，社会风气还倾向保守，一般书店不愿经手，只有原来经销《新青年》的几家书店肯为代销。其影响的扩散，得益于当时师友、同学间热烈地讨论思想、讨论学术、交换"进步书籍"的氛围颇多。

许钦文在《五四时期的学生生活》一文中有过这样的回忆：

> 《新青年》《新潮》《北京晨报副刊》和后来上海出版的《学灯》《觉悟》，都为好学的青年所注意。报刊、书籍，已经翻阅得破破碎碎了，还是邮寄来邮寄去。凡有新的好书，如果不寄给朋友看，好像是对不起朋友似的。友谊往往建筑在书籍的借阅、赠送和学术的讨论。③

《新潮》能够有如此魔力，第一期即"忽然大大的风行"，"初版只印一千份，不到十天要再版了，再版印了三千份，不到一个月又是三版了，三版又印了三千份。以后亚东书局拿去印成合订本又是三千份"，端赖于此。

五四前后，北大学生创办的刊物主要有三份，除了《新潮》外，尚有许德珩等编的《国民》和守旧派编的《国故》。《国民》与《新潮》皆

---

① 鲁迅：《鲁迅全集》，第 11 卷，人民文学出版社，2005 年，第 369—370 页。
② 周作人：《关于鲁迅·一〈新青年〉》"在与金心异谈论之前，鲁迅早就知道了《新青年》的了。可是他并不怎么看得它起"。见《周作人回忆录》，湖南人民出版社，1982 年，第 336 页。
③ 李小峰：《新潮社的始末》，《五四运动回忆录（续）》，中国社会科学院出版社，1979 年，第 209 页。

可算是新文化一边，不过与《新潮》的注重从思想改造增进学术出发不同，《国民》具有更强烈的民族主义情绪，更注重组织的作用。《国民》的出现，也是"谈"出来的。据许德珩的回忆，1918年5月中日签订《共同防敌军事协定》以后，中国留日学生罢课回国，其中一部分来到北大演说，引发北京学生反对协定的请愿。由于这次请愿太过温和，没有出现激烈的场面便解散了，北大学生中的激进分子对此很不满，经常成群聚集在寝室辩论"救国问题"，许德珩的寝室也是这风暴的一个中心，结果大致得出"救国第一"的结论，遂决定发起组织"学生救国会"（开始叫"学生爱国会"），筹备出版《国民》杂志，并于1918年暑假派许德珩、易克嶷南下联络各地学生。[①]

《国民》社也得到了北大师长们的支持，1918年10月20日国民社成立，校长蔡元培等到会，并为杂志作序。不过师长中给予《国民》支持最多的是李大钊。李1918年进入北大任图书馆主任，由于留学日本，与罢课回国的不少留日学生熟识。其中的黄日葵先在北大旁听，后来考入北大预科英文学门，和许德珩同住西斋宿舍，极为相投。许、黄二人年龄都比较大，许比李大钊只小一岁，可说是介乎师友之间。相较于傅、罗诸人的信奉胡适，许德珩则崇仰李大钊，所以他们时常一起到李大钊办公室聚谈，李大钊可算是《国民》社不挂名的顾问。[②] 当然，由于《国民》杂志使用的仍是文言文，关注点也更多的是在"救国"而非学术和文学，师长对于它的支持比《新潮》要少一些。

第二节 配合与补充

在杂志的思想内容和具体编辑方面，《新潮》与《新青年》有着很大的相似性，对《新青年》起到补充和配合的作用。罗家伦在后来回忆时也说："我们天天与《新青年》主持者相接触，自然彼此都有思想的

---

① 许德珩：《为了民主与科学》，中国青年出版社，2001年，第38—40页。
② 许德珩：《为了民主与科学》，中国青年出版社，2001年，第32页。

交流和相互的影响。"①

1918年10月13日,"新潮社"开第一次预备会,讨论杂志的性质,便议定了三种原素:(1)批评的精神,(2)科学的主义,(3)革新的文词。② 科学的精神、评判的态度和白话文,这正是《新青年》所鼓吹的核心内容。概要言之,"新潮社"群体在历史观上,信奉进化论,一切议论都从进化论上寻找根据,认为应当"适应时代";在文学观念上,提倡人道主义的为人生的新文学;在语言上,鼓吹白话文;在哲学观念上,多数成员认同杜威的实验主义;政治观念上,倾向于联省自治、地方自治;在道德伦理观念上,提倡新道德,反对旧道德,追求现代独立人格,批评家族制度,宣扬个性解放和妇女解放。

在具体的《新青年》同人中,罗家伦认为陈独秀对《新潮》影响最大,后来陈独秀入狱,罗家伦也屡屡到狱中探望。在师长中,则除了蔡元培,胡适对罗本人的影响最深。罗家伦在《新潮》第2卷1号发表的《妇女解放》一文,也主要是因为推崇《新青年》上胡适、徐俟(注:原文如此,当为"唐俟",即鲁迅)、周作人等人的文章。③

北大的师长(主要是《新青年》成员)在稿件上也给予《新潮》以很大支持。蔡元培的《美术的起源》发表在《新潮》第2卷4号,他的《大战与哲学》和在天安门露天演说会的演说辞《劳工神圣》及致公言报函、答林琴南君函也分别登在第1卷的1、2、4号的附录。第1卷5号中谭鸣谦的《哲学对于科学宗教之关系论》一文后并附有蔡元培的简短评论。鲁迅分别在第2卷1号和第2卷5号发表了小说《明天》与译作《察拉图斯忒拉的序言(尼采名著)》(署名唐俟)。李大钊先后发表了《联治主义与世界组织》(第1卷2号)和《物质变动与道德变动》、《青年厌世自杀问题》(第2卷2号,署名守常)。胡适先后发表了著译

---

① 罗久芳:《父亲与胡适》,见罗久芳编著:《罗家伦与张维桢:我的父亲母亲》,百花文艺出版社,2006年,第201页。
② 傅斯年:《新潮之回顾与前瞻》,《新潮》,第2卷1号。
③ 罗久芳:《父亲与胡适》、《父亲在北京大学》,见罗久芳编著:《罗家伦与张维桢:我的父亲母亲》,百花文艺出版社,2006年,第201、203、23页。

诗歌《十二月一日到家》（第 1 卷 2 号）、《关不住了》（第 1 卷 4 号）、《上山》（第 2 卷 2 号），以及《李超传》（第 2 卷 2 号）、《非个人主义的新生活》（第 2 卷 3 号）。周作人除了诗《背枪的人》、《京奉车中》（第 1 卷 5 号），还发表了《访日本新村记》（第 2 卷 1 号）和译作《老乳母》（第 2 卷 5 号）。王星拱则先后发表过《科学的真实是客观的不是？》（第 2 卷 2 号）和《物和我》（第 3 卷 1 号）两篇文章。此外，《新潮》与《新青年》的合作还包括互相登载对方的广告，这些对于《新潮》初创即风行都是起到了贡献的。

在对外论战方面，《新潮》也与《新青年》积极配合。如陈独秀与《东方杂志》杜亚泉等进行"东西文化"论争，罗家伦则撰写长文《今日中国之杂志界》，扫描国内杂志，将其分为四派：官僚派、课艺派、杂乱派和学理派，学理派中又分"脑筋混沌的"和"脑筋清楚的"。《东方杂志》即被举为"上至天文，下至地理，古今中外，诸子百家"的杂乱派之代表："你说他旧吗？他又像新。你说他新吗？他实在不配"。并评判说，"须知人人可看，等于一人不看；无所不包，等于一无所包。"而与《东方杂志》同属商务印书馆系统的《教育杂志》和《妇女杂志》则被归入"脑筋混沌的"中"市侩式"一类，前者空洞无边，后者更是"说些要女子做男子奴隶的话"。"脑筋清楚的"中则主要表彰北大教师所办的《新青年》与《每周评论》，盛赞前者"是中国改革事业最新的动机，其议论的彻底，胆量的宏大，真是绝无仅有"，后者"材料的精当，议论的警辟，不但没有一种日报及得他来，就是许多长篇厚本的杂志，也都及他不来。其中关于国内外的大事，能做有统系地记载，令读者一目了然，更是难得"。在对理想杂志的期待中，又点出《东方杂志》的国内外大事记，"都是断烂的朝报"，不如《每周评论》。①

罗家伦此文亦涉及对《时事新报》的批评与反击，这与当时《新青

---

① 罗家伦：《今日中国之杂志界》，《新潮》，第 1 卷 3 号。

年》与《时事新报》副刊"学灯"编者张东荪的辩论有关。① 《时事新报》的张东荪批评《新青年》只破坏不建设，在他看来，积极输入"新道德、新思想、新文艺"在当时的中国已成为共识，不再需要做那些"驳难痛骂的文章"以"打破旧道德、旧思想、旧文艺"。② "新青年"们致力于对"旧"的批判与破坏，一是因为当时"仿佛不特没有人来赞同，并且也还没有人来反对"，③ 二是他们认为不将"旧"的破除，则"新"的无从进入。罗家伦文中关于理想杂志的第四点感想"趋重批评"正是发挥"驳难痛骂"的意义："批评这件东西，实在是改革思想，促进现状的妙品。中国人脑筋里没有判断力，所以没有批评；应（引注：当为"因"）为没有批评，所以脑筋愈没有判断力。长此以往，我们中国人真要永远做糊涂虫呢！现在补救的方法，就是各杂志里多设批评。不问社会上的阻碍，他人的怨恨，批评家总是按着真理，秉公出来说公道话。"④

与张东荪正面论战的是傅斯年。《新潮》创刊号甫一出版，张东荪便在《时事新报》发表评论，将《新潮》与《新青年》区别对待，说："这杂志的作者个个都是诚实的态度与研究的精神，不像《新青年》一味乱骂。（略）《新潮》诸人居然不受《新青年》的传染，真是可喜可敬了。"⑤ 傅斯年对于这一评价并不买账，有论者即认为"张东荪试图在《新潮》与《新青年》之间做出区分，很难不被傅斯年视为是要'离间'自己与老师之间的关系"，"张东荪对傅斯年等人的评价，与其说是表明他对后者主张的赞同，毋宁说更多是试图将后者的思想与态度引向自己希望的方向"。⑥ 张东荪如此明显地褒此贬彼，即便算不上"离间"，也

---

① 关于《新潮》与《时事新报》之争，可参见周月峰的《从批评者到"同路人"》（《社会科学研究》，2015年第6期）和高波的《新旧之争与新文化运动的正统问题——以张东荪与傅斯年等人的论争为中心》（《天津社会科学》，2014年第4期）两文。
② 张东荪：《新旧》，《时事新报》，1918年12月14日。
③ 鲁迅：《鲁迅全集》，第1卷，人民文学出版社，2005年，第441页。
④ 罗家伦：《今日中国之杂志界》，《新潮》，第1卷3号。
⑤ 张东荪：《〈新潮〉杂评》，《时事新报》，1919年1月21日。
⑥ 高波：《新旧之争与新文化运动的正统问题——以张东荪与傅斯年等人的论争为中心》，《天津社会科学》，2014年第4期。

是有意挖《新青年》的墙角。

此时的《新潮》正是与《新青年》姿态一致的时候，其中尤以傅斯年与罗家伦最为醒目，一向注重批评的鲁迅盛赞《新潮》作者中"以傅斯年作为上，罗家伦亦不弱"，① 即说明了这一点。傅斯年在《新潮》第1卷2号发表的《破坏》一文，以实际行动证明了张东荪"统战"的失败。在这篇文章中，傅斯年认为张东荪"新的来了，旧的自然去了"的观点是"似是而非，不通的很"，因为只有先进行破坏，指出"旧"的"不是"，剥除其神圣性和大家的"信仰心"，"新"的才可能进来。关于破坏与建设的关系，傅斯年虽然也承认长期破坏，不见建设，会失去信用，要把长期破坏的精神留几分给建设，但也并不否认破坏的积极作用，甚至隐含有处于起始阶段时破坏应先于建设之意。② 在《答时事新报记者》一文中，傅斯年更是明确点出张东荪的《〈新潮〉杂评》是借赞扬《新潮》而痛骂《新青年》，直承自己对他不客气的缘故，是因为他"是和北京大学惯作对头的"，"今天登一篇骂北京大学的投稿，明天自撰一篇骂北京大学的文，今天指明了骂，明天含讥带讽的说着"。并重申关于破坏与建设的主张，即"破坏是建设的一种手段，建设是他的目的"，"我们不可一味的批评人，也不可一味的不批评人"，打破旧的，正是使人往新的路上走。③ 在这里，傅斯年明确表现出他的"北京大学"派的认同，其实是宣布《新潮》与《新青年》的一体。

不过傅斯年对于张东荪的意见也并非完全反对。对于张东荪的建议——与其评中国的出版物，不如介绍西洋新书——傅斯年便表示这"正是我们此刻预备的，准于第二卷起实行"。④ 虽然表明"我们"已有预备是拒绝领情，但旨趣终归一致。在同期的通信栏目中，傅斯年更是认为张东荪的这一建议"极好"，"与其做'泥中搏斗'的生涯，何如做修养益智的事业？"并计划成立"西书研究团"，请教员指导阅读，读后

---

① 鲁迅：《鲁迅全集》，第11卷，人民文学出版社，2005年，第369—370页。
② 孟真（傅斯年）：《破坏》，《新潮》，第1卷2号。
③ 傅斯年：《答时事新报记者》，《新潮》，第1卷3号。
④ 傅斯年：《答时事新报记者》，《新潮》，第1卷3号。

做成提要，登在杂志上，并慨叹"本杂志最大问题是纯粹科学文字太少了"，要求多登"纯正科学的"文章。①

1919年4月，鲁迅接受傅斯年的请求，给《新潮》提了若干建议，后来以《对于〈新潮〉一部分的意见》为题，刊登在杂志第1卷5号上。在这封通信中，鲁迅首先便建议要少做"纯粹科学文"，鼓励他们多刺戟中国的老病，认为"每本里面有一二篇纯粹科学文，也是好的。但我的意见，以为不要太多；而且最好是无论如何总要对于中国的老病刺他几针，譬如说天文忽然骂阴历，② 讲生理终于打医生之类"。③ 这也基于鲁迅对于当时中国情势的认知有关，即"老先生"们固然迫于形势不便反对"地球椭圆"和"元素七十七种"之类纯科学知识，但是并非出于本意，因为"从三皇五帝时代的眼光看来，讲科学和发议论都是蛇，无非前者是青梢蛇，后者是蝮蛇罢了；一朝有了棍子，就都要打死的"。④ 从鲁迅的意见也可以看出"新青年"与"时事新报"等人的区分在两个方面：一是对现实情势的判断，一是对于破坏和建设间关系的认知。在现实认知方面，张东荪认为"旧"已经完全丧失了吸引力，输入新知已成为国人共识，所以他认为当务之急应该是建设（输入"新"），而非破坏（批判"旧"）。而在鲁迅等人看来，"旧"并未完全失败，只是一时蛰伏，暂时接受"纯科学"是一种两害相权取其轻的策略，一旦有了机会一定会对"新"进行反扑，所以输入"新"的同时不应忽视批判"旧"，甚至破坏就是建设。鲁迅此信，自然有针对张东荪观点之意，尤其是不愿意傅斯年等"新潮"青年"上了他们的当"。⑤

傅斯年的答信，对鲁迅的意见表示了无保留的认同，鲁迅信中自比蝙蝠，要以"乱嚷""闹出几个新的创作家来"，"破破中国的寂寞"，傅

---

① 傅斯年：《致同社同学读者》，《新潮》，第1卷3号。
② "说天文忽然骂阴历"一语亦有所指，即《新潮》第1卷3号发表的《打破中国神怪思想的一种主张——严禁阴历》一文，作者俞平伯认为阴历"是中国妖魔鬼怪的策源地"，反对阴历相当于"把妖魔鬼怪的窠巢，一律打破"。
③ 鲁迅：《对于〈新潮〉一部分的意见》，《新潮》，第1卷5号。
④ 鲁迅：《对于〈新潮〉一部分的意见》，《新潮》，第1卷5号。
⑤ 鲁迅：《对于〈新潮〉一部分的意见》，《新潮》，第1卷5号。

斯年便表示"新潮"同人之所以用读书的时间来"大叫",也正是缘于中国的寂寞,要做"夜猫","解解寂寞",叫醒大家。而这正是《新青年》同人坚持的启蒙之义。①

不过傅斯年虽然认为鲁迅的观点"更进一层",《新潮》还是兼顾译介输入,批评的色彩不如《新青年》浓厚。在《新潮》第2卷1号中,傅斯年有一篇反思性的文章,分析本社同仁的三种"短处",第一条便是"我们有点勇猛的精神,同时有个武断的毛病。要说便说,说得太快了,于是乎容易错"。② 显然,《新潮》在当时在很多青年中,引起的同情甚至多于《新青年》,是因为他们更"勇猛",更充满着"孩子气",更多地契合了处于沉闷气氛中的青年追求个性的心理。俞平伯在后来回忆《新潮》时,曾将它与《新青年》做过一番比较:"《新潮》和《新青年》同是进步期刊,都宣传新思想、新文化,宣传'赛先生'(即 Science,科学)与'德先生'(即 Democracy,民主),但在办刊方向上却稍有不同:(1)《新青年》偏重于政治、思想、理论论述;《新潮》则偏重于思想、文学方面,介绍一些外国文学。(2)《新青年》内部从一开始就分为左、右两派,斗争激烈,直至最后彻底分开;《新潮》的路线相比之下稍'右'一些。"③ 如果剔除"左"和"右"在特定历史条件下的感情色彩与价值判断意味的话,俞平伯的分析是基本符合史实的。

整体而言,《新潮》一方面是在《新青年》影响下产生的,"新潮社"的主要成员对于胡适、陈独秀、鲁迅、周作人等人也是一体尊奉,多表钦佩,并与后者共享着当时较为激切的舆论氛围,又有"北京大学"派的身份认同,在对外论争中有着保持一致的自觉,在讨论的议题上,也常常是对《新青年》的配合、补充与发挥。但另一面,《新潮》又有着注重译介的纯学术倾向,而且越往后期译介在杂志中所占的比重越大。

这与《新潮》成员的身份与初始的自我定位有关。从人员构成上来

---

① 鲁迅:《对于〈新潮〉一部分的意见》和傅斯年的复信,《新潮》,第1卷5号。
② 傅斯年:《新潮之回顾与前瞻》,《新潮》,第2卷1号。
③ 俞平伯:《回忆〈新潮〉》,《五四运动亲历记》,中国文史出版社,1999年,第327页。

说,"新青年"群体并非典型的学院知识分子,往往不以纯学术为人生志业,他们多是因思想文化运动的原因进入大学,部分甚至有实际革命的经历,"新潮"成员则是在校大学生,在"新青年"老师们中,也是与相对温和的胡适接触更密切,未来的职业预期则是学者而非作家更非社会革命家,年纪又轻,知识结构和思维结构尚在形成之中,正处于吸收新知的阶段,无论是从志趣或学力的角度来说,都不宜太多从事批判性的思想启蒙工作,也很容易产生摇摆。"新潮社"本身更是"由于觉悟而结合的",是一种知识的结合,有读书会的性质,特别注意于西书的阅读研究和介绍与旧书的评论。① 《新潮》运作得最好也最能体现该刊特点的栏目是"书报评论"。对于书报的介绍,在第 1 卷中,先是有"出版界评",因为所评的多为新出之书,所以又添一栏目"故书新评",在第 2 卷中则统一栏目为"书报评论"。而且《新潮》预设的读者是中等学校的学生,介绍评论书报,"与海内同为学生者,商榷读书之方",② 本是题中应有之义,也是吸引大中学生很有效的方法。杭州一师的施存统曾给《新潮》写信,称"文学革命"的招牌是因《新潮》才稳固的,因为《新青年》早已在那里鼓吹,但注意的人不多。在施存统列出的八条"要求的事情"中,多和译介和书评有关。③ 施存统对《新青年》的判断未必准确,但应该代表了外省青年学生的感受,也可见《新潮》的书报介绍系列栏目是恰好满足了他们对于"新书"和"新知识"的渴求的。

---

① 傅斯年:《致同社同学读者》,《新潮》,第 1 卷 3 号。
② 《故书新评》,《新潮》,第 1 卷 1 号。
③ 施存统来信,见《新潮》,第 2 卷 2 号。施存统"要求的事情"有:1. 请诸位关于研究哲学科学文学的方法的文章,多做几篇。2. 世界思潮,多介绍一点。3. 一概用白话。4. 长篇翻译和著作,一期登完。5. 翻译名著,请另出特别增刊;因为这种文章人人都要先睹为快;分作数期登载,使人看的渴望。6. 请诸位各就所学,发表出来,刊作单行本。7. 请罗志希先生着手翻译的那几种书,早早复印。9.(引注:原文标号如此)请多做出版界评,指导我们,省得受那书贾的欺。

第三节 《新潮》危机与结束

1919年11月19日，新潮社召开了第一次全体社员会议，这本是一卷终了的例行会议，也是由于社员中不少出国或工作——尤其是主任编辑傅斯年和书记杨振声分赴英美留学，需要改选职员。此次会议，改变编辑、干事两部制（设编辑、干事两部，各置主任一人，其余职员由主任推选），置编辑、经理各一人，记录、校对等若干人，罗家伦、孟寿椿分别当选为编辑、经理等。此次会议并决定把原有的杂志社扩充为一个学会，于出版杂志以外，拟发刊"新潮丛书"，推徐彦之为事务代表，负责此事。① 而后来以新潮社名义所出的丛书，也基本是北大教师的著译之作。新潮社前期（《新潮》杂志停刊以前）所出版的六种书籍中，《科学方法论》、《迷信与心理》、《现代心理学》分别是北大支持新文化运动的教师王星拱、陈大齐和陶孟和的作品，《点滴》是周作人选译的近代世界短篇小说集，《蔡子民先生言行录》则是新潮社员辑集的蔡元培的言论，唯一的学生著译是潘梓年与李小峰合译的英国心理学家哈忒的《疯狂心理》。②

在学生的识力和精力都很有限而且生活充满变动的时候，出版专著的计划很难得到保证，不像教师，学术上有积累，生活也相对稳定，而且学生的计划，也往往都是翻译，如潘介泉拟译的 Hauptmann 的 "The Weavers"，罗家伦拟译的《思想自由史》，和陈达材拟译的《政治原理》等书，后来都未能及时印行。③ 其中《思想自由史》一书，罗家伦在海外继续翻译，直到1926年才最终译毕。

由于《新潮》的"勇猛"，"拊若干敌，结许多怨"，④ 在五四运动

---

① 徐彦之：《新潮社纪事》，《新潮》，第2卷2号。
② 李小峰：《新潮社的始末》，《五四运动回忆录续》，中国社会科学出版社，1979年，第216—217、220—221页。
③ 《徐彦之潘介泉通信》，《新潮》，第2卷2号；李小峰：《新潮社的始末》，《五四运动回忆录续》，中国社会科学出版社，1979年，第216页。
④ 傅斯年：《新潮之回顾与前瞻》，《新潮》，第2卷1号。

中，新潮社又是学生会的主要力量，① 傅斯年被选为游行总指挥，罗家伦则是当天唯一一份白话宣言的起草者，不久即有传言，宣称二人被安福系收买。这时，也是胡适挺身为他们解围，在《每周评论》发表短文，声称"安福部是个什么东西？他也配收买得动这两个高洁的青年！"②

除了谣言造成的舆论压力以外，《新潮》还和《新青年》一起，遭受到政治力量的干预。傅斯年在《新潮之回顾与前瞻》中，就"回顾"了这个"大波浪"：

> （略）有位"文通先生"，惯和北大过不去，非一次了；有一天拿着两本新潮几本新青年送把地位最高的一个人看，加了许多非圣乱经，洪水猛兽，邪说横行的评语，怂恿这位地位最高的来处治北大和我们。这位地位最高的交给教育总长傅沅叔斟酌办理。接着就是所谓新参议院的张某要提查办蔡校长，弹劾傅总长的议案。接着就是林四娘运动他的伟丈夫。接着就是老头们啰唣当局，当局啰唣蔡先生。接着就是谣言大起。校内校外，各地报纸上，甚至辽远若广州若成都也成了报界批评的问题。谁晓得他们只会暗地里投入几个石子，骂上几声，啰唣几回，再不来了。（略）③

傅斯年这篇文章写在当时，牵涉到具体人名，用词多隐晦。文中的"地位最高的"，当然是当时的总统徐世昌。"林四娘"，为反对白话文运动的林纾，"伟丈夫"则是林纾心中属意的干预新文化的人选军人徐树铮，傅斯年以此戏称，源于他攻击新文化的影射小说《荆生》呼唤"伟

---

① 据罗家伦的回忆，当时"学生会各股主任几乎是国民杂志和新潮杂志二社的人平分的，这两个杂志，所以也可以说是五四运动的基础"。（罗家伦：《蔡元培时代的北京大学与五四运动》，见罗久芳编著：《罗家伦与张维桢：我的父亲母亲》，百花文艺出版社，2006年，第52页。）
② 胡适：《他也配》，《胡适文集》，第11卷，北京大学出版社，1998年，第18页。当时关于傅斯年的传言，还有称其接受某有日本股份之烟草公司津贴的，见蒋梦麟：《忆孟真》，《谭谭之士》，东方出版中心，1999年，第33页。
③ 傅斯年：《新潮之回顾与前瞻》，《新潮》，第2卷1号。

丈夫"之故。至于"文通先生",据《五四运动回忆录续》中李小峰的《新潮社的始末》一文注释称,为曾撰写过《马氏文通》的马通伯,似不确。①《马氏文通》作者乃是马建忠,虽然有人疑此书实为其兄所作,然其兄之字亦为"相伯"而非"通伯"。倒是另有一位马通伯先生,即桐城名家、曾在京师大学堂任教习的马其昶。但目前似亦无史料证明,马其昶曾怂恿过当局处治北大,反倒是在1919年,陈独秀因为在新世界屋顶花园散发传单为京师警察厅逮捕后,同为安徽人的马其昶、姚叔节均署名营救,为陈独秀说项,称其"平时激于爱国热忱,所著言论或不无迂直之处。然其学问人品亦尚为士林所推许",吾等"与陈君咸系同乡,知之最稔",恳请准予保释。②马其昶和姚叔节的这一举动,令胡适非常感动,认为"这个黑暗社会里还有一线光明","这个社会还勉强够得上一个'人的社会',还有一点人味儿"。③

参照罗家伦《蔡元培时代的北京大学与五四运动》一文,其中关于《新潮》受到当局的压力,有如下叙述:

> (略)颉刚的文字,多半是关于掊击旧家庭制度和旧社会制度,关于妇女问题,也有许多文章加以讨论,在当时大家以为骇人听闻的话,有妇女人格问题一篇,主张女子应当有独立的人格,这篇东西,被江瀚看见了,拿去给徐世昌看,说是近代的青年思想至此,那还了得。于是徐世昌拿这本《新潮》交给傅增湘,傅示意于蔡孑民,要他辞退了两个教员,开除了两个学生,就是当时所谓四凶,这两个是"新青年"编辑,两个是《新潮》编辑。蔡孑民先生当时坚持不肯,他复林琴南的那一封信,不只是对林琴南说话,并

---

① 李小峰:《新潮社的始末》,《五四运动回忆录续》,中国社会科学出版社,1979年,第211页。
② 《北京档案史料》,1986年第1期,见任建树:《陈独秀大传》,上海人民出版社,1999年,第178页。
③ 胡适:《致陈独秀(稿)》,《胡适书信集》,北京大学出版社,1996年,第367页。

且是对徐世昌而发的。①

对照傅罗二文,所述应为同一事,所谓"文通先生",当指守旧派江瀚。傅斯年所以称之为"文通"者,或许是因为南朝著名的江姓文人江淹字文通,所谓"文通先生",大约相当于"江先生"。据周天度的《蔡元培传》,1919 年三四月间,总统徐世昌曾数度召见"宴请"傅增湘和蔡元培等人,"磋商调和新旧两派冲突之法",② 这应当和"文通先生"的告状有关。当然,1919 年二三月间,正是林纾发表影射小说《荆生》、《妖梦》并致蔡元培公开信反对新文化的时候,也即所谓的"新旧两派冲突"正烈之时。随后,在 3 月 26 日,傅增湘给蔡元培写了一封措辞非常委婉的信,认为"因批评而起辩难,因辩难而涉意气。倘稍逾学术范围之外,将益启党派新旧之争",希望学生们能够"朝益暮习,与时偕行",待"修养既充"之时,再来"遵循轨道,发为言论"。③ 4 月 1 日,安福系参议员张元奇(当即是傅斯年文中之新参议院的张某)又以北大教员学生鼓吹新思潮的"出版物实为纲常名教罪人",特往教育部,"请教育总长加以取缔,当时携去《新青年》、《新潮》等杂志为证",声称"如教育总长无相当之制裁,则将由新国会提出弹劾教育总长案,并弹劾大学校长蔡元培氏"。④ 同日,蔡元培和傅增湘当面谈了"此中原委",并于次日由傅斯年代笔,给傅增湘写了回函,仍以大学的"兼容并包之旨"为保护伞,举《新潮》、《国故》并行为例,声明《新潮》之初心,在于"介绍西洋近代有益之学说","批评之事,仅属末节",⑤ 所采用的策略依然是淡化北大及《新潮》的激进色彩,保护新文化运动及《新潮》作者。

---

① 罗家伦:《蔡元培时代的北京大学与五四运动》,见罗久芳编著:《罗家伦与张维桢:我的父亲母亲》,百花文艺出版社,2006 年,第 49—50 页。
② 周天度:《蔡元培传》,人民出版社,1984 年,第 202 页。
③ 傅增湘致蔡元培函,见高平叔编:《蔡元培全集》,第 3 卷,中华书局,1984 年,第 286 页。
④ 高平叔:《蔡元培年谱长编》(中),人民教育出版社,1996 年,第 184—185 页。
⑤ 蔡元培:《复傅增湘函》,见高平叔编:《蔡元培全集》,第 3 卷,中华书局,1984 年,第 284—285 页。

1920年8月,"新潮社"再度召开社员大会,改选职员,由于罗家伦、徐彦之等人出国,乃邀请教师周作人加入,恢复旧制(编辑、干事两部制),选周作人为主任编辑,孟寿椿为主任干事,将杂志正式改为学会,确定以后的方针为"注全力于社务之扩充及基金之筹备,以完成由杂志社改为学会之精神"。①

不过此时的《新潮》已颇有一些难以为继之相。在经济上,由于罗家伦主持期间错误估计市场,大量印行《蔡子民先生言行录》和《点滴》,导致该社出现经济危机。在此期间,鲁迅曾借出200元,帮助新潮社渡过难关。鲁湘元在其《稿酬怎样搅动文坛:市场经济与中国近现代文学》一书中,提到此事,将鲁迅拿出的这200元当成是他延续《新青年》"不要稿酬"的"规矩",自费印刷的印资:

> 1923年5月20日,他将《呐喊》定稿和200元印资交给新潮社编辑孙伏园,请新潮社将其出版。7个月后,新潮社同他结算,付给他260元。收支相抵,鲁迅好像赚了60元。其实不然。②

这是不准确的。鲁迅在1923年5月20日给孙伏园的200元,是借给新潮社,并非为《呐喊》自费出版所付的"印资"。1924年1月8日(即鲁湘元文所说的"7个月后"),孙伏园交来的260元是"《呐喊》赢泉",即《呐喊》一书的纯利润,不含鲁迅借出的钱。至于鲁迅借出的这200元钱,孙伏园于1924年3月14日和4月4日分别交还100元,在后一日的日记中,鲁迅并于"晚孙伏园来并交泉百,乃前借与新潮社者"之后,特别追加一句:"于是清讫"。③

而据李小峰的回忆,新潮社丛书的作者也是抽版税的,开始时的版税率按定价百分之二十,赠书五本。后来版税率提高到百分之二十至二

---

① 孟寿椿:《本社纪事》,《新潮》,第2卷5号。
② 鲁湘元:《稿酬怎样搅动文坛:市场经济与中国近现代文学》,红旗出版社,1998年,第203页。
③ 鲁迅:《鲁迅全集》,第15卷,人民文学出版社,2005年,第470、497、504、507页。

十五，赠书从五本提高到二十本。① 当然，鲁迅对新潮社的后期关注较多，这也与孙伏园和周氏兄弟的特殊关系有关。对《新潮》杂志关心最多影响也最大的还是陈独秀和胡适，在陈、胡之间，胡适的思想倾向和治学路向又更能得傅、罗等前期重要新潮社员的认同。

在人事上，傅斯年、杨振声、罗家伦、徐彦之等主要人物相继离开，尤其是傅斯年与罗家伦，最长于撰写批评性文字，文风泼辣，这直接导致了"评坛"栏目的式微，刊物风格更趋沉闷、单一。"评坛"是《新潮》中是最活泼、最有现实针对性，也是最有"新青年"风格的栏目，主要"批评社会上的情形同学界的事理"，② 撰写者以傅斯年、罗家伦二人为主，何思源、俞平伯、康白情等也撰写过文章。与那些注重阐释、输入学理的长篇论文相比，"评坛"中的文字有着鲜明的现实指向，这只消看文章的标题即可明了，如罗家伦的《今日中国之小说界》、《今日中国之新闻界》、《学术界的骗局——骗中国人和骗外国人》，傅斯年的《心气薄弱之中国人》、《译书感言》，康白情的《〈太极图〉与Phallieism》，俞平伯的《打破中国神怪思想的一种主张——严禁阴历》、《一星期在上海的感想》等。在行文上，轻便流畅，少理论分析，或短或长，都直奔主题，一针见血。这在大量晦涩艰深的译介文字中，起到调剂作用。1919年下半年傅斯年出国以后，便几乎不再为此栏供稿，第2卷时基本由罗家伦撰写，分量减轻。1920年，罗家伦也被选送出国，《新潮》第3卷第1期"评坛"只有两篇文章（分别为何思源的《社会共同化》与俞平伯的《现行婚制底片面批评》），第2期则根本取消这一栏目，变成了译介专刊。《新潮》杂志也就随之停刊了。

《新潮》与《新青年》之间形成的师生之间相互交流和刊物之间的相互补充、配合，尤其是师长对于学生的指导和扶持，对于整合新文化力量、培养新文学作家都起到重要作用。师生之间的这种良性关系也具

---

① 李小峰：《新潮社的始末》，《五四运动回忆录（续）》，中国社会科学院出版社，1979年，第225、233页。
② 罗家伦：《评坛》，《新潮》，第1卷1号。

有典范意义,在后来以大学为中心的社团中得到传承,尤其是新潮社的成员杨振声、朱自清等人自己成为大学教师,掌握了教育和文化资源以后,也不遗余力地奖掖扶持后进,薪火相传,将新文学的研究和创造推向更深层面。

第九章

以《大公报·文艺》为中心的文人群体

作为一份新文学刊物，《大公报·文艺》与《新潮》一样，都有着大学背景，兼顾创作与研究，努力化"实"为"虚"，在新教育与新知识中创造新文学，尤其是两份刊物的主要参与者中，还有杨振声、朱自清、俞平伯等贯穿人物。不过二者也有着很明显的不同之处。一是《新潮》主要局限在北大校园，是一份学生自办的校园杂志，成员以本校学生为主，虽然对当时的社会风气影响很大，但是沟通交流主要还是在师生之间。《大公报·文艺》则是一份社会刊物，参与人员范围更广，涉及北大、清华、燕京三所大学，跨越不同学校和专业，整合大学内外资源，更具开放性。二是《新潮》创刊时，新文化运动尚未完全得到社会认可，所以更注重输入"新潮"，开风气之先，具有很浓的"介绍"色彩，兼顾文化与文学。《大公报·文艺》时期，新文化运动已然取得成功，大学中的学术研究也日益精深，所以注意力更集中于文学自身。

第一节　成员与刊物

本章所论述的以《大公报·文艺》为中心形成的文人群体，大致相当于后来被称为"京派"的群体，但也包括一些偏于"左翼"的作家，如当时已经成名的巴金、靳以和正在走向文坛的王西彦、严文井等年轻作家。从主要人员的来源上看，由两部分组成，一是从《语丝》中分化出来的《骆驼草》作者群，包括老师辈的周作人及其弟子俞平伯、废名等人；一是《新月》分化出来偏重文学（学术）的作家，如叶公超、林徽因、沈从文等人。① 从刊物上来看，则除了《大公报·文艺》以外，还有更能体现"京派"特色的《学文》月刊和《文学杂志》，与巴金、靳以、郑振铎等人所编的《文学季刊》、《水星》也有一定交叉。

这个群体经常聚集的空间也主要有三处：《大公报·文艺》编者（杨振声、沈从文、萧乾）定期召集的聚餐或茶会，林徽因的"太太客厅"，朱光潜客厅（慈慧殿三号）的诗歌朗诵会（有时也会在金岳霖和杨振声的寓所聚集）。其中的贯穿人物是文艺副刊的编者杨振声、沈从文、萧乾。②

就此而言，《大公报·文艺》其实带有重新"聚合"北京文坛力量，尤其是带有"新月派"统战"骆驼草"的色彩。二十世纪二十年代后期，北京（1928年后北京改称北平）政局不稳，教授学者纷纷南下，1931年，徐志摩又因飞机失事离世，北方文坛日渐衰微。正是在这一背景下，胡适、杨振声、沈从文等人来到北京，"想使京派再振作一下"。③所以胡适、杨振声等人一面努力地邀集外地文人北来（如梁实秋、闻一多等原"新月派"文人），一面也积极团结在北平颇感寂寞的"周门师弟"。当时周作人在文坛地位虽高，但是文风冲淡乃至晦涩，在政治社会激荡的环境中日益显得"落伍"，又缺乏一个稳固的阵地（《骆驼草》只出了半年，1930年11月即停刊），难以集结力量对文坛产生持续的影响。加盟《大公报·文艺》作者群以后，周作人虽然经常参加定期的聚餐（《周作人日记》对此多有记载），并作为后来京派刊物《文学杂志》的十人编委之一，为杨振声、沈从文等人所敬重，但更多的是作为一种象征性的存在，对群体内部的交流和具体事务性工作参与很少，介入不深。

---

① 高恒文：《京派：备忘与断想》，《文艺理论研究》，1995年第4期。
② 此处所说的聚会之所，更多侧重的是参与者的"交往"，并不仅仅是物理空间，如《大公报·文艺》的聚会既包括具体的聚餐和茶会，也应包括在沈从文和杨振声寓所与《文艺》有关的聚会，"太太客厅"也包括同人在金岳霖家的"星期六聚会"。金岳霖在后来在回忆文章中将时人以为讽刺林徽因的《少奶奶的客厅》（即冰心《我们太太的客厅》）认作是写他的"星期六聚会"，也可见这两个"客厅"具有很高的同构性。（金岳霖：《要说说"湖南客厅"，也就是我的客厅》，《金岳霖的回忆与回忆金岳霖》，四川教育出版社，2000年，第51—52页。）
③ 朱光潜：《作者自传》，《朱光潜全集》，第1卷，安徽教育出版社，1987年，第5页。

《大公报·文艺》对于沟通"京派"与"海派"、缓和当时"京派"与左翼之间对立紧张的关系也起到很大作用，这主要体现在 1933 年后巴金、靳以、郑振铎的北上和《文学季刊》的创办。萧乾后来称，"巴金和郑振铎的北来，打破了那时存在过的京、海二派的畛域。一时，北平青年的文章在上海的报刊上出现了，而上海的作家也支持起北方的同行"。① 巴金和靳以在北平时租住的"三座门大街十四号"也是一个"小型的文人交流中心"，郑振铎、曹禺、卞之琳、张充和及当时尚在燕京大学读书的萧乾等都经常来此串门。② 萧乾进入《大公报》后，巴金和靳以帮他打通了和左翼作家交流的渠道，张天翼、艾芜、丽尼等左翼作家都纷纷给沈从文、萧乾等人主持的《国闻周报》、《大公报·文艺》、《小公园》供稿。1936 年萧乾去上海，兼编津沪两版《文艺》，巴金和靳以也到上海"复活"《文学季刊》（改名为《文季月刊》），经常聚谈，几乎每周都在南京路上永安公司三楼所设的大东茶室有一个"文艺沙龙"性质的聚会，参加者还有和鲁迅关系较近的左翼文人孟十还、黎烈文、黄源等人，"谈谈文艺界的情况，也互通消息，交流作品等"。③ 这一时期，萧乾在组稿上，在北方依靠的是杨振声和沈从文，在南方依靠的就是巴金。④ 萧乾在《文艺》试办"特辑"，第一个就是请黄源编的"译文特辑"，并得到鲁迅的两篇稿子（《奇闻八则前记》和《波斯勋章》）。⑤

　　郑振铎、靳以和巴金在北平办的刊物《文学季刊》及其"副刊"《水星》，也是兼容京派和海派的，这单从编者和撰稿人的名单便可以看出。《文学季刊》由郑振铎和靳以出面编辑，编委会成员有巴金、冰心、

---

① 萧乾：《挚友益友和畏友巴金》，《旅人行踪：萧乾散文随笔选集》，中央编译出版社，2005 年，第 98 页。
② 卞之琳：《三座门大街十四号琐忆》，《书屋》，2000 年第 8 期。
③ 萧乾：《挚友益友和畏友巴金》，《旅人行踪：萧乾散文随笔选集》，中央编译出版社，2005 年，第 98、99 页；赵家璧：《和靳以在一起的日子》，《新文学史料》，1988 年第 2 期。
④ 萧乾：《我的启蒙老师杨振声》，《杨振声选集》代序，人民文学出版社，1987 年，前言第 4 页。
⑤ 萧乾：《鱼饵·论坛·阵地——记〈大公报·文艺〉：1935—1939》，《新文学史料》，1979 年第 2 期。

李健吾、李长之、杨丙辰等人。①《水星》则由郑振铎、巴金、沈从文、李健吾、靳以、卞之琳署名编辑,除去这六位编委以外,发文较多的有李广田、何其芳、蹇先艾、(杜)南星、萧乾、芦焚、李威深、臧克家,均在四篇以上,其他如周作人、废名、朱自清、老舍、冰心、张天翼、荒煤等人也都有供稿。②

与《大公报·文艺》的开放性相比,"京派"的另两份刊物《学文》月刊和《文学杂志》则有着更为鲜明的同人色彩和明确的审美诉求。《学文》由"新月派"分化而来,前三期由叶公超主编,叶公超出国后,第四期由闻一多、余上沅、吴世昌三人接编,核心成员还有饶孟侃、林徽因、梁实秋等人,以"自由纯正原则"为目标,强调文学的自足性,兼重创作与学术研究,拒绝卷入文坛论争。③

《文学杂志》经胡适和王云五接洽,由商务印书馆出版,主编为新回国的京派理论家朱光潜,叶公超的学生常风担任助理编辑,有一个十人编委会,成员为朱光潜、杨振声、沈从文、叶公超、周作人、朱自清、林徽因、废名、李健吾、凌叔华。编委会以朱光潜、杨振声和沈从文为核心,每次收到稿件后,先由他们三人大致看一下,然后小说和散文由沈从文和杨振声审阅,诗歌归废名,朱光潜自己审阅论文。沈从文除了负责审阅小说部分,其他稿件朱光潜也请他看,编委中只有他们二人是看过所有稿件的。编委会每月在朱光潜住宅开一次会,根据他们几位的意见进行讨论,决定稿件取舍。前期《文学杂志》只出了四期便因为抗战爆发停刊,1947年复刊,仍由朱光潜主编,在杨振声、沈从文之外另邀请冯至、姚可昆夫妇一起加入,新成立五人编委会。④ 朱光潜在悼念朱自清的文章中曾提到,在编辑《文学杂志》上,朱自清、沈从

---

① 赵家璧:《和靳以在一起的日子》,《新文学史料》,1988年第2期。
② 卞之琳:《星水微茫忆〈水星〉》,《读书》,1983年第10期。
③ 参见张谷鑫硕士论文:《〈学文月刊〉研究》。
④ 常风:《留在我心中的记忆》,《回忆朱光潜先生》,见《逝水集》,辽宁教育出版社,1996年,第13、77—78、84页。

文、杨振声和冯君培等人撑持的力量最多。①

在文学观念上,《文学杂志》也鲜明地展现了"京派"的主张。朱光潜在发刊词中明确地表达了"我们"的文艺主张,体现出浓厚的学院派色彩。他批评了当时文坛存在的"文以载道"和"为文艺而文艺"两种不健全的文艺观,认为文学既要从丰富的文化思想背景中汲取滋养,又要植根于"人生沃壤",对于不同的趣味和风格应该宽容调和,"自由生发,自由讨论",创作出好的作品,在社会上养成纯正的文艺趣味。②

《文学杂志》在内容上,可分为三类,即创作、书评和论文,相较而言,后两者更能体现刊物的特色。书评其实是受《大公报·文艺》的影响,由于评论者都是有着丰厚学养的学者,每期刊发几篇书评,又本着"冷静严正"的态度,可以引起创作和评论之间的沟通与互动,及时总结创作经验教训,指导创作,同时也有助于形成舆论,彰显特定的文学旨趣,引导创作和欣赏的方向。每期发表论文,将学术与创作并举,是试图在刊物上营造一种研究的氛围,拓宽创作者取法的范围,加深其思想内涵,使之更为深邃厚重,不至于显得贫乏浮躁,成为无源之水。这些,都一再显示出刊物的学院气息。

1936年9月是大公报"新记公司"十周年,报方想做一些纪念活动,"京派"趁此机会策划了两个比较重大的评选,集中展现自身的文艺主张和审美趣味:一是评选大公报文艺奖,一是编选《大公报文艺丛刊小说选》。文艺奖是经萧乾提议,仿照美国普立策奖金设立的,邀请杨振声、朱自清、朱光潜、叶圣陶、巴金、靳以、李健吾、林徽因、沈从文和凌叔华十人为裁判委员,最后评选出三部获奖作品,分别是芦焚的《谷》(小说)、曹禺的《日出》(戏剧)和何其芳的《画梦录》(散文)。评选委员会对于三位作者的评价也很值得注意。

曹禺:"他由我们这腐烂的社会里雕塑出那么些有血有肉的人物,

---

① 朱光潜:《敬悼朱佩弦先生》,《朱光潜全集》,第3卷,安徽教育出版社,1987年,第488页。
② 朱光潜:《理想的文艺刊物》,《朱光潜全集》,第9卷,安徽教育出版社,1993年,第431—438页。

贬责继之以抚爱,直象我们这个时代突然来了一位摄魂者。在题材的选择,剧情的支配以及背景的运用上,都显示着他浩大的气魄。这一切都因为他是一位自觉的艺术者,不尚热闹,却精于调遣,能透视舞台的效果。"

芦焚:"他和农村有着深厚的关系。用那管揉和了纤细与简约的笔,他生动地描写出这时代的种种骚动。他的题材大都鲜明亲切,不发凡俗,的确创造了不少真挚确切的人型。"

何其芳:"在过去,混杂于幽默小品中间,散文一向给我们的印象多是顺手拈来的即景文章而已。在市场上虽曾走过红运,在文学部门中,却常为人轻视。《画梦录》是一种独立的艺术制作,有它超达深渊的情趣。"①

《大公报文艺丛刊小说选》是该刊作者群的一次集体亮相,也是"京派"艺术上的一次总结。林徽因受萧乾邀请从《大公报·文艺》选出三十篇小说,并在开首做了一篇"题记",对所选作品的题材和技巧均做了整体性的评价,阐释了自己的文学观念。林徽因认为创作最重要的是"诚实","诚实的重要还在题材的新鲜,结构的完整,文字的流丽之上"。所谓"诚实",指的是"作品需诚实于作者客观所明瞭,主观所体验的生活"。也正因为如此,她对当时流行的描写劳工社会和乡村色彩的风气提出了委婉的批评,认为从单篇来讲,可以写得很好,但是许多作家抛开自己熟悉的生活不写,这种整体的偏向则"表示贫弱,缺乏创造力量",会造成"创造力的缺乏"和"艺术性的不真纯"。②

第二节 三个聚集空间

以《大公报·文艺》为中心的文人群体定期的聚会,对于这一派别的形成有着举足轻重的作用。首先,它有利于增进成员之间的情感交

---

① 萧乾:《鱼饵·论坛·阵地——记〈大公报·文艺〉:1935—1939》,《新文学史料》,1979年第2期。
② 林徽因选辑:《文艺丛刊小说选题记》,《大公报文艺丛刊小说选》,上海书店,1990年,第1页。

流，增强凝聚力，也有利于形成相对整一的文学主张和审美趣味。其次，学者之间，尤其是不同专业学者之间的交流与碰撞，可以突破专业界限，启发思想。最后，对于学生辈的作家而言，这种聚会还具有非常重要的教育和提携功能。他们在这种松散随意的非正式聚谈中，受到前辈学人的熏陶。许多年轻作家走向文坛，是从这种聚会开始的。

林徽因的丈夫梁思成后来对于文人之间的"聊天"说过这样一番话："不要轻视聊天，古人说：'与君一夕谈，胜读十年书。'从聊天中可学到许多东西。过去金岳霖是我家的座上客。茶余饭后，他、林徽因和我三人常常海阔天空地'神聊'。我从他那里学到不少思想，是平时不注意的。学术上的聊天可以扩大你的知识视野，养成一种较全面的文化气质，启发你学史上的思路。聊天与听课或听学术报告不同，常常是没有正式发表的思想精华在进行交流，三言两语，直接表达了十几年的真实体会。许多科学上的新发现，最初的思想渊源是从聊天中得到的启示。不同学科的人常在一起喝酒、喝咖啡，自由地交换看法、想法。聊天之意不在求专精，而在求旁通。"①

如上文所述，以《大公报·文艺》为中心的文人聚会有三个场所，第一个就是《文艺》编者定期召集的聚餐或茶会。在萧乾进入《大公报》之前，主要由杨振声和沈从文召集，之后则主要由沈从文和萧乾召集。据萧乾的回忆，他在天津编《文艺》时，每个月都到北平，在来今雨轩举行个二三十人的茶会，"一半为了组稿，一半也为了听取《文艺副刊》支持者们的意见。小姐（林徽因）几乎每次必到，而且席间必有一番宏论"。②

另一个重要的聚会之所，就是二十世纪二三十年代著名的"太太客厅"。"太太客厅"之所以如此出名，和林徽因的特殊身份有关。"沙龙"本是舶来品，一度盛行于西方，成为上流社会重要的交际场所，一般由出身优越、美丽而又有一定学识的贵妇人主持，文人学者们聚集其中，

---

① 李道增：《聊天之意》，《窗子内外忆徽因》，人民文学出版社，2001年，第43页。
② 萧乾：《一代才女林徽因》，《读书》，1984年第10期。

高谈阔论。这一风尚晚近传到中国,为不少文人所欣羡。《孽海花》的作者曾朴一度腰缠十万元,到上海办书店,"以文会友",就曾欲觅一位法国式的沙龙女主人,"对文艺有兴趣又有眼光,美丽动人","由文艺家大家共同的爱人转变而成文艺活动中心",最终未能如愿。① 林徽因则恰好符合"文艺沙龙女主人"的诸多条件:她是民国名人林长民之女,丈夫梁思成则是梁启超之子,均系名门出身。二人皆有留洋学历,是著名的建筑学家。林徽因气质高雅,其"美丽动人"也为时人公认。又热心文学事业,在诗歌和散文方面均有所成,有很高的文学鉴赏、批评能力。"太太客厅"聚会频繁,一度有在金岳霖宅的"星期六聚会"和林徽因家中的茶会,出入的也多为北大、清华、燕京三校的学者教授,专业不限于文学,如金岳霖、张奚若、钱端升、陈岱孙、邓以蛰、陶孟和、周培源等人均是常客,也常有学生参加。

第三个聚会之所,是朱光潜的寓所。朱光潜 1933 年回国后受胡适之邀,到北大任教,住在慈慧殿三号。这里天然适合作为大规模聚会之所,它"是一个大宅门的跨院,院子很空旷,有一大片荒芜不修杂草丛生的空地,北面是一座特别高大又有廊檐的客厅。房子既高大又敞亮,坐了二十几个人还很宽绰"。② 慈慧殿三号有过的聚会,一是《文学杂志》的编辑会,一是朱光潜发起的"读诗会"。相对于《大公报·文艺》聚会更重联络感情和林徽因"太太客厅"的专业驳杂,慈慧殿的"读诗会"人员与主题都相对集中,多为学有根底的诗人,聚会探讨的问题也集中于新诗的欣赏与创作。"读诗会"的发起,和朱光潜对于诗的认识有关。在中国传统中,诗歌是最主要的文学样式。胡适提倡白话文学,也是从诗歌入手,为破除诗歌的贵族性和格律的束缚,倡导"诗体大解放",主张"作诗如说话",形成极端自由的所谓"胡适之体",得到俞平伯等人的支持。二十世纪二十年代初,还在清华读书的闻一多就对此表示了不满,认为"白话诗必须首先是'诗',至于白话不白话倒是次

---

① 余斌:《"诗人"邵洵美》,《事迹与心迹》,江苏人民出版社,1998 年,第 132 页。
② 常风:《回忆朱光潜先生》,《逝水集》,辽宁教育出版社,1996 年,第 74 页。

要的问题",俞平伯等人"得了平民的风格,而失了诗的艺术",是"得不偿失"。1925年,闻一多从美国留学归来,他在北京的寓所也一度是新诗人聚集之地,① 举行读诗会,吸取外国诗与旧诗词成分,进行诗歌形式和音节方面的探索,"修正了前期的'自由'","对文学革命而言,似显得稍稍有点走回头路"。② 朱光潜也认为胡适论诗的"根本原则是错误的"③,他当时正在研究诗歌理论,1931年完成那部著名的《诗论》初稿,回国后并在大学以此为教材讲授该门课程,关注诗的音乐性(音律、节奏等)、意象和情趣。他认为"能诵诗是欣赏诗的要务",中国诗的音律逐渐僵死的主要原因就在于"中国人虽讲究作诗的音律而不讲究诵诗的音律",所以要借助西方诗歌朗诵会的形式来研究中国诗。④ 如果借用朱光潜喜欢用的黑格尔式辩证法,我们可以认为胡适的主张是"反"的工作,是为白话诗的发展扫清障碍,而闻一多、朱光潜等人所做的则是"合"的工作,在胡适的基础之上,参照西方诗歌,也一定程度返回中国传统,研究并吸收传统诗艺,试图为中国新诗的发展探索一条新的道路。

据沈从文回忆,"当时长于填词唱曲的俞平伯先生,最明中国语体文字性能的朱自清先生,善法文诗的梁宗岱、李健吾先生,习德文诗的冯至先生,对英文诗富有研究的叶公超、孙大雨、罗念生、周煦良、朱光潜、林徽因诸先生,都轮流读过些诗。朱周二先生且用安徽腔吟诵过几回新诗旧诗,俞平伯先生还用浙江土腔,林徽因女士还用福建土腔同样读过一些诗",经常参加的还有沈从文、周作人、废名、王了一、林庚、曹葆华等人。沈从文从集会中得出的结论是:"新诗若要极端'自由',就完全得放弃某种形式上由听觉得来的成功的打算","想要从听

---

① 梁实秋:《谈闻一多》,《梁实秋怀人丛录》,中国广播电视出版社,1991年,第87—88、124页。
② 沈从文:《谈朗诵诗》,《沈从文文集》,第11卷,花城出版社、生活·读书·新知三联书店香港分店联合出版,1984年,第249—250页。
③ 朱光潜:《替诗的音律辩护》,《朱光潜全集》,第3卷,安徽教育出版社,1987年,第221页。
④ 朱光潜:《替诗的音律辩护》,《朱光潜全集》,第3卷,安徽教育出版社,1987年,第248页。

觉上成功,那就得牺牲一点'自由',在辞藻与形式上多注点意,得到朗诵时传达的便利"。①

以大学师生为主体的文人聚会,对于学生辈(大学的学生或青年学者作家)来说,也有着课堂以外的教育作用。师长辈的成名作家也通过自己对学术和传媒的影响力,引导、提携学生。许多年轻作家进入文坛,都和这种集会有着重要关联。

1929年萧乾在燕京大学国文专修班读书时,选修了杨振声的"现代文学"课程,受到启蒙,开始有系统地阅读中国现代作家作品。②次年萧乾进入辅仁大学,协助美国人安澜创办《中国简报》(China In Brief),负责介绍中国现代文学,经杨振声的介绍,访问了沈从文等作家。此后,便开始和沈从文交往,互相通信。1933年,杨振声和沈从文接编《大公报·文艺》,萧乾从福州回到北平重入燕京大学读书,便经常出入杨振声和沈从文家中,成为沈从文的"徒弟",在文学创作方面受其指点,并被带领参加《大公报·文艺》召集的聚会和朱光潜家中的"读诗会"。同年9月,萧乾的小说《蚕》经沈从文修改后发表在《大公报·文艺》。林徽因对这篇小说非常赏识,认为"甚有味儿",③通过沈从文约请萧乾到"太太客厅"吃茶。萧乾多年以后回忆起来,还说那次茶会"就像在刚起步的马驹子后腿上,亲切地抽了那么一鞭"。④在此期间,萧乾也常到巴金、靳以居住的三座门大街十四号串门,屡屡得到巴金的鼓励。⑤1935年,萧乾大学毕业,经杨振声和沈从文的推荐,进入《大公报·文艺》编辑《小公园》,后来和沈从文一起编辑《文艺》,

---

① 沈从文:《谈朗诵诗》,《沈从文文集》,第17卷,北岳文艺出版社,2002年,第248页。
② 萧乾:《我的启蒙老师杨振声》,《旅人行踪:萧乾散文随笔选集》,中央编译出版社,2005年,第136、137页。
③ 林徽因致沈从文信,见《林徽因文存(散文·书信·评论·翻译)》,四川文艺出版社,2005年,第78页。
④ 萧乾:《一代才女林徽因》,《读书》,1984年第10期。
⑤ 萧乾:《挚友益友和畏友巴金》,《旅人行踪:萧乾散文随笔选集》,中央编译出版社,2005年,第98页;卞之琳:《三座门大街十四号琐忆》,《书屋》,2000年第8期。

共同参与组织文艺界的聚会。①

乡土小说家王西彦初到北平时籍籍无名,也因为投稿的关系被邀请参加《大公报·文艺》的聚餐和茶会,并因而开始和沈从文接触,经常到其家中拜访请益。沈从文热心为年轻作家改稿,也尽量给他们的作品提供发表的机会,"依据篇幅长短或质量高下,有的转给《小公园》和《国闻周报》,也有转给凌叔华先生给武汉一家报纸的副刊,有的就放进他自己负责主编的《文艺周刊》上"。1936 年,王西彦发表的作品有了一定数量,沈从文又积极为他编选小说集。此外,严文井、田涛等作家,都是从《大公报·文艺》的聚会开始走上文坛,从沈从文处受惠良多。②

1932 年《新月》第 4 卷开始由叶公超主编,就经常找年轻学生和北平初露头角的青年作家要稿子。书评家常风当时在清华读书,叶公超便鼓励他为《新月》写文章,亲自指示要点。常风在回忆中还记述了一次叶公超为他修改散文的经过:

> (略)我还把刚写好的一篇散文习作请他指导。过了几天叶先生叫我到他家谈谈。他已经看过我的文章,他说初学写文章要特别注意怎样写。他把我的那篇文章一页一页翻给我看,只见划了许多 xx。他要我拿回去仔细看几遍划了 xx 的地方,自己去找划上 xx 的原因,耐心、认真、想好,改了,重新抄好请他看。叶先生又说,要想写好文章必须有耐心,不惮烦地删改。我照叶先生的指点修改后重抄了请他看。他当面给我指点,又在稿子上划 xx,让我自己回去再仔细推敲,改了抄清再送去。我记得我这样反反复复修改、重抄了五次,拿去请叶先生再指点时,他翻来翻去看了几遍才说可以不修改了。我自己计算了一下,最后修改过的稿子比原来的少了一

---

① 萧乾:《我的启蒙老师杨振声》,《旅人行踪:萧乾散文随笔选集》,中央编译出版社,2005 年,第 136—138 页。
② 王西彦:《宽厚的人,并非孤寂的作家》、严文井:《谁也抹煞不了他的存在》,见《长河不尽流》,湖南文艺出版社,1989 年,第 78—89、112—115 页。

半。(略)

  我初次学习写文章得到叶先生认真仔细看,又亲切耐心指示我如何自己找出毛病和表现不妥、繁冗的语句,然后修改或删削,严格要求我三番五次改了又改,一直到修改到可以读得下去才点头,给了我极有益极重要的写作指导。我才认识到写作是一件十分严肃的工作,不是可以马马虎虎信笔而写的。叶先生指点删改文章时说:千万记住写文章一定要学会舍得割爱;能不用的字一定不用,能用一个字表达的就不用两个字。不论写什么只要是和你所要表达的无关就都删掉。古今中外文章写得好的,都是简洁,不枝不蔓。绝对不要堆砌美丽堂皇的字眼儿。叶先生还告我:这些话并不是我自己的发明,都是我从中国外国作家学来的。我自己体会到这些话确实正确。叶先生这些话我一直记在心里。我每写文章的时候总拿他的话警戒我自己。(略)①

  1933年常风大学毕业后,叶公超想将其留在北平未果,常风到太原平民中学任教。在此期间,《新月》停刊,叶公超等筹办《学文》,也邀请常风参加。《学文》停刊后,叶公超把他的稿子都转给沈从文的《大公报·文艺》,并让他直接给沈从文投稿。② 常风的文章在《大公报·文艺》登载后,得到沈从文的鼓励,在回北平度假期间受邀同游白云观,并参加《大公报·文艺》的聚餐。③ 1935年,常风因叶公超的介绍,到梅贻琦担任董事长的艺文中学任教,回到了北平。④ 此后,沈从文、萧乾常把新出的书和刊物送给常风,约请他写评介文章,有时也把他的文章送给《国闻周报》和凌叔华主编的《武汉文艺》发表。⑤

  1937年北平作家创办《文学杂志》,推朱光潜主编,常风担任助理

---

① 常风:《回忆叶公超先生》,《逝水集》,辽宁教育出版社,1996年,第54—55页。
② 常风:《回忆叶公超先生》,《逝水集》,辽宁教育出版社,1996年,第55—57页。
③ 常风:《留在我心中的记忆》,《逝水集》,辽宁教育出版社,1996年,第11—12页。
④ 常风:《回忆叶公超先生》,《逝水集》,辽宁教育出版社,1996年,第55—57页。
⑤ 常风:《留在我心中的记忆》,《逝水集》,辽宁教育出版社,1996年,第12页。

编辑，参加编辑会议。抗战胜利后，北京大学请朱光潜主持西语系，朱便推荐了常风到该系任教。1946年12月《文学杂志》复刊，仍请常风担任助理编辑。当时平津许多报纸恢复，又办了些新报纸，纷纷请杨振声和沈从文编辑文艺副刊，他们都承担下来，交给青年作家编辑。天津的《民国日报》请朱光潜主编其《文艺》副刊，朱光潜也应承下来，交给常风负责。1947年朱光潜受上海正中书局之邀主编一套文艺丛书，便重新整理了自己的《诗论》，另请杨振声沈从文、冯至、常风各准备一两部稿子，并向当时也在西语系任教的年轻教师袁可嘉要了一部论文集，不过后来由于正中书局难以维持，只出了《诗论》（朱光潜）、《歌德四述》（冯至）和《窥天集》（常风）数种。①

当时另一位著名的作家和评论家李健吾也是在这种氛围中成长起来的。1925年李健吾考上清华大学中文系，先在朱自清的班上，后由于朱自清的劝告，改考到外语系。在清华时，朱自清一直指导李健吾创作，帮他修改文章，他的小说《心病》由朱自清介绍，寄给叶圣陶主编的《妇女杂志》连载。据李健吾后来回忆，在散文上对他影响最大的，第一位是鲁迅，其次即是朱自清，称"我是在他的熏陶之下成长起来的"。读书期间，李健吾并经王统照的介绍，加入了文学研究会。1931年李健吾和同学徐世瑚与朱自清结伴赴欧（李、徐分别到法国、英国留学，朱自清休假游欧）。两年后李健吾回国，一时没有工作，朱自清和杨振声两位老师便介绍他给胡适主持的美国文化教育基金委员会写《福楼拜评传》，并翻译《福楼拜短篇小说集》。②

李健吾经朱自清和杨振声的带领，进入了北平的文人群体，参与了《文学季刊》的创办，结识了巴金、靳以、郑振铎、沈从文等人，成为《文学季刊》及其副刊《水星》的编委。巴金与李健吾的兄长、同为无

---

① 常风：《留在我心中的记忆》，《逝水集》，辽宁教育出版社，1996年，第13、15页；常风：《回忆朱光潜先生》，见《逝水集》，辽宁教育出版社，1996年，第78、82、85、86—87页。
② 李健吾：《〈王文显剧作选〉后记》，《李健吾散文选集》，百花文艺出版社，2004年，第214、216页；《李健吾自传》，《山西师大学报》，1981年第4期；《〈李健吾散文集〉序》，《李健吾散文选集》，百花文艺出版社，2004年，第229页；徐士瑚：《李健吾的一生》，《新文学史料》，1983年第3期。

政府主义者的李卓吾相识,所以"一见如故",李健吾便也时常出入三座门大街十四号,从此同时为《文学季刊》和《大公报·文艺》供稿。

李健吾在《文学季刊》创刊号发表的《包法利夫人》一文也引起了不少人的注意,郑振铎、林徽因等人对这篇论文都很赏识,林因此写了一封长信,邀请他到"太太客厅"见面,从此成为好友,那封长信他也一直保存,直到抗战期间被日本宪兵队逮捕时才于骚乱中丢失。1935年,郑振铎应上海暨南大学之邀任文学院院长,也约请李健吾前去担任教授。教书期间,李健吾开始以"刘西渭"的笔名撰写批评文章,多发表在《大公报·文艺》,并由巴金主持的文化生活出版社整理出版,就是著名的《咀华集》第1集。①

二十世纪三十年代,是中国新文学发展的第二个十年,也是新文学开始逐渐取得合法性地位,从廓清道路转向创造的十年。在这一时期,北方文坛作家的作品,日益沉潜、厚重,这与当时许多在大学任教的新文学作家们积极整合教育与文化资源,广博吸收传统和外国文学的养料,沟通学院与社会,有意识地引导、培养青年作家的努力是分不开的。

---

① 李健吾:《忆西谛》,《李健吾散文选集》,百花文艺出版社,2004年,第250—253页;赵家璧:《和靳以在一起的日子》,《新文学史料》,1988年第2期;卞之琳:《星水微茫忆〈水星〉》,《读书》,1983年第10期。

第十章

新文化运动与商务印书馆

倘若从 1916 年 9 月《青年杂志》更名为《新青年》或从 1917 年蔡元培执掌北大开始算起,到新文化运动席卷全国,在和反对派的斗争中取得胜利,中小学教科书改用白话,直至新文学进入大学,成为学术研究的对象,其实只有短短的十余年的时间。新文化运动之所以能够在如此短暂的时间内取得这样的胜利,自然可以说是有其"历史的必然性",但从另一方面来说,新文化知识分子通过自身的名望和社会活动,利用社会对于"新"的崇拜,与现代出版传媒机构密切联系,与自身所处的社会环境形成良好的互动,也是新文化运动迅速取得胜利并被体制认可的重要因素。本章即以胡适与商务印书馆的关系为例,对于新文化运动与现代出版传媒机构的互动进行探讨。

第一节　商务印书馆的色彩

商务印书馆的色彩主要是由其后来的主持者张元济决定的。张元济是翰林出身,戊戌变法前后任总理各国事务衙门章京,同情变法改革,但并不赞同康有为等人的激进方式。曾和友人创办通艺学堂,教授英文和数学。1898 年因翰林院侍读学士徐致靖的保举和康有为同被光绪召见。变法失败后,受到牵连,革职永不叙用。经李鸿章介绍,到盛宣怀主持的南洋公学担任译书院院长,后接任该校总理。① 在此期间,张元济因译书的关系,和商务印书馆创办人夏瑞芳结识。其时商务印书馆印

---

① 张元济:《戊戌政变的回忆》,转引自中国人民政治协商会议浙江省海盐县委员会文史资料工作委员会编:《张元济轶事专辑》,1990 年,第 5—11 页。

刷译书为人所骗，意识到请通人创办自己的编译所的必要性，邀请张元济加盟。张元济先是推荐了刚从南洋公学辞职的蔡元培担任编译所所长，为其编纂教科书。蔡元培因《苏报》事避往青岛后，夏瑞芳再度相邀，张元济遂自任编译所长，从此一生与商务相连，在夏瑞芳去世后，更是成为该馆的实际主持者。①

在张元济的主持下，商务印书馆具有两方面的特征。一是有意识地趋新，关注国内外的新思潮，注意翻译介绍西方思想。这既和张元济本人的思想认识有关，也是出于该馆经营发展的考虑。在晚清中国社会整体以"新"为进步、以"旧"为落伍的大背景下，以"新"的姿态出现，显然有利于塑造良好的企业形象。其最初出版发行《东方杂志》，目的便是"与社会各界通气"。严复著译的重要作品《原富》、《社会通诠》、《天演论》等均在商务出版；自1911年张元济在日本访问梁启超之后，两人也来往日多，张约其为商务的《法政杂志》创刊撰文，并邀请他于台湾之行后来沪主持《时事报》。②

二是整体风格上的稳健平和。作为一家大型民间文化出版机构，商务印书馆自然不愿意和政治关系过于紧密。1919年4月，孙中山拟将《孙文学说》交付商务印书馆出版，并托卢信恭前往交涉，"提出两种印行办法，或商务出版，或由孙中山出资印"。对此高梦旦以为"恐有不便"，张元济也认为"不如婉却"，于是以"政府横暴，言论出版太不自由，敝处难与抗"为理由，将原稿退还。此事引起孙中山的极大不满，怒称"将登告白，遍告全国"，卢信恭并于9月19日前往责问，云"今安福部及大学校均印，何以商务不肯印"。③孙中山的告白后来虽然未登，却在1920年1月29日发表的《致海外国民党同志函》中怒批商务印书馆"号称宏大，而其在营业上有垄断性质"，"且为保皇党之余孽所

---

① 王绍曾：《记张元济先生在商务印书馆办的几件事》，《商务印书馆九十五年》，商务印书馆，1992年，第24页；高平叔：《蔡元培与张元济》，《商务印书馆九十五年》，商务印书馆，1992年，第566—567页。
② 张树年主编：《张元济年谱》，商务印书馆，1991年，第47、92—94页。
③ 张元济：《张元济日记》，商务印书馆，1981年，第567、651页。

把持。故其所出一切书籍，均带有保皇党气味，而又陈腐不堪读。不特此也，又且压抑新出版物，凡属吾党印刷之件及外界与新思想有关之著作，彼皆拒不代印。"①

张元济、高梦旦等拒印《孙文学说》，固然是因为"政府横暴"，但也是由于作为一家"宏大"的出版机构，不愿意和革命党发生关系，染上派别色彩，影响公司发展。对于新文化运动，作为革命家的孙中山此时已经敏锐地发现其潜能，亟思加以利用，而作为出版商人的张元济尚在观望之中。

同样，商务对于那些已经被社会舆论公认为"旧"的著作、杂志也予以拒绝。民国以后，"保皇"已成为"保守"、"落后"的象征，康有为也迅速由二十年前的"新人"变为"旧人"。1919年二三月，康有为两度给张元济去信，询问商务能否代售《不忍》杂志及其所著书，均遭拒绝。②

而对于当时的新兴势力，如美国派（包括美国人和留美归来的学人），张元济则或认识到其力量而积极延揽，或虽有不满，却仍与之敷衍。几乎与孙中山接洽出版《孙文学说》同时，美国驻华公使芮恩施亦托加克鲁来问商务可否译印其《美国政治纲要》一书，张元济本已拒绝，后思及"本馆与美贸易渐进，应与联络"，于是又让邝富灼"转圜，并告邝函问加君，芮意如何办法。如必欲我处译，恐译不好，如彼不能自译，我亦可办"。③

作为一位老维新党人，从思想认识上看来，张元济仍然认同的是晚清维新变革思想，对于顽固守旧派和新文化派知识分子均有所不满；从人际交往上来看，至少在1920年以前，无论是和商务官方还是张元济私人关系最深的"新人"也都是清末的老派维新人士，如严复、汪康年、梁启超等。商务的这一特征在杜亚泉主编的《东方杂志》体现尤为

---

① 孙中山：《致海外国民党同志函》，见张树年主编：《张元济年谱》，商务印书馆，1991年，第176页。
② 张元济：《张元济日记》，商务印书馆，1981年，第366、384页。
③ 张元济：《张元济日记》，商务印书馆，1981年，第563页。

明显，该刊也因此迅速成为新文化知识分子着意打击的对象。

第二节　商务印书馆的危机

《东方杂志》创刊于1904年，原是一种选报性质的刊物，开始只是"剪刀浆糊"的工作。1910年起依理化部长杜亚泉的建议，扩充篇幅，模仿当时日本最畅销的《太阳》杂志形式，进行改革，在当时属于比较趋新的刊物，影响力渐大，销量达到一万以上。① 但是新文化运动兴起之后，杜亚泉不能接受新文化派的主张，1918—1919年间更和新文化派发生了关于"东方文明"的争论，遭到陈独秀、罗家伦的批评。

这场争论主要起因于《东方杂志》第15卷4号、6号发表的三篇文章：《中西文明之评判》（译自日本《东亚之光》杂志）、《功利主义与学术》（钱智修）和《迷乱之现代人心》（伧父，即杜亚泉）。尤其是杜文认为西洋文明的传入，导致中国丧失国是，精神界破产，实用主义盛行。欲救济迷途，"当希望于己国固有之文明"。又谓"西洋之种种主义主张往往为吾固有文明之一局部扩大面精详之者也。吾固有文明之特长，即在于统整"，"西洋之断片的文明如满地撒钱"，当"以吾固有文明为线索，一以贯之"。② 不久，《新青年》第5卷3号（1918年9月）发表了陈独秀的《质问〈东方杂志〉记者——〈东方杂志〉与复辟问题》一文，对这三篇文章的观点进行批评，杜亚泉亦在《东方杂志》第15卷12号发表《答新青年杂志记者之质问》一文，予以回应，陈则在《新青年》第6卷2号上继续对其进行批驳（《再质问〈东方杂志〉记者》）。紧接着，罗家伦也在《新潮》第1卷4号发表《今日中国之杂志界》一文，严厉批评商务的几种杂志：罗将《东方杂志》作为"杂乱派"的代表，以为它不新不旧，"人人可看，等于一人不看；无所不包，等于一无所包"，虽有国内外大事记，但"都是断烂的朝报"；其所出的

---

① 章锡琛：《漫谈商务印书馆》，《商务印书馆九十年》，商务印书馆，1987年，第111—112页。
② 伧父：《迷乱之现代人心》，《东方杂志》，第15卷4号。

《教育杂志》、《妇女杂志》和一种学生杂志,则属于"市侩式",打空学理,说空话,毫无边际,没有统系。①

《东方杂志》销量也开始下滑。1918年11月5日张元济曾就"杂志销数退,拟变通售价"事,和高梦旦、王仙华商议,高、王二人都建议再看半年,决定到第二年4月再议办法。②12月24日,张元济再度和高梦旦、王仙华商议,"拟将东方杂志大减。一面抵制青年、进步及其他同等杂志,一面推广印籍以招徕广告"。次日见到北大学生所办的《新潮》杂志,高梦旦复提减价之事。③两天后,三人又商议商务各杂志"减折"销售事。④《新潮》杂志1918年底方才开始筹备,1919年1月正式出创刊号,而张元济1918年12月25便注意到,可见此时他已充分认识到新文化运动的力量和对商务的威胁。

面对新文化运动所显示出来的不可抗拒的潮流力量,张元济等人迅速调整方向,改革本馆刊物,着意结纳新文化派,并延揽新人,调整馆中员工的知识结构。1919年5月24日,张元济和高梦旦、陶惺存商定,由陶接办《东方杂志》,并登载征文。⑤《东方杂志》的换帅之举,固是为了对杂志本身的面貌做出改变,也是努力避免和新文化阵营的冲突,平息社会舆论对商务的不满。

《东方杂志》以外,商务的另一份文艺性刊物《小说月报》也遭遇了危机。《小说月报》创刊于1910年,主编先后为许指严、恽铁樵、王莼农,许、王二人都与鸳鸯蝴蝶派关系密切,《小说月报》一度成为该派大本营。早在1917年10月,张元济在给高梦旦的信中就曾表示"小说月报不适宜,应变通"。⑥自第11卷1号(1920年1月)开始,王莼农迫于馆方压力,做了"半改革",邀请当时在馆的沈雁冰在该刊开设"小说新潮"栏目,"专登翻译的西洋小说或剧本"。在第10号甚至还

---

① 罗家伦:《今日中国之杂志界》,《新潮》,第1卷5号。
② 张元济:《张元济日记》,商务印书馆,1981年,第475页。
③ 张元济:《张元济日记》,商务印书馆,1981年,第504页。
④ 张树年主编:《张元济年谱》,商务印书馆,1991年,第162页。
⑤ 张元济:《张元济日记》,商务印书馆,1981年,第586页。
⑥ 张元济:《张元济日记》,商务印书馆,1981年,第291页。

"冒了风险"登了一份"本社启事",称"自本号起,将'说丛'一栏删除,一律采用'小说新潮'栏之最新译著小说,以应文学之潮流,谋说部之改进。以后每号添列'社说'一栏,凡有以(一)研究小说之作法,(二)欧美小说界之近闻,(三)关于小说讨论之稿见惠者,毋任欢迎。"沈雁冰称这是打开了这个"十年之久的一个顽固派堡垒"的缺口。同时王莼农并邀请沈为他主编的另一刊物《妇女杂志》撰文,"也要谈谈妇女解放等问题"。①

这种试图在旧刊物中加入一点新元素的"半改革"并不能适应当时的潮流,不仅未争取到"新青年",反而得罪了鸳鸯蝴蝶派,自1920年下半年以来,销数步步下降,到第10号时,只印了两千册。王莼农也向馆方提出辞职。②

1920年10月,张元济和高梦旦相继来到北京,此行目的有三:一是为出版《四库全书》事;一是为"访贤";一是寻找机会结识新文化知识分子,试图与之消解矛盾。

第三节　被选择的胡适与胡适的选择

除了具体引进新人,调整馆中人员的知识结构以外,对于张元济和高梦旦来说,更重要的是在新文化派知识分子中寻找一位合适的领袖人物为其代言,既显示出"与时俱进"的姿态,缓和与新文化派人物的矛盾,也是要用其支撑门面,和中华书局争夺教科书的生意。他们首先看中的就是胡适。

在新文化运动前后,北大的新派教授们由于提倡新文化运动,在学术上也颇有建树,获得了比较高的声望,其中尤以胡适为最。这原因既有学术上的,亦有学术以外的。就学术而言,胡适因提倡文学革命而名震海内,又迅速开始"整理国故",虽然是"用科学的研究法去做国故

---

① 茅盾:《商务印书馆编译所和革新〈小说月报〉的前后》,《商务印书馆九十年》,商务印书馆,1987年,第183、184、188—189页。
② 同上,第189页。

学的研究",是"为真理而求真理",① 是"打鬼"、"捉妖",② 但"整理国故"毕竟可以使老辈人认同他不仅"新知深沉",而且"旧学邃密"。③ 在当时,"新式讲国学者"最易获得人们的尊重。

学术以外的因素也很重要。胡适思想激进,生活上却相对保守,和社会主流保持良好的兼容关系,老友钱玄同甚至认为他"对于千年积腐的旧社会,未免太同他周旋了"。④ 这与新文化运动的另一位皖籍主将陈独秀恰成鲜明对比,以至于北洋政府中皖系的老辈人把"所看不顺眼的什么'反贞操''仇孝''打倒孔家店'等等烂账,都算在陈独秀头上;而'新文化''新文学''新思想''新道德'等一切好的新的都封给了胡适"。⑤ 婚姻生活上也是如此,胡适娶了小脚太太,虽有婚外恋情,并不触犯传统社会的婚姻家庭伦理,张元济、高梦旦等人都对此深表赞许,以至于连胡适自己都觉得是"占便宜了"。⑥

胡适的留学背景对其社会声望也起到很重要的作用,尤其是 1919 年杜威来华讲学长达两年之久,在中国一度掀起了一股"杜威热"。杜威因胡适等人的介绍而影响中国知识界,也反过来助长了新文学的声势,胡适等杜门弟子亦因实验主义之流行而声名更著。

游学经历和对自由主义理念的信奉,也使得胡适与许多来华的美国人具有一种天然的亲和关系,与他们来往密切(如庄士敦、司徒雷登、孟禄等),并对之产生直接或间接的影响,这些对于商务印书馆来说,也是很重要的。

胡适最早进入张元济的视野,当在 1917 年。这一年在美国师从杜

---

① 胡适:《论国故学——答毛子水》,《胡适文集》,第 2 卷,北京大学出版社,1998 年,第 327—328 页。
② 胡适:《致彭学沛》,《胡适书信集》,北京大学出版社,1996 年,第 394 页。
③ 蔡元培:《我在北京大学的经历》,见萧夏林编:《为了忘却的纪念:北大校长蔡元培》,经济日报出版社,1998 年,第 48 页。
④ 钱玄同致胡适信,《胡适来往书信选》(上),中华书局,1979 年,第 25 页。
⑤ 唐德刚:《胡适杂忆(增订本)》,华东师范大学出版社,1999 年,第 4 页。
⑥ 胡适在 1921 年 8 月 30 日的日记中记载了他和高梦旦关于他婚事的谈话,高明确表示他之敬重胡适,这也是一个条件。见曹伯言整理:《胡适日记全编》,第 3 卷,安徽教育出版社,2001 年,第 451—453 页。

威的蒋梦麟回国，在商务印书馆担任编辑。10月29日，蒋和张元济谈及"学界需要高等书"，建议"一面提高营业，一面联络学界"。张元济深以为然，请他开单见示，以便酌定延请编译者。蒋梦麟便向推荐了与之"甚熟"的胡适。① 1918年2月2日，胡适给《东方杂志》寄去论文《惠施公孙龙的哲学》，这是胡适在商务的第一篇稿子，也是胡适第一次和商务发生关系。张元济也允以高酬，"千字六元，连空行在内"，和林纾相同。② 同年3月1日，胡适又寄去《庄子哲学浅释》一文。③ 6月下旬，张元济到北京，7月9日下午应邀到北大与该校教员座谈，北大一方参加者中即有胡适、陈独秀等人。座谈结束后又参加《北京大学丛书》编译茶话会，胡适亦到场。④ 7月下旬，张元济再度赴京，离京前曾专程到北大，给陈独秀、胡适等人留刺辞行。⑤

1919年三四月，由于守旧派试图借助北洋政府的力量，干预北京大学，传出胡适等被开除的谣言。张元济正有意在北京设第二编译所，"专办新事"，想趁机聘请胡适主持，"月薪三百元"。4月底，胡适赶往上海迎接杜威，曾于5月1日往访张元济询及此事，张表示"京师为人才渊薮，如有学识优美之士，有余闲从事撰述者，甚望其能投稿或编译"。⑥ 此时张元济于增设第二编译所之事并没有下定决心，尚无必欲得胡适不可之意。

1920年北洋政府通令学校一二年级国文改用语文体，胡适"行情看涨"。商务与新文化派交恶，形势日益严峻，聘请胡适的决心越来越大。3月8日，张元济旧事重提，和高梦旦商量设第二编译所事，欲

---

① 张元济：《张元济日记》，商务印书馆，1981年，第298页。在该日日记中，张元济特地记下"胡适，号适之，与梦麟甚熟"，可见此前对胡适并无了解。
② 张元济：《张元济日记》，商务印书馆，1981年，第353—354页；张树年主编：《张元济年谱》，商务印书馆，1991年，第149页。
③ 张元济：《张元济日记》，商务印书馆，1981年，第371页。
④ 张元济：《张元济日记》，商务印书馆，1981年，第417—419页；张树年主编：《张元济年谱》，商务印书馆，1991年，第154—155页。
⑤ 张元济：《张元济日记》，商务印书馆，1981年，第434页。
⑥ 张元济：《张元济日记》，商务印书馆，1981年，第564、576页。

"以重薪聘胡适之、请其在京主持、每年约费三万元。试办一年"。① 而从胡适日记看来，高梦旦于1920年至少来访三次。1921年高梦旦又到北京邀请胡适，并于离京前与之长谈，力劝其辞去北大教职，到商务印书馆去代替他的编辑主任（即编译所所长），做他们的"眼睛"。胡适充分认识到商务印书馆在现代文化传播中的重要作用，认为"得着一个商务印书馆，比得着什么学校更重要"。可这只是就事功而言，胡适将其看作"为人"的事业，而将做学问看作是"为己"之学，因而更愿意留在北大。② 5月15日，张元济又亲自致书胡适，谓"敝公司从事编译，学识浅陋，深恐贻误后生，素承不弃，极思借重长才。前月梦翁入都特托代恳惠临指导，俾免陨越。辱蒙俯允，暑假期内先行莅馆，闻讯之下，不胜欢悦。且深望暑假既满，仍能留此主持，俾同人等得长聆教益也"。此后商务屡屡来函来人，催促胡适南下，迫切之情尽显。③

最后折衷的办法是，商务印书馆请胡适于当年夏天到上海总馆玩三个月，再做打算。④ 实际在胡适的心中，已打定了不到商务任职的主意，之所以仍然答应"夏天到上海玩三个月"，一来是胡博士天性中不忍拂人之意的成分起了作用，二来也实在是因为商务印书馆太重要，胡适不甘心轻易放手。7月，胡适到上海，经过两天礼节性的考察之后，明确表示不能离开北大，但愿意替他们做一个改良的计划书。又为商务做《常识小丛书》计划，拟定25个题目。⑤

胡适没有到商务任职，但推荐了王云五。王云五是胡适在中国公学读书时的英文老师，对其帮助颇大。胡适后来在《四十自述》中说："我在中国公学两年，受姚康侯和王云五两先生的影响很大，他们都最注重文法上的分析，所以我那时虽不大能说英国话，却喜欢分析文法的

---

① 张元济：《张元济日记》，商务印书馆，1981年，第719页。
② 曹伯言整理：《胡适日记全编》，第3卷，安徽教育出版社，2001年，第73、125、130、226页。
③ 张树年主编：《张元济年谱》，商务印书馆，1991年，第205页。
④ 曹伯言整理：《胡适日记全编》，第3卷，安徽教育出版社，2001年，第226页。
⑤ 曹伯言整理：《胡适日记全编》，第3卷，安徽教育出版社，2001年，第378、394—395页。

结构，尤其喜欢拿中国文法来做比较。"①

1908 到 1909 年间，是胡适生活中的一个低潮期。先是中国公学闹风潮，胡适随之退学。退学的学生另创"新公学"，但经济上很难维持，在支持了一年多以后，终与"老公学"合并，胡适不肯回去，只"得了两三百元的欠薪，前途茫茫"。于此期间，胡适的家事也"败坏到不可收拾的地步"，于是"在那个忧愁烦闷的时候，又遇着一班浪漫的朋友，我就跟着他们堕落了"，② "凡诸前此所鄙夷不屑为之事，皆一一为之"，③ 在胡适 1910 年的日记中，有着大量关于看戏、饮酒、打牌的记录。在这一阶段，王云五与胡适过从颇密，多次往访，对其加以勉励，劝他"每日以课馀之暇多译小说，限日译千字，则每月可得五、六十元，且可以增进学识"。④ 王云五并推荐胡适到华童公学任国文教员，直至胡适因醉酒殴打租界巡捕后主动辞职为止。⑤ 随后胡适决定应考庚款留美官费生，王云五又"特意为他补习了三个月代数和解析几何"。⑥

胡适受商务印书馆之邀到上海时，曾于 7 月 23 日往访王云五，与之长谈了四个钟头，在当日的日记中，对他给予很高评价，称他"读书最多，最博"，"道德也极高，曾有一次他可得一百万元的巨款，并且可以无人知道，但他不要这种钱，他完全交给政府，只收了政府给他的百分之五的酬奖"，"此人的学问道德在今日可谓无双之选"。同时，王云五还称自己的好奇心"竟是没有底的，但其苦没有系统"，胡适建议他提一个中心问题来做专门的研究。王云五次日回访，即对胡的建议表示赞同，声称决定做一部中学用的大《西洋历史》，也得到胡适的认可。⑦ 王云五和胡适早年的交谊、他那些不无水分的自我表扬，再加上胡适急

---

① 胡适：《四十自述》，《胡适文集》，第 1 卷，北京大学出版社，1998 年，第 93—94 页。
② 胡适：《四十自述》，《胡适文集》，第 1 卷，北京大学出版社，1998 年，第 90—96 页。
③ 曹伯言整理：《胡适日记全编》，第 1 卷，安徽教育出版社，2001 年，第 3 页。
④ 曹伯言整理：《胡适日记全编》，第 1 卷，安徽教育出版社，2001 年，第 18 页。
⑤ 曹伯言整理：《胡适日记全编》，第 1 卷，安徽教育出版社，2001 年，第 28—29 页。胡适：《四十自述》，《胡适文集》，第 1 卷，北京大学出版社，1998 年，第 98—101 页。
⑥ 杨亮功：《胡适与中国公学》，见罗尔纲：《师门五年记·胡适琐记》，生活·读书·新知三联书店，1995 年，第 114 页。
⑦ 曹伯言整理：《胡适日记全编》，第 3 卷，安徽教育出版社，2001 年，第 395、396 页。

于脱身，这些因素共同促成了胡适荐其自代。①

当时王云五在学术上毫无名气，自称读书多，却无实在的学术成果。对于胡适的推荐，商务方面很表诧异，不过有意思的是，时任商务经理的王仙华亦"不约而差不多同时"也推荐王云五任总务处机要科长，这对张元济、高梦旦等人也是一个刺激。②高梦旦等人出于对胡适的信任和对胡适与王仙华"不约而差不多同时"推荐的诧异，决定聘请王云五。王云五进馆不久，高梦旦即将编译所所长之职辞去，请王担任，自任出版部部长。王云五从1921年进馆，1930年开始担任总经理，到1946年离任，前后在这家全国最大的出版文化机构任职长达25年之久，在很大程度上影响着中国的文化出版界。

胡适和商务的关系也日益加深。他自己的不少著作都交由商务出版，如《中国哲学史大纲》上卷、《戴东原的哲学》、《诗选》、《章实斋先生年谱》、《胡适留学日记》等。胡适也推荐了不少朋友的作品在商务出版，如刘文典的《淮南鸿烈集解》，即经胡适推荐，列入商务的大学丛书。③此外如高一涵的《政治思想史》、蔡和森翻译的《社会主义之思潮与运动》等书，皆得胡适之力在商务出版。④

胡适自己主办或参与创办的杂志和书店与商务印书馆也多有联系。1923年，胡适与一些朋友创办的《努力》改为月刊，商务印书馆和亚东图书馆争夺该刊的出版发行权，最后经过折衷处理，《努力》由商务承办，但努力社得以保留四页广告，以其中两页赠予亚东，并认亚东为分发行所，得代订《努力》，胡适的文章保留版权，可以在他处汇出单本

---

① 王云五的可得一百万元巨款而不贪，这一说法与事实颇有出入。关于此事原委可参见郭太风：《王云五评传》，上海书店出版社，1999年，第56—61页。
② 曹伯言整理：《胡适日记全编》，第3卷，安徽教育出版社，2001年，第461页。王仙华是1910年前后王云五在中国公学的同事，即便王云五真正才力过人，胡适、王仙华均欲推荐，也不大可能"不约而差不多同时"，更大的可能是王云五选准机会"差不多同时"拜访过胡适与王仙华，引起他们的注意，甚至直接要求引荐。
③ 曹伯言整理：《胡适日记全编》，第3卷，安徽教育出版社，2001年，第476—478页；张元济：《张元济日记》，商务印书馆，1981年，第801页。"在胡适之处、见其友刘君集成淮南子集注佚文稿本，将各家注本汇辑成编，甚便读者。适之云，将列入大学丛书。"
④ 石原皋：《闲话胡适》，安徽人民出版社，1985年，第148页。

集子。① 1933年，胡适担任董事长的新月书店难以为继，也是胡适"出面与商务印书馆王云五先生商洽，由商务出一笔钱（大约是七八千元）给新月书店，有这一笔款弥补亏空新月才关得上门，新月所出的书籍一律转移到商务继续出版，所有存书一律送给商务，新月宣布解散"。②

胡适虽在馆外，对于商务的发展也有不少直接的贡献。如前面所提及的为商务作一"改良的计划书"。1921年10月，张元济到北京，胡适便将他所做的商务改革报告书送来，张元济"以为提议都很切实可行，无大难行者"。③胡适对于商务大型丛书的策划也多有意见贡献。1920年商务动议编纂"二十世纪丛书"（后改名为"世界丛书"），便征询了蔡元培、胡适、蒋梦麟等人的意见。前文提到的胡适为商务"常识小丛书"拟定了25个题目，张元济在胡适的计划上做了6条批注，成为后来《万有文库》的初议。④此外，胡适还是商务印书馆"大学丛书"编委会的成员，并和蔡元培、陈光甫等人一起作为东方图书馆复兴委员会的委员。胡适并代商务组织编校教科书，著名的如商务印书馆出版的两种历史教科书（"初中新时代本国史"和"现代初中教科书本国史"），两书皆是胡适校，后者为胡适的学生顾颉刚所撰。⑤

不过作为一家大型民间文化出版机构，商务和新文化知识分子、新文化运动固然有着相对密切的联系——这里除了张元济、高梦旦等商务元老和蔡元培、胡适、郑振铎等新文化运动重要人物的私人情谊（郑振铎后来成为高梦旦的女婿）以外，更重要的还是出于经营上的考虑，是为了能够跟上时代潮流，保持在文化界领先的地位，在本质上色彩并不鲜明。商务改组《小说月报》，使其变为新文学的重要阵地，又迅速地另办了一份杂志《小说世界》，专登旧派文人文章，既安抚了"礼拜六

---

① 曹伯言整理：《胡适日记全编》，第4卷，安徽教育出版社，2001年，第76—77页。
② 梁实秋：《忆〈新月〉》，《梁实秋文学回忆录》，岳麓书社，1989年，第116页。
③ 张树年主编：《张元济年谱》，商务印书馆，1991年，第213页。
④ 胡适所拟题目为"二十五"，《张元济年谱》误作"二十九"；张树年主编：《张元济年谱》，商务印书馆，1991年，第207页；汪原放：《回忆亚东图书馆》，学林出版社，1983年，第99—101页；曹伯言整理：《胡适日记全编》，第3卷，安徽教育出版社，2001年，第394—395页。
⑤ 曹伯言整理：《胡适日记全编》，第5卷，安徽教育出版社，2001年，第380页。

派",又可将之前王莼农所购的"礼拜六派"作品和林纾译文在上面刊登,"化无用为有用"。① 具体操作者虽为时任编译所长的王云五,但是这种新旧杂糅的做法其实也正符合张元济等人一贯的宗旨。而张元济和高梦旦在引进新人的同时,也约请林纾编"林氏选评名家文集"。② 驳杂,或者借用蔡元培办学的"兼容并包",才是商务的本色。胡适曾称商务承办《努力周刊》是"以几百万资本的公司,而担此三个铜子的小生意",③ 这在很大程度上,也可以看作是商务和新文化运动的关系,只不过其目的并非仅仅是友情赞助那么单纯而已。

---

① 茅盾:《我走过的道路》,见胡平等主编:《生命流程(一)》,九州图书出版社,1997年,第152—153页。
② 张树年主编:《张元济年谱》,商务印书馆,1991年,第218页。
③ 胡适:《胡适致高一涵(稿)》,《胡适来往书信选》(上),中华书局,1979年,第259页。

附 录

胡适进宫与溥仪的形象

1922年，胡适进宫谒见溥仪。这次会面，所以引起人们的关注，在于会见双方的身份既非常特殊，又极具差异性——一个是新文化的代表，一个是旧王朝的符号。关于这次会面的解读可谓多矣。在当时的舆论氛围中，趋新已成为主流，时人——尤其是倾向革命的青年知识分子，多将胡适进宫视作保守、落伍之举，认为是他脑中尚有皇权崇拜思想的体现，甚至有倾向复辟之嫌。两年后冯玉祥发动政变，将溥仪驱逐出宫，胡适同情清室，明确表示反对，更遭舆论非难。此后随着舆论氛围的日益激切，溥仪又沦为日本人侵略中国的工具，谒见溥仪就更被人们视作胡适人生经历的一个污点。1949年后的中国大陆，胡适几乎成了绝对的反面人物，人们对于胡适的阐释限于既定的政治意识形态框架，就更为简单粗暴。① 在这种语境中，胡适谒见溥仪事件，显然很难

---

① 1949年以后胡适在大陆被视为绝对反面人物，谢泳的《辞典中的胡适》一文，以《新名词辞典》这部带有权威性的工具书三个修订版本中胡适辞条的变迁为例，看出1950年代以后官方对于作为反面人物的胡适评价、定位的日趋极端、激烈——从"伪自由主义的无耻文人"逐渐添加"头等战犯"、"洋奴典型"、"美国走狗"、"蒋匪奴才"等标签。（参见谢泳：《杂书过眼录》，中国工人出版社，2004年，第188—190页。）1950年代三联书店出版的《胡适思想批判》第一辑中带有总纲性的文章是郭沫若对光明日报记者的谈话，在谈话中他沿袭了在政治上关于胡适为"战犯"的官方说法，进而批判其"资产阶级唯心论学术观点"。在另一篇发言中，他则说胡适"受着美帝国主义的扶植，成为了买办资产阶级第一号的代言人"，"他和蒋介石两人一文一武，难兄难弟"。（郭沫若的两次讲话分别发表于想《光明日报》和《人民日报》，参见郭沫若：《中国科学院郭沫若院长关于文化学术界应开展反对资产阶级错误思想的斗争对光明日报记者的谈话》，《三点建议——一九五四年十二月八日在中国文学艺术界联合会主席团、中国作家协会主席团扩大联席会议上的发言》，引自《胡适思想批判》，第1辑，生活·读书·新知三联书店，1955年，第3—19页。）

得到真正客观的阐释。近三十年来，胡适及其终身奉行的自由主义价值逐渐为学界认识，胡适本身也得到了相对公正的评价。在这种氛围中，也有不少学者矫枉过正，过分美化胡适，在论及与胡适相关的史实时，以胡适的记录为客观，以胡适的标准为标准，又产生了新的偏至。① 这两种倾向的解读，前者对胡适的进宫缺乏理解之同情，不免于苛；后者对研究对象缺乏必要的距离，常流于谄。且二者往往都是先有了观点和立场，再去搜集证据，从当事人的叙述中选取只言片语式的史料片断作为印证，因而对于当时的历史语境缺乏整体的理解，对胡适及时人的叙述缺乏必要的辨析，对于胡适及其谒见溥仪事件也就缺乏所谓的"了解之同情"。

所以我们有必要在对各方当事人的叙述进行辨析的基础上，尽量还原胡适谒见溥仪的历史场景，考察这次会面对胡适和溥仪公众形象的影响，以及在对待既定政治秩序方面，胡适与倾向革命的知识分子之间态度上的差异。

一、庄士敦的作用

关于进宫见溥仪事件，胡适本人的记录中尽量轻描淡写，说这只是"一个人去见另一个人"，是十七岁的少年溥仪，"在他的寂寞之中，想寻一个比较也可算得是少年的人来谈谈"。② 而从溥仪一方来看，这次会面却是典型的顽童式的一时兴起。据溥仪回忆，他给胡适打电话，有很偶然的成分。宫中初装电话，他难免少年人的兴奋之情，照着电话本恶作剧式地胡乱打了几个"无头电话"给京剧名伶杨小楼、杂技演员徐狗子等人之后，"忽然想起庄士敦刚提到的胡适博士，想听听这位'匹

---

① 譬如邵建的《民国史上一件"最不名誉"的事》一文，即是完全站在胡适的立场叙述围绕"溥仪出宫"事件胡适与周作人、李宗侗等人的讨论，文章标题亦是胡适原话。而对于当时的历史语境和与胡适相异的观点则缺乏深入分析，包括胡适后来自己态度的转变（二十世纪三十年代胡适对"溥仪出宫"事件中自己的态度表示过后悔），也不曾论及。
② 曹伯言整理：《胡适日记全编》，第3卷，安徽教育出版社，2001年，第736页。

克尼克来江边'的作者用什么调儿说话",于是给胡适打了电话,并顺口约他来宫中见面,过后并没有太放在心上,也没有跟守卫的护军打招呼,以至于后来胡适入宫时被拦在神武门前很久,不许进入。① 而这次看似带有偶然性质的会面,实际上与溥仪的英国师傅庄士敦长期引导甚至是运作,有着极大的关系。

作为一名英国人,庄士敦对于溥仪的培养目标,与清廷中国师傅及王公大臣们的预期并不相同。于大部分中国师傅和王公大臣们而言,溥仪最好是乖乖地呆在宫中,接受和他的历代祖先们一样的传统教育。这一方面是怕溥仪的言行引起物议,招惹是非;另一面也是怕他接触外界之后,遭受非正统思想的"毒害"。庄士敦则希望将溥仪培养成具有现代文化(主要是西方文化尤其是英国文化)素养的绅士型君主,甚至希望他能到国外留学,因而鼓励溥仪和外界有一定的接触,希望他对外界正在发生的新文化运动和年轻人的思想有一定的了解,所以向他介绍了胡适等人的文章及相关的新文化期刊。②

如果要从众多新文化人士中挑选出一个介绍给溥仪,胡适是当然的最佳人选。名气和影响力都足够大,这还只是原因之一。胡适留学美国的教育背景,使得他本能地与英美人士产生亲近。他和庄士敦经常在北京的一些聚会上见面,学问上也有交流。更重要的,胡适性情相对平和,对逊清王室有一定的同情,与一些遗老也有学术交往。

据庄士敦的回忆,他和北京的新文化运动领导人有私人交往,曾共同参加一个国际性社团文艺会,并与胡适先后担任这一学会的主席。③ 据胡适日记,他在1921年至1922年间,和庄士敦多次见面,既有私人间的访问,也有共同参加的饭局、聚会等。在思想和学术方面,胡适对庄士敦都有很好的印象,说他是一个很有学问的人,尤其是他反对传教

---

① 溥仪:《我的前半生》,东方出版社,1999年,第143—144页。
② 庄士敦:《紫禁城的黄昏》,求实出版社,1989年,第216页。
③ 庄士敦:《紫禁城的黄昏》,求实出版社,1989年,第216页。

士，更是深得胡适之心。①

　　胡适得到溥仪的邀请，自然离不开庄士敦平日的铺垫之功。正是庄士敦之前对胡适等人思想、文学的介绍，溥仪才会在装了电话后心血来潮地"想听听这位'匹克尼克来江边'的作者用什么调儿说话"。而在溥仪的英国师傅庄士敦的回忆中，胡适被护军挡在宫外，则被说成是为了防止胡适进宫引起反对，所以才故意没有跟内务府事先打招呼，这显然有为尊者讳的成分，因为即便是有保密的需求，在胡适即将到来之前，也可以派人前去告知，而胡适显然被挡了很久，直到护军前来请命，才知道确有其事。② 另如菲茨杰拉尔德的《为什么去中国》一书，将召见胡适说成是溥仪和庄士敦认真商议后精心准备的结果，也未免有些夸大。③ 溥仪与胡适初见后，长期不再联系，即可看出溥仪自述的一时兴起之说更为可信。而胡适日记中也说，庄士敦曾告诉他："这一次他（引注：溥仪）要见我，完全不同人商量，庄士敦也不知道，也可见他自行其意了。"④

二、礼仪与印象

　　胡适对于觐见溥仪是很谨慎的。虽然他也自称少年，但当时已三十多岁，又历来是行事沉稳细密的谦谦君子，远非十七岁的顽童溥仪可比。他并没有立刻答应溥仪第二天便进宫见面的要求，而是将约会改到两周以后，以便有足够的时间准备。胡适日记中说推迟会面时间的原因是"明天不得闲"。⑤ 但他显然也需要一定的时间来确定这个电话的真实性，了解宫廷和溥仪的情况，并考虑自己该以何种姿态得体地出现在

---

① 曹伯言整理：《胡适日记全编》，第 3 卷，安徽教育出版社，2001 年，第 253、301、473、606、633、657 页。
② 庄士敦：《紫禁城的黄昏》，求实出版社，1989 年，第 216—217 页。
③ 菲茨杰拉尔德：《为什么去中国：1923—1950 年在中国的回忆》，山东画报出版社，2004 年，第 74—75 页。
④ 曹伯言整理：《胡适日记全编》，第 3 卷，安徽教育出版社，2001 年，第 674 页。
⑤ 曹伯言整理：《胡适日记全编》，第 3 卷，安徽教育出版社，2001 年，第 674 页。

溥仪这位末代君主面前。

在觐见溥仪的礼仪中，胡适最关心的显然是需不需要跪拜。作为新知识分子的胡适，他当然不愿意向逊清的皇帝行跪拜之礼——当时的舆论氛围也不允许他这样做，但是他对逊清皇室也有着足够的同情和尊重，觉得有必要予以确认，所以才会在会见一周前找到庄士敦打听宫中情况，包括溥仪的脾气、为人及会面的礼仪等。

关于"跪拜"，事后上海的《民国日报》有一篇带有嘲讽色彩的评论，标题便是"胡适之请免跪拜"：

> 溥仪请胡适之去谈谈，自然去谈谈罢了。不想这位胡先生竟要求免除跪拜。这种要求，如果由张勋徐世昌等提出，原极平常；今提出于胡先生，太觉突兀了。目中有清帝，应该跪拜；目中无清帝，何必要求；只有出入于为臣为友之间的，才顾念得到必须跪拜，顾念得到要求免跪拜。
>
> 溥仪允胡适之要求时，称他做新学界泰斗，大有许其履剑上殿之概，然而这是溥仪底大度，不是胡适之底尊荣。①

《民国日报》是国民党人所办，对逊清皇室素无好感，自然不满意胡适去见溥仪。胡适在辩解性的《宣统与胡适》一文中，将"胡适请求免跪拜"和"胡适为帝者师"的传言一律斥为"捏造"的谣言。但是参照溥仪和庄士敦的记载，则可以看出胡适当时的确有关于"跪拜"的担忧，而且也正是在得知溥仪并不要求跪拜后才觉心安，同意进宫。例如溥仪的回忆说："他连忙向庄士敦打听了进宫的规矩，明白了我并不叫他磕头，我这皇帝脾气还好，他就来了。"② 充当溥仪和胡适中间人的庄士敦的记载也基本相同："事先，他前来和我讨论了宫廷的礼仪，并且宽慰地得悉，皇帝绝对不会要求他下跪。"③ 可见，《民国日报》的评

---

① 湘君：《胡适之请免跪拜》，1922年7月7日《民国日报》。
② 溥仪：《我的前半生》，东方出版社，1999年，第144页。
③ 庄士敦：《紫禁城的黄昏》，求实出版社，1989年，第216页。

论虽因立场不同，语气刻薄，但"胡适之请免跪拜"并非空穴来风，即便他没有主动提出"请免跪拜"，至少心中怀有这方面的担忧，并将此担忧透露给了庄士敦。

其次是称呼问题。据胡适自己的记录，是"他称我'先生'，我称他'皇上'"。① 这一点也多为时人所笑。在民国的坚定拥护者看来，民国之内，本不应有"皇上"存在，胡适称溥仪为"皇上"殊不得体，甚至有倾向复辟嫌疑，所以大加讥讽。而在胡适看来，却并非如此，被他视为"平允"的《京津时报》的评论便指出，根据"清室优待条件"，清室保存帝号，民国待之以外国君主之礼，则胡适见溥仪如见外国皇帝，称之为"皇上"并无不妥。② 胡适和国民党人的根本区别在于，胡适对于既存的约法条文，常持一种尊重的态度，并以这些约法条文为基础，努力在既定的社会框架之下实现自己的社会改革理想，因而对于已经退位的逊清王室葆有一份同情和敬意。而大部分国民党人从革命伦理出发，视优待条件为辛亥革命不彻底的表现，以保留皇帝为民国之耻，以逊清王室为民国之敌和民国完全实现的障碍，因而对其多有恶感。胡适后来急急否定"请免跪拜"之说，其实是当时舆论氛围影响的结果，而他的本心是并不以为不妥的。在国民党人看来，一旦虑及"跪拜"，则说明心中有"皇帝"和皇权思想的存在。而在胡适那里，他虽非溥仪的臣民，但若依据优待条件，则觐见外国君主，适当考虑一下对方的礼仪习惯，恰恰是不失礼的表现。

胡适觐见溥仪时，曾经考虑过施行除镜礼：由胡适先除眼镜表示敬意，溥仪必然也除眼镜回礼，而由于溥仪高度近视，不能脱离眼镜，则胡适随后就可以和溥仪同时再戴上眼镜。但因为除镜之礼久不行于社交界，胡适临时忘记，所以并未实行。③ 除镜之礼，在清代一度流行。陶希圣在晚年的回忆中，谈起清末的中学里有戴眼镜的"生员习气"，"平

---

① 曹伯言整理：《胡适日记全编》，第3卷，安徽教育出版社，2001年，第736页。
② 徐一士：《凌霄一士随笔》（一），山西古籍出版社，1997年，第324页；《民国元年宣布优待条件诏书》，《东方杂志》，第21卷23号。
③ 徐一士：《凌霄一士随笔》（一），山西古籍出版社，1997年，第324页。

辈的人见面为礼，要把眼镜摘下，晚辈见长辈，是不敢戴眼镜的"。①谢兴尧的《堪隐斋随笔》中有一篇《漫谈眼镜》，说到清代中叶以后官员以戴眼镜为时髦，咸同以后，甚至"凡地方官审案时，必戴玻璃镜以助威严"，"同时凡见上司及尊长，必先将眼镜取下，以示恭谨，谓之'摘镜'"。②马叙伦《石屋续沈》一书，曾谈及清时除镜之礼，"（见长官时）属官不得戴眼镜，否则为不敬，故见面必摘去焉。以是患近视者，有不悉长官之容貌者"。他本人亲历的一次不愉快的除镜礼经验，就是在胡适见溥仪的1922年。那时马叙伦初任教育次长，随好友、教育总长汤尔和一同谒见总统黎元洪，汤尔和尚未入室即迅速摘下眼镜，并"急嘱"他也如此操作，马叙伦深以为苦，因此对汤尔和颇有微词，说"余不觉深诧尔和甫做官而染习已若此"。马叙伦将此事记在"官场陋习"条目之下，可见他对这种带有强化等级关系的礼仪是很不以为然的。③胡适后来虽然没有施行除镜礼，但主观上并不以为忤，这一方面可见他为人的随和，另一方面也可见出他对既定政治秩序和溥仪的尊重。

不论前期设计如何，最后胡适和溥仪会面的礼仪实际上是比较简单和"现代"的：胡适进门后，溥仪起立，胡适向溥仪鞠躬，溥仪请胡适坐下，二人互称对方为"皇上"和"先生"。④

胡适觐见后对溥仪的印象基本可说是对庄士敦事先塑造的溥仪形象的翻版。胡适会见溥仪前，专门去询问庄士敦的意见，庄士敦大赞溥仪的英明，塑造了一个具有现代思想和独立精神的年轻君王形象：

> 我因为宣统要见我，故今天去看他的先生庄士敦（Johnston），问他宫中情形。他说宣统近来颇能独立，自行其意，不受一班老太婆的牵制。前次他把辫子剪去，即是一例。上星期他的先生陈宝琛

---

① 陶希圣：《潮流与点滴》，中国大百科全书出版社，2009年，第15页。
② 谢兴尧：《堪隐斋随笔》，辽宁教育出版社，1995年，第337页。
③ 马叙伦：《石屋余沈·石屋续沈》，山西古籍出版社，1995年，第201页。
④ 曹伯言整理：《胡适日记全编》，第3卷，安徽教育出版社，2001年，第680页。

病重,他要去看他,宫中人劝阻,他不听,竟雇汽车出去看他一次,这也是一例。前次庄士敦说起宣统曾读我的《尝试集》,故我送庄士敦一部《文存》时,也送了宣统一部。这一次他要见我,完全不同人商量,庄士敦也不知道,也可见他自行其意了。①

事后胡适所记与溥仪会面时的见闻对谈,几乎无一不与庄士敦所说契合。譬如溥仪留心阅读报刊,尤其是阅读新诗和白话小说,几上摆有胡适学生康白情的《草儿》诗集,胡适作序的亚东版《西游记》,谈话时问及康白情俞平伯和《诗》杂志,说自己最近在试作新诗,并打算出洋——这些都可见他思想的新潮开放。又如溥仪的独立。他说自己想独立生活,清理皇室财产,可惜为老辈人阻挠。最令人感动的,是溥仪在言谈中对清室错误的反思,对于花费民国钱财的不安,这些显然都给胡适留下极好的印象。② 胡适也颇动了感情,在会见一周后作长诗纪念,后来删成一首短诗《有感》③:

  咬不开,捶不碎的核儿,
  关不住核儿里的一点生意;
  百尺的宫墙,千年的礼教,
  锁不住一个少年的心!

两人的会面过程应该说是相当愉快的,至少从胡适这一面看来是如此。而溥仪的书籍阅读和谈话内容,几乎处处合乎胡适心意,俩人如此契合,反倒使我们不禁推测,溥仪召见胡适时的室内布置,以及他说什么不说什么,极有可能是经过庄士敦策划的。胡适在会面一周后给庄士敦写了一封信,表达了他的感动,信中谈及"皇上"的"友好和谦逊有礼",谈及他们关于新诗和青年作家及文学的其他话题,谈及溥仪生活

---

① 曹伯言整理:《胡适日记全编》,第3卷,安徽教育出版社,2001年,第673—674页。
② 曹伯言整理:《胡适日记全编》,第3卷,安徽教育出版社,2001年,第680页。
③ 曹伯言整理:《胡适日记全编》,第3卷,安徽教育出版社,2001年,第689页。

中新思想的印迹,也谈及他面对这"历史上无数伟大君主的最后一位代表"的荣耀。①

三、溥仪公众形象的建构与影响

胡适见溥仪,引起不少"新人"的攻击,他带有辩解性质的《宣统与胡适》一文,在辩白自己的同时,也向大众展示了一个正面的思想独立开通的溥仪形象。不少新文化运动人士——这些人多是胡适的老友——虽然对胡适进宫不以为然,却也接受了胡适建构的这一形象,对溥仪怀有一种有人情味的同情,以至于在反对清室时,努力将溥仪排除在外,不将他视为清室代表,而看作一个值得同情的有为少年。

如前文所说,胡适对溥仪的印象、看法基本不出庄士敦所述范围,他后来所建构的溥仪形象,也几乎全受庄士敦影响。他首先对于会面过程中那些可能影响双方形象的细节有选择地予以忽略或改写。最突出的一点,自然是关于"跪拜"问题的担忧,胡适在日记中便没有记录,我们只有在溥仪和庄士敦的回忆中才能看到。其次,胡适进宫时在神武门前被挡驾,在日记中也被忽略。这一尴尬事件的原因,溥仪说是他忘记要见胡适,因而没有跟护军打招呼,庄士敦则说是为了保密的需要。胡适自己在给庄士敦的信中也带有一些遗憾地说,"大门口的耽搁使我浪费了本来可以在宫里多停留一些的时间"。② 这两个细节,都可能使胡适与溥仪会面的体面性和完美程度有所折扣,更会予反对者以嘲弄的口实,所以胡适干脆都不予记录。

另外还有一些细节,胡适公开发表的《宣统与胡适》一文(以下简称《宣》文)与他本人日记的记录略有差别,这些细节上的修正,则纯粹是为了维护溥仪的形象。譬如日记中说到自己进门后的观察:"室中略有古玩陈设,靠窗摆着许多书,炕几上摆着今天的报十余种,大部分

---

① 庄士敦:《紫禁城的黄昏》,求实出版社,1989年,第217页。
② 庄士敦:《紫禁城的黄昏》,求实出版社,1989年,第217页。

都是不好的报，中有《晨报》，英文《快报》。几上又摆着白情的《草儿》，亚东的《西游记》"，公开发表的《宣》文删去了"大部分都是不好的报"这一句负面评价，这让人只感到溥仪勤于读书，关心时事，而不觉其趣味不佳。另一处是胡适在会面时主动提及溥仪亲自出宫看陈宝琛病的事，这一点在胡适当日日记中并未特意记录，这自然是因为在之前胡适向庄士敦咨询宫中情况那天的日记中已经记录探病之事。而《宣》文的对象则是不了解背景的大众，胡适显然觉得有必要加上这一被他和庄士敦共同认为是溥仪自立（也很有人情味）表现的事件。还有一处修正，更可见胡适的细心。在日记中，胡适记了溥仪说自己想谋独立生活，曾要办皇室财产清理处，遭到许多依附于溥仪和皇室的"老辈人"反对的话。而在《宣》文中，胡适将有直接指向性和刺激性的"老辈人"改为指向比较模糊的"许多人"，这样既传达出溥仪试图独立的意向，又不至于引起那些"老辈人"对溥仪的不满。①

1924年，冯玉祥率国民军进京，发动政变，成立临时政府，修订"优待条件"，取消帝号，强令"溥仪出宫"，搬出紫禁城。胡适撰写公开信明确表达了自己的不满和反对，老友周作人给他写信，说他的观点受到了外国人"谬论"的影响，胡适回信辩解，理由是他的公开信在外国人发表相关言论之前，所以不曾为外国人"谬论所惑"。②

周、胡二人是老朋友，且都是性情相对平和的人，并未就这一问题深入辩论。实际上我们从上文已可看出，胡适对溥仪的观点不仅完全受了庄士敦的影响，甚至从某种角度可以说，胡适见溥仪以及由此产生的对溥仪的看法本身即是庄士敦代表溥仪对胡适"统战"的结果，而且庄士敦塑造的溥仪形象经过胡适的宣传加工，也影响到了周作人、钱玄同等坚决反对清室的人。

"溥仪出宫"事件发生后，周作人、钱玄同等人在《语丝》展开讨论，其议题之一即是溥仪未来的人生道路问题。从讨论中可以看出，他

---

① 曹伯言整理：《胡适日记全编》，第3卷，安徽教育出版社，2001年，第680、736页。
② 胡适、周作人等：《胡适来往书信选》（上），中华书局，1979年，第270—272页。

们对于溥仪个人非但没有恶感，反而存有同情和一定的欣赏。钱玄同和周作人为溥仪设计的道路，都是希望他能够从此摆脱宫禁，像其他现代青年一样受到良好的现代教育，学习现代人必备的知识技能。钱玄同认为溥仪自幼生长于深宫之中，在现代知识技能方面都低于同龄人，所以希望他补习初中程度的科学常识，然后考高中，甚至出国留学。[①] 周作人则在钱玄同的基础之上，更考虑到溥仪身份、经历的特殊性，建议他将来到欧洲研究希腊文学，因为他做过皇帝，会比一般人更容易理解这种贵族式的精美的文明，周作人甚至期待他学成归国之后可以到北大担任希腊文明的讲座。[②] 周作人和钱玄同都没有见过溥仪，他们之所以对溥仪的未来人生道路设计抱有如此热情，自作多情地提出这些带有一厢情愿色彩的建议，正是因为他们接受了胡适塑造的带有现代意识的溥仪形象，先入为主地以此作为谈论的前提。钱玄同文章的结尾处说，"我听人说，您在那个不幸的环境里，居然爱看《新青年》、《晨报副镌》、康白情底《草儿》和俞平伯底《冬夜》之类，我觉得您还是一位有希望的青年"。[③] 这里的"听人说"，自然是听胡适说。周作人的文章则开头便说，"听我的朋友胡适之君说，知道你是一位爱好文学的青年，并且在两年前'就说要取消帝号，不受优待费，'思想也是颇开通的"。[④] 不得不说，经过胡适的"说项"，溥仪已经博得了相当一部分新文化精英知识分子的同情和好感。

胡适见溥仪，无论在当时还是事后，都引起很多关注。从这一事件中，我们可以看出，胡适虽然是新派知识分子，坚持改良社会，但是他倾向于在部分认可既定秩序之下进行改变，所以对于辛亥革命遗产的"优待条件"是认可的，对于溥仪和逊清皇室也有一定的尊重和同情。而力主革命的国民党和同情革命的知识分子则从革命伦理出发，视"优待条件"和逊清皇室为革命不彻底的表现，"进宫谒见溥仪"在他们眼

---

① 钱玄同：《恭贺爱新觉罗溥仪君迁升之喜并祝进步》，《语丝》，第1期。
② 周作人：《致溥仪君书》，《语丝》，第4期。
③ 钱玄同：《恭贺爱新觉罗溥仪君迁升之喜并祝进步》，《语丝》，第1期。
④ 周作人：《致溥仪君书》，《语丝》，第4期。

中自然成为落伍、反动之举。而以胡适的在知识界和舆论界的巨大影响力，他对于溥仪的极力揄扬，也塑造了一个正面的末代皇帝形象，并引起部分新派知识分子的同情。

溥仪出宫与北京知识界：以胡适为中心

1924年，冯玉祥借发动政变之机，修改清室优待条件，将逊清废帝溥仪驱逐出宫，这一举措引起各方反响。大体来说，逊清遗老、王公大臣和部分北洋军阀自然是反对的，新派知识分子和西南民党多表示赞成，① 更有激进分子甚至认为修改后的"优待条件"仍然太过宽厚，作为复辟罪魁的溥仪，应该直接处死。在当时的诸种声音中，胡适的反应可算是异类——他被舆论认为是新派知识分子的代表，却激烈反对驱逐溥仪之举，称之为"民国史上的一件最不名誉的事"。② 不同的声音自然与各人所处的位置和立场有关，也牵涉到各人对于"革命"的态度和"民国"构成因素的不同看法。研究胡适与各方观点的异同及交锋，以及胡适自身思想的前后变化，有助于加深我们对于溥仪出宫事件和胡适的思想、性格的理解。

一、胡适的火气

"溥仪出宫"事件，是指冯玉祥部下将溥仪驱逐出紫禁城，同时修改清室优待条件。"优待条件"本是作为清室和平退位、赞成共和的交换条件，最初颁布于民国元年，其中涉及逊帝和清室部分主要包括：1. 大清皇帝辞位之后，尊号仍存在不废，中华民国以待各外国君主之礼相待；2. 大清皇帝辞位之后，岁用四百万两，俟改铸新币后改为四百万元，此款由中华民国拨用；3. 大清皇帝辞位之后，暂居宫禁，日后移居颐和园，侍卫人等，照常留用；4. 大清皇帝辞位之后，其宗庙陵寝，永远奉祀，由中华民国酌设卫兵妥慎保护；5. 德宗崇陵未完工程，如制妥修；其奉安典礼，仍如旧制，所有实用经费，均由中华民国

---

① 国民党本来就是"溥仪出宫事件"的重要参与者，详细讨论可参见胡晓《国民党与溥仪出宫事件》(《安徽史学》，2012年第2期) 一文。
② 胡适：《胡适致王正廷》，《胡适来往书信选》，中华书局，1979年，第268页。

支出；6. 以前宫内所有各项执事人员，可照常留用，惟以后不得再招阉人；7. 大清皇帝辞位之后，其原有之私产，由中华民国特别保护；8. 原有之禁卫军归中华民国陆军部编制，额数俸饷，仍如其旧。冯玉祥对"优待条件"的修改，主要在三个方面：一是废除清帝尊号，使其等同于普通民国国民；二是将清室岁费由四百万减少为五十万；第三点其实算不得修改"条件"，却对清室及同情清室者刺激最大，即将原条文第三条的"日后移居颐和园"中比较含糊的"日后"落实为"即日"，强令清帝出宫。①

其实早在1915年，袁世凯就曾对"优待条件"做过一次修订，即所谓的"优待条件善后办法"，如清帝对于政府文书及一般文书契约，要通行民国纪年，不可再用旧时年号；清帝及所属机关不可对民国官民发布谕告、公文告示及行政处分，废止赐谥及其他荣典；清皇室涉及民事商事等法律行为，应按现行法令办理；清室执事人员，出进内当差及宫中典礼等礼节外，一律服用民国制服等。② 这个"善后办法"的宗旨自然在于限制清室的行为，使其不逾越于民国法律制度之外，但一年之后袁世凯即因病去世，北洋派分裂，互相之间争斗无已，无暇顾及清室。更重要的是，徐世昌、段祺瑞、冯国璋等人本是清室旧臣，对故主心存眷恋，甚至不同程度地牵涉到复辟事件之中，对于清室违反优待条件之处，不仅不加约束，反而姑息纵容。

冯玉祥修改优待条件之后，段祺瑞即表示反对，他在给冯的电文中强调清室乃是主动退位，应予礼遇，且优待条件牵涉到国际方面（所谓"全球共闻"）。至于"优待条件"中规定的"移宫"则是希望继续采取拖延的方法，"从长计议"，如今强行迫使溥仪出宫，有损民国信誉。③ 冯玉祥的回电针锋相对，称清室为帝制余孽，保存帝号和未伏法之张勋为民国之耻、共和障碍，废除帝号和驱逐溥仪出宫之举乃是尊重国家保

---

① 引自《东方杂志》，第21卷23号。
② 引自《东方杂志》，第21卷23号。
③ 《段祺瑞致冯玉祥电》，引自中国社会科学院近代史研究所编：《近代史资料》，第61号，中国社会科学出版社，1986年，第210页。

存清室。①

与段祺瑞相比，南北议和时作为清室方面代表的唐绍仪，言辞激烈得多：他认为清室逊位，缩短革命时间，减少革命的代价，有功于民国，优待条件是民国对于清室贡献的报答。优待条件既经双方订立，即不得擅自更改，即便更改条件，也须通过合法程序，给清室充分时间，等清帝成年以后再行移宫。冯玉祥以武力强迫无力的清帝出宫，是恃强凌弱，这已不是政治问题，而是道德问题。②

与此相反的是，革命党方面对此极力赞成。孙中山11月11日致电冯玉祥，称移宫废号之举，"大快人心"，"复辟祸根既除，共和基础自固，可为民国前途贺"。③溥仪出宫后，清室内务府致函孙中山，请其"主持公道"，并说"付优待条件为民国产生之根本，自宜双方遵守垂诸无穷"。孙中山秘书处有一回函，详细说明清室违反优待条件契约在先，此次修改优待条件合情合法：首先，民国元年的优待条件第三条已说明清帝后暂居宫禁，日后移居颐和园，而清帝始终不践约移宫；其次，民国三年的善后办法禁止清室在对于政府及其他公私文书契约中使用旧时年号，不得赐谥，废除一切荣典，但清室一直沿用宣统年号，颁给官吏荣典赐谥；最重要的是，1917年清室附和张勋复辟，优待条件已经自然作废，虽然清室声称复辟是为张勋胁迫，事后却又赐张勋"忠武"谥号，正是说明清室乐于复辟。有此诸端，民国不可能继续履行优待条件。④

章炳麟的电文更激进，也更详细，他盛赞发动政变的冯玉祥、黄孚等人，"清酋出宫，夷为平庶，此诸君第一功也"，对于优待条件，他认为本嫌宽大，而1917年清室复辟，背叛民国，不仅优待条件自然取消，溥仪甚至应该受到法律制裁，现今只令其出宫，仍然过于宽厚。至于所

---

① 《冯玉祥等通电》，引自中国社会科学院近代史研究所编：《近代史资料》，第61号，中国社会科学出版社，1986年，第210—211页。
② 引自胡平生：《民国初期的复辟派》，台湾学生书局，1985年，第414—415页。
③ 《孙中山致冯玉祥电》，引自中国社会科学院近代史研究所编：《近代史资料》，第61号，中国社会科学出版社，1986年，第216页。
④ 《孙中山先生秘书处致溥仪内务府绍英等人函》，《历史档案》，1981年第3期。

谓的清室私产，本是强取豪夺而来，应该予以剥夺，还给人民。①

从当时的舆论氛围来看，支持驱逐溥仪出宫的言论显然处于优势，同情清室的言论，或者在私下传播，或者只在冯玉祥驱逐溥仪的"方式"上做文章，即强调冯玉祥的行为不合手续，或太过粗暴。在这种情况下，作为新派知识分子代表的胡适主动出来维护溥仪，就很容易引起人们的注意。胡适最早公开表达对于修改优待条件不满，是他给临时政府外长王正廷的公开信（写于11月5日，11月9日在《晨报》公开发表）：

儒堂先生：

先生知道我是一个爱说公道话的人，今天我要向先生们组织的政府提出几句抗议的话。今日下午外间纷纷传说冯将军包围清宫逐去清帝；我初不信，后来打听，才知道是真事。

我是不赞成清帝保存帝号的，但清室的优待乃是一种国际的信义，条约的关系。条约可以修正，可以废止，但堂堂的民国，欺人之弱，乘人之丧，以强暴行之，这真是民国史上的一件

最不名誉的事。今清帝既已出宫，清宫既已归冯军把守，我很盼望先生们组织的政府对于下列的几项事能有较满人意的办法：

（一）清帝及其眷属的安全。

（二）清宫故物应由民国正式接收，仿日本保存古物的办法，由国家宣告为"国宝"，永远保存，切不可任军人政客趁火打劫。

（三）民国对于此项宝物及其他清室财产，应公平估价，给与代价，指定的款，分年付与，以为清室养赡之资。

我对于此次政变，还不曾说过话；今天感于一时的冲动，不敢不说几句不中听的话。倘见着膺白先生，我盼望先生把此信给他

---

① 《章太炎致国务院电》，引自中国社会科学院近代史研究所编：《近代史资料》，第61号，中国社会科学出版社，1986年，第213页。

看看。①

胡适对溥仪出宫事件的反对,主要是在两个方面:一是信义,即优待条件具有条约性质,擅自终止,有背信义;二是道义,认为国民军以武力驱逐溥仪,是以强凌弱。所谓"欺人之弱",自然指的是清室此时没有武力,溥仪尚未成年,冯玉祥欺侮孤儿寡妇;"乘人之丧",则指的是瑾太妃去世不久,尚处于丧期。

胡适的公开信得到了溥仪的英国师傅庄士敦的正面回应,庄士敦的信中称赞他用正确的方式说了正确的事情,并且表示溥仪看了胡适的信一定会高兴。② 不过中国人对胡适的回应,则多半是批评。

首先出来反对胡适的是老友周作人。周作人认为胡适的观点受到了外国人"谬论"的影响,周作人对于在中国的外国人和外国人控制的报纸历来不满,以为他们皆非民国之友。关于国民军的"信义"问题,周作人和他的老师章炳麟一样,都认为1917年清室复辟以后,优待条件即已自然失效,当时就应予以制裁,段祺瑞等人没有及时制裁清室,已是大错,如今国民军驱逐溥仪,正是为段祺瑞补过,是"极自然极正当的事",不存在失信问题。所以周作人认为此次使用暴力,责任不在国民军,而在于清室(不自行移出)、当初的段祺瑞当局(对于清室复辟的姑息)和复辟派的外国人。最后,周作人提及自己在清廷统治下的"辫子"生活的记忆,从民国的安全和根基的稳固角度出发,认为保留复辟过的清帝的尊号,是很危险的。③

胡适对于周作人的并未做过多的辩驳,只是申明他的反对信写作在外国人发表相关言论之前,故不曾为外国人"谬论所惑",而溥仪和庄士敦很开明,都曾主动要求取消帝号和优待条件。胡适唯一明确表示与

---

① 胡适:《胡适致王正廷》,中国社科院近代史研究所中华民国史研究室编:《胡适来往书信选》,中华书局,1979年,第268—269页。
② 庄士敦:《庄士敦致胡适》,中国社科院近代史研究所中华民国史研究室编:《胡适来往书信选》,中华书局,1979年,第269页。
③ 周作人:《周作人致胡适》,中国社科院近代史研究所中华民国史研究室编:《胡适来往书信选》,中华书局,1979年,第270—271页。

周作人观点不同的，是"暴力"问题，他认为周作人关于"暴力"的看法饱含感情分子。（当然，胡适承认自己原书也有很多感情成分）在胡适看来，"暴力"并不是必需的，更不是"极自然极正当的"，取消优待条件完全可以用更"绅士"的方法实现。①

胡适与周作人是交情比较好的朋友，所以二人观点虽有不同，辩论还算温和，而对于同为北大同事的李书华、李宗侗两人的反对，胡适就不免动了些火气。11月19日，二李致信胡适，针对他说优待条件是国际信义和民国"欺人之弱，乘人之丧，以强暴行之"的一段话，提出质疑。由于二李完全站在民国立场和清室的对立面，所以态度也比周作人更激进。二李认为民国和保存帝号的废帝本不能并存，保存帝号即意味着民国尚未完全成立，所以对于优待条件也根本不认同，认为那是因辛亥革命不彻底而遗留的问题，现在才解决，已嫌太迟。而优待条件与国际条约不可相提并论，民国完全有权修改。不惟如此，二李认为修改后的优待条件仍太过宽厚，此时的溥仪在民国仍享有常人所不能享有的特权；最后，他们认为所谓"欺人之弱……以强暴行之"云云，是因为胡适头脑中还有皇权思想，以帝号为溥仪所应有，如果赞成民国，就应该赞成取消帝号，就不存在胡适所说的"丧"、"弱"问题。而其中最刺激胡适的则是对其原文中不合逻辑部分的逆推，由于胡适表明自己是赞成取消帝号的，又说此次修改条件是"欺人之弱，乘人之丧，以强暴行之"，于是二李逆推出胡适的荒谬之处："然则欲使清室取消帝号，必先等待复辟成功，清室复兴，再乘其复兴之后之全盛时代，以温和、谦逊、恭敬或他种……方法行之，方为民国史上一件最名誉的事"。②

胡适并没有正面就二李的质疑与之一一辩论，而是指斥当前社会舆论的不容忍，强调"容忍"和"言论自由"的重要。他从两方面立论：一是造成民国的条件很多，所以取消帝号，民国也未必就完全成立了；

---

① 胡适：《胡适致周作人》，中国社科院近代史研究所中华民国史研究室编：《胡适来往书信选》，中华书局，1979年，第271—272页。
② 李书华、李宗侗：《李书华、李宗侗致胡适》，中国社科院近代史研究所中华民国史研究室编：《胡适来往书信选》，中华书局，1979年，第277页。

二是保存帝号未必就不是民国，并举英、法两国之例，一保存王室，一容忍王党，而不害其为民国。对于二李的逻辑逆推，胡适以为是充满着"苛刻不容忍的空气"。①

二李再度回复，申明并无干涉胡适言论自由之意，与胡适的辩论也毫无"苛刻不容忍"的意味，胡适屡屡提及言论自由有跑题之嫌。二李主要就胡适所举的英法两国对待王室王党的例子进行反驳，首先英国的国体是君主立宪，不是民国。其次法国对王党并不总是容忍，曾经处死过国王，驱逐王室近族，法国学者却从不以为"不名誉"。②

如果单就与二李的论争来说，胡适确实跑题了。二李既然与胡适观点不同，自然难免互相辩难，其逻辑逆推，本在情理之中，算不得苛刻不容忍。但是胡适也确实感受到了不容忍的空气，这种空气虽不存在二李的文章中，却存在众多和二李立场接近的激进年轻人的言论中。正是这些年轻人的过激甚至是谩骂言论，使得胡适承受着极大的心理压力，一方面不愿与周作人、二李等反对者深入辩论，一方面又不免反应过激，动了火气。

胡适日记中记载了几则因反对驱逐溥仪而遭到攻击的事例，虽然发生在与二李辩论之后，但可约略见出当时胡适的处境。一是有北大学生在厕所涂鸦，谩骂胡适等人："梁启超、章士钊、胡适三人现（拜）把为兄弟，拥戴段祺瑞为父，并追认袁世凯为祖父，溥仪为曾祖"，"章、梁、胡曾（真）可谓兄弟，均曾卖身于段贼，袁与溥实段之祖与曾祖也"。③ 一是数月以后，上海学生联合会致函胡适，予以斥责："比年以来，先生浮沉于灰沙窟中，舍指导青年之责而为无聊卑污之举，拥护帝制余孽，尝试善后会议，诸如（此）类，彰彰皎著。近更倒行逆施，与摧残全国教育，蔑视学生人格之章贼士钊合作，清室复辟函中又隐然有

---

① 胡适：《胡适致李书华、李宗侗》，中国社科院近代史研究所中华民国史研究室编：《胡适来往书信选》，中华书局，1979年，第278页。
② 李书华、李宗侗：《李书华、李宗侗致胡适》，中国社科院近代史研究所中华民国史研究室编：《胡适来往书信选》，中华书局，1979年，第282页。
③ 王文彬、甘大文：《王文彬、甘大文致胡适》，中国社科院近代史研究所中华民国史研究室编：《胡适来往书信选》，中华书局，1979年，第315页。

先生之名。呜呼，首倡文学革命之适之先生乎！"① 此外，后来反清大同盟还有驱逐胡适出京之议，虽然并未真正实行，但是这些显然都在在增强着胡适关于"苛刻不容忍的空气"的感觉。

二、《语丝》群体的态度

《语丝》杂志主要以北大"太炎门生"教授群体为中心，也是当时最集中讨论"溥仪出宫"事件的媒体，它创刊于1924年11月27日，第一期便有讨论这一事件的文章。与胡适相比，"语丝"群体在立场上，完全认同民国，赞成冯玉祥临时政府修改"优待条件"。同时由于在舆论上和行动上都处于胜利者的一边，他们的心态显得相对平和，发言的姿态也更从容，迥异于胡适因感受到外界强大压力而表现出来的激切、悲愤。

《语丝》关于"溥仪出宫"的讨论，主要有三个方面的话题：一，自身的满清生活体验和民国情结的表达；二，对同情溥仪与清室的外国人和遗老的批评；三，对溥仪未来人生道路的设计。

表达满清生活体验和民国情结的文章可以钱玄同的《三十年来我对于满清态度底变迁》一文为代表。与胡适不同，"语丝"作者群如钱玄同、刘半农、周作人等，或者直接参与了辛亥革命，或者与革命党有着密切联系，因而他们对于清室，本能的存一种对立心态，于民国则本能的怀有着一种爱惜的心态。钱玄同将自己的政治态度的变化分为七个阶段。第一阶段是十岁至十六岁（1902年）时，和一般的传统读书人一样尊君，认同清室皇权，懂得写字避历代皇帝的讳，遇到特定的词知道抬头。第二阶段是十六岁至十七岁（1903年），受到梁启超新民丛报言论的影响，虽隐有排满思想，但是认同"保皇论"，反感谭嗣同式的激烈排满主张。第三阶段是十七岁时，仍然受"保皇论"支配，不喜太后，

---

① 《上海学生联合会致胡适》，中国社科院近代史研究所中华民国史研究室编：《胡适来往书信选》，中华书局，1979年，第341页。

但仍赞成光绪皇帝。第四阶段是十七岁至十八岁（1904年），读到友人赠送的《革命军》和《驳康有为论革命书》，尊清思想根本动摇，并因章太炎《驳康有为论革命书》一文提及公羊春秋的"复九世之仇"引起钱玄同自身阅读体验的共鸣，开始认同革命，剪辫发，办白话报，弃用清帝纪年。第五阶段是从1904年到辛亥革命以前，受到革命刊物影响，尤其认同章太炎、刘师培等人偏重光复旧物、保存国粹式的排满革命，仇视满清。第六阶段是辛亥革命以后，对于满人已无对立心态，对清廷的仇恨却只消退了一部分，不赞成"优待条件"，因为他认为皇帝本身即是罪恶的。在他看来清廷及溥仪的叛逆之迹不仅仅是1917年的参与复辟，还包括擅自使用清廷年号，发布上谕，等等。第七阶段是1924年修改"优待条件"以后，溥仪废除帝号，钱玄同仇视之心完全消除，但是随后溥仪逃往日本使馆，遗老们阴谋破坏民国，又使他重新生出仇恨之心。钱玄同这篇详述自己对于满清态度变迁的文章，具有一定的代表性，周作人就称钱的许多经验和自己一致。① 这种个人心迹的回溯，加上钱玄同风趣尖刻的笔法，也带有几分胜利者总结历史的意味。

周作人对于外国人评论中国的言论，一直心存警惕，认为他们主观上是要对中国不利，在客观上也不可能真正了解中国。譬如他在给胡适的信中即表明对胡适可能"为外国人的谬论所惑"的担心。有日方背景的《顺天时报》认为优待条件的订立，是英使朱尔典居中斡旋而成，所以冯玉祥的政变将引起列强不满。周作人认为这种观点是无理取闹，因为如果优待条件由朱尔典与列强担保，那么张勋复辟的时候，他们就应该出面反对。复辟时不干涉，则此时就无资格反对。② 这一层意思，他在载于《语丝》第一期的《清朝的玉玺》一文中，有更为详尽的阐述。在他看来，相对于中华民国而言，外国人和清室遗民都不是本国人，他们不可能了解民国，所以《顺天时报》这样的报纸，"好恶无不与我们

---

① 钱玄同：《三十年来我对于满清态度底变迁》，《语丝》，第8期。
② 周作人：《周作人致胡适》，中国社科院近代史研究所中华民国史研究室编：《胡适来往书信选》，中华书局，1979年，第270页。

的相反"。① 随后周作人又撰文批评该报所载美国人李佳白反对修改优待条件的文章,指出李佳白这些外国人,以及打倒复辟的段祺瑞,对于丁巳复辟故意"健忘"。而且周作人总结出一个在中国的外国人思想上的一个公例,即"外国人居留中国愈久,其思想之乌烟瘴气亦必愈甚"。由此,对于《顺天时报》这样的外国机关报,周作人还做了一个有些二元对立的论断:"他们所幸所乐的事大约在中国是灾是祸,他们所反对的大抵是于中国是有利有益的事"。② 当时北京的报纸还译录一则日文新闻,有三位日本博士(佐佐木亮三郎、狩野直喜、矢野仁一)反对中国废弃帝号,认为这是颠覆王道根基的乱暴行为。周作人撰文批驳,认为这首先属于干涉中国内政;其次所谓"王道根基"云云为中国人所难以理解,日本博士硬将日本人的观念强加于中国,虽然"老实",却近于"狂妄";最后以朝鲜为例,说明颠覆了朝鲜"王道根基"的,正是日本的侵略。③ 此外,章川岛的《欠缺点缀的中国人》等文,也都批评了外国人对于溥仪出宫事件的干涉,讽刺了胡适的"最不名誉"说。

  《语丝》对于遗老的批评有两类,一是整体的笑骂,一是具体讨论林纾、罗振玉的评价问题。前者可以钱玄同为代表。钱玄同之排斥遗老,既牵涉新旧之分,又包含夷夏之辨:在思想上,遗老是都守旧的,坚持的是"旧中国"文化传统中腐朽愚昧的部分,与钱玄同拥护的"欧化的中国"正相反;而同为遗老,在民族气节上,他们也远不能与明末顾炎武、黄宗羲等人相比,因为顾、黄诸人为汉人守节,反对异族入侵,是"尊中国而攘夷狄",清室遗老则反之,为异族守节,是"尊夷狄而攘中国"。所以,他认为凡是(清室)遗老,都是"恶性"的,于民国有害的。④ 关于优待条件,钱玄同则通过两个层面的历史对比提醒遗老,民国之于清室是非常宽厚仁慈的。一是古往今来亡国之君都没有好下场,包括败亡于清室之手的明代和太平天国的亡国之君;二是清室

---

① 周作人:《清朝的玉玺》,《语丝》,第1期。
② 周作人:《李佳白之不解》,《语丝》,第4期。
③ 周作人:《三博士之老实》,《语丝》,第4期。
④ 钱玄同:《写在半农给启明的信底后面》,《语丝》,第12期。

从入侵到入主中原,对于汉人的大肆屠杀和高压统治。而民国既没有像历代王朝更迭中的胜利者一样对待溥仪和清皇室成员,也没有为汉人报"九世之仇",即便在清室参与复辟反叛民国之后,仍然维持优待,包括此次国民军进京,也只是修改而非废除优待条件。民国如此宽厚,而遗老尚以为不足,如果因此再次图谋复辟,其实正是害了溥仪。①

关于林纾和罗振玉评价的讨论,还可以反映出《语丝》群体在对外部的舆论上有着尽量保持一致的自觉。最早提起这一话题的是周作人,他在文中有限度地肯定了林纾工作态度的认真勤奋,认为林琴南写《荆生》,"不免做的有点卑劣,但他在中国文学上的功绩是不可泯没的"。并将之与罗振玉比较,认为林纾的文学工作在很大程度上可以与其遗老身份剥离,具有文学趣味,罗振玉则比林纾更遗老,是所谓的"恶性遗老",文字也毫无趣味。②这篇文章引发了刘半农的感叹,他除了对于林纾"借重荆生"压迫新文化运动表示"无论如何不能宽恕"以外,更多地表达了对当年论战中"唐突前辈"的后悔。③周、刘两文尤其是刘文引起了钱玄同的不满。他先是不满于周作人将林纾遗老的政治身份与学术功绩分开的做法,因为有学术功绩的遗老,不仅仅是林纾,林纾、罗振玉辈遗老不论在学术功绩和政治态度上都不能与明末遗老顾亭林等人相比,而且清代遗老不存在良性、恶性之分,他们在反对民国、卫护旧伦常、旧礼教方面是一致的,都是"恶性"的,不必扬林抑罗。对于刘半农的"唐突"之说,钱玄同就更不同意,他反对认林纾为前辈,而且即便是前辈,也照样可以"唐突",前辈和后辈是平等的,前辈并不必然有教训后辈的权利,而且在当时其实是林纾对"我辈"的"唐突"更甚。钱玄同还有一个近似简单化的"进化论"的看法,认为后辈更有资格教训前辈,而非相反,因为后辈的知识比前辈更"进化"。④周作人随后又撰写了《再说林琴南》一文,将之前相对即兴的

---

① 钱玄同:《告遗老》,《语丝》,第4期。
② 周作人:《林琴南与罗振玉》,《语丝》,第3期。
③ 刘半农:《欧洲通信》,《语丝》,第20期。
④ 钱玄同:《写在半农给启明的信底后面》,《语丝》,第20期。

表达做了清晰的界定,将林纾的功绩严格限定在"介绍外国文学",认为除此以外,没有别的好处。林纾翻译的勤奋固然可佩,但是他占用的社会资源也多(稿费是别人的五倍)。他自己的作品更没有价值,因为没有性格,如同门房一样传达古人的思想文章。在维护旧礼教方面,尤其不值得佩服,他的卫道不是自己的独立判断,不是个人主义的孤独的抗战,而是托庇于"帝王鬼神国家礼教"之类的大名号之下,所以算不得勇敢,周作人希望于年轻人的,是有自己独立的判断,超脱于传统和时髦之外,孤独地冒险前进。①从这三人的文字看,可见刘半农性格最为天真,易为外界所感,一见周作人的"恕词",立即引发自己"唐突前辈"的后悔之情。钱玄同立场最决绝,态度也最激烈,对于林纾等遗老的政治和思想倾向的斗争,丝毫不肯让步。周作人相对平和,大约也是由于林纾已死,所以颇有"恕词",试图将林纾的政治身份与文化贡献分开评价,即便在政治身份上,也倾向于认为林纾属于"良性"遗老,不同于"恶性"的罗振玉。但在钱玄同批评之后,周作人也迅速调整姿态,明确立场,前后观点虽仍可一贯,侧重点却已截然不同。

关于溥仪未来人生道路问题,是从《语丝》创刊即开始讨论的,论者主要是钱玄同和周作人。从两人的文章可以看出,他们对于溥仪个人没有恶感,甚至有同情和一定的欣赏。临时政府修改优待条件之后,溥仪出宫,废除帝号,爱护民国的人认为民国根基得到巩固,清室已经无害,所以对于清室和溥仪都不再有敌对的仇视心态,也不再将溥仪当作敌对阵营的象征和代表,而是看作与自己平等的民国国民,从而可以从容以长者身份为他未来的道路出谋划策。他们一旦设身处地以一个现代公民的标准来观察溥仪,自然会觉得他长期处于深宫,困于遗老、后妃之手,其作为公民的自由和权利,都受到限制,知识和技能的学习也不及同龄人,值得同情。当然,这些都是钱、周等人揆诸情理的单方面想象,他们对于溥仪的了解极为有限,想象基础还是源于胡适。胡适在1922年进宫见过溥仪后所写的《宣统与胡适》一文,将溥仪塑造为一个

---

① 周作人:《再说林琴南》,《语丝》,第20期。

有新思想、有独立性、有反思之心的现代有为青年，文中提到他关心时政，订阅包括《晨报》、《英文快报》在内的报纸；赞成白话，阅读、写作新诗，不仅熟悉胡适，还知道康白情、俞平伯；能摆脱身边人的干扰，独立行事，出宫探望师傅的病；有求知欲望，向往出洋留学；对于清室的过错有反省，为靡费民国金钱感到不安，做过独立生活的努力。① 胡适塑造的这一充满现代意识的溥仪形象显然为钱、周所接受，成为他们谈论溥仪未来出路的前提。

从"语丝"的讨论来看，钱玄同和周作人为溥仪设计的道路，都是希望他能够从此摆脱宫禁，像其他现代青年一样有良好的受教育机会，学习现代人必备的知识技能。钱玄同认为溥仪自幼生长于深宫之中，在现代知识技能方面都低于同龄人，所以希望他补习初中程度的科学常识，然后考高中，甚至出国留学。② 周作人则在钱玄同的基础之上，更考虑到溥仪身份、经历的特殊性，建议他将来到欧洲研究希腊文学。因为溥仪做过皇帝，比一般人更容易理解这种贵族式的精美的文明，甚至期待于溥仪学成归国之后可以到北大担任希腊文明的讲座。③ 可见，对于溥仪未来人生道路的设计，钱玄同、周作人与胡适并没有什么区别。他们之间的不同，与其说是思想观点，不如说是感情和态度。于"出宫事件"，钱、周首先看到的是民国根基的稳固，革命心愿的满足，继而以现代意识看溥仪，认为国民的身份荣于皇帝。胡适则更多地站在溥仪和清室的立场，感受他们被驱逐的屈辱和痛苦，因而不满国民军手段上的不够绅士，对他们的"恃强凌弱"产生了道德义愤。而在思想观念上，留学美国的胡适显然不可能赞成帝制，这也是胡适虽然愤愤不平，但是和周作人以及二李都不愿也不能深入辩论的原因。

整体而言，"语丝"群体关于"溥仪出宫"的讨论，主要是从道德伦理尤其是革命伦理层面入手，而很少考虑到政治操作的法理层面。所以集中在几个方面论述：一是从现代民主共和观念出发，批判帝制，认

---

① 曹伯言整理：《胡适日记全编》，第3卷，安徽教育出版社，2001年，第736页。
② 钱玄同：《恭贺爱新觉罗溥仪君迁之喜并祝进步》，《语丝》，第1期。
③ 周作人：《致溥仪君书》，《语丝》，第4期。

为普通国民比皇帝光荣。二是从清室入主中原的历史寻找"驱逐溥仪"的合法性,这又带有一定的反满革命、光复汉室的种族革命思想。因为清廷曾经屠杀、压迫汉人,所以将其清王朝推翻,将逊帝驱逐出宫,完全合乎革命伦理。三是从中外历代王朝更迭来看,亡国之君都没有好下场,而民国则给出了保存清室的优待条件,当然是仁慈宽厚之举。四是清室一直违规使用年号、给官民赐谥、颁行荣典,尤其是丁巳复辟,公然破坏双方约定,所以国民军修改优待条件、驱逐溥仪出宫之举,不算违约。

《语丝》诸人的论述中,除了第四点是在具体的优待条件基础之上立论以外,其余三个方面都是"从头说起",带有很强的"一厢情愿"的色彩,这显然只对那些认同革命道德、革命伦理的人才具有说服力,很难说服清室和遗老。

三、法理层面的辩护

从法理层面讨论"优待条件"的,重要的文章有两篇。一篇是发表于《现代评论》一卷一期(1924年12月13日)的《清室优待条件》,作者周鲠生是北大法学教授,其专业背景决定了他立论的角度与《语丝》诸人不同。在周鲠生看来,之前的论述都侧重于"主观的伦理"的方面,而非建立于"客观的事实"之上,不足以解决修改优待条件这一"实际政治问题"。周鲠生自己的论述从法律、道义、手续三个方面层层推进:一是"优待条件"的性质,是否是国际条约,民国是否有权修改;二是修改条件在道义上是否合理;三是手续上是否得当。

关于"优待条件"的性质,胡适和段祺瑞等人,都认为是国际条约,这也是他们坚持认为修改条件有违国际信义的理由。周鲠生也认为如果是国际条约,则民国无权单方面修改,但他认为"优待条件"既非国际条约,也非私法契约,而只是民国给予清室的一种特典。因为国际条约的签约双方是两个国家,清室显然算不得一个国家,至于订立优待条件时曾经照会各国驻北京大使,那只是单方面的通告。私法契约也需要双方或多方协定，而优待条件虽经民国与清室协商，但最终是以民国政府单方面的名义宣告。周鲠生据此对优待条件的性质作出界定：民国为了政治上的权宜而给予清室的一种特典。这种特典不能超越于一般法令之上，其永久性也不受国际法或宪法的保障，民国自然有权修改或取消。

至于道义的角度，周鲠生从两个方面论述。一是一国的法令，本就随着政治变动而改变。国民军的政变，其实是一场革命。对于一场革命而言，废除一个优待条件是很正常的。第二方面，则是《语丝》诸人也已提及的，清室附和张勋复辟，已是违约在前。优待条件的前提是清室主动逊位，赞成共和，一旦清室谋求复辟，优待条件的基础不复存在，自然失效。民国不予追究，已经是宽大之至。所以，修改优待条件并不违反道义。

从手续的角度来看，周鲠生认为有欠缺、唐突之处，但也情有可原。因为社会上阻力太大，如果不用这种雷霆手段，则不可能成功。事后的修补，可以考虑请国民会议追认，但绝不可以翻案。① 周鲠生的立场和《语丝》诸人其实是完全相同的，他也认为在民国之中保留废帝称号，给予特典，既不符合民主精神，又可能影响民国根基。所不同者，只是论述的角度，更多从法律和具体的政治操作层面论述而已。

周鲠生的文章发表后，《现代评论》的另一主撰者王世杰作了回应，意见与周大同小异，唯一略有不同之处在于优待条件性质的具体认定。在王世杰看来，影响国家与国家、国家与个人权利关系的国家行为，有四种，即：国际条约、普通契约、法律命令，以及学理上所谓的"公法契约"。王世杰认为优待条件的性质应该属于最后一种。"公法契约"在成立的手续上，须经当事各方合意，但与普通法律命令不同。国家任命官吏即属于"公法契约"，清室优待条件，也是如此，所以民国可以不经过清室同意而自行变更。②

---

① 关于周鲠生观点的论述，均源于《清室优待条件》一文，《现代评论》，第1卷第1期。
② 王世杰：《清室优待条件的法律性质》，《现代评论》，第1卷第2期。

另一篇从法理方面讨论优待条件的，是宁协万的《清室优待条件是否国际条约》一文。宁文意旨与周鲠生文接近，只是在具体论述方面略有差异。关于优待条件的性质，宁协万认为条约的双方应该都是国家，且须经代表国家主权的元首批准与国家之间的关系。所谓国家，需要包括三要素——领土、国民、主权，而逊帝宣统仅有帝号空名，处境与1814年至1815年间的拿破仑一世类似，无领土、无人民、无政权，不可作为国际条约的一方，所以优待条件只能是国内规则，相当于"条例"、"规则"，在国际上类似于1871年意大利对于教皇的保证法律。在国内宣统的地位则相当于衍圣公，国家给予的优待都是主权者单方面的意思，不具备条约性质，所以民国在法理上有权单方面修改，属民国内政，国际上也无权干预。民国的失误在于没有把握好修改条约的时机，最佳时机是丁巳复辟失败、共和再造之时，彼时民国应立即将溥仪附和复辟之罪公诸天下，废除优待条件。① 这一点国际上也有先例，那就是拿破仑一世第一次战败后，仍然保留帝号，给予年金，但他试图复辟，再败后，帝号、年金即被取消。而且优待条件在袁世凯时代即已被修改一次，这也从事实上说明了可以以国家主权方式单方面修改优待条件。②

其实关于优待条件的性质，即便是遗老和列强，也都是心知肚明。据金梁《光宣小记·逊位诏》记述："时英使朱尔电，颇奔走其间。皇室思引国际自重，欲得朱使签字。朱以不得干内政为辞，惟将议定条件，照会各使馆备案而已。"③ 可见在优待条件签订之时，英国大使朱尔典就很清楚，这属于民国内政，而非国际条约。首都革命后，遗老及军阀们动辄说国际约法、列强干预，不过是挟洋自重，借列强之名恫吓民国而已。

---

① 这一点和周作人的观点一致，周作人在给胡适的信中即说："清室既然复过了辟，已经不能再讲什么优待，只因当局的妇人之仁，当时不即断行，这真是民国的最可惜的愚事之一。"（《周作人致胡适》，中国社科院近代史研究所中华民国史研究室编：《胡适来往书信选》，中华书局，1979年，第270页。）
② 宁协万：《清室优待条件是否国际条约》，《东方杂志》，第22卷22号。
③ 章伯锋等主编：《近代稗海》，第11辑，四川人民出版社，1988年，第328页。

另据天忏生《复辟之黑幕》载,张勋复辟失败,离京曾向溥仪索要黄金万两,溥仪说:

"万两黄金值银四十余万元,朕即位于今甫七日,酬汝四十余万元,不啻以五万元买一日皇帝做也。"张勋则说自己自辛亥以来六年间,先后报效不下五十余万。瑾太妃质问:"今复辟势将消灭,民国优待四百万之皇室岁费,皆断送汝手,吾孤儿寡妇,又向谁取偿耶!"① 如果此条史料属实的话,则可见后宫太妃也知道附和复辟是违反约定之举,一旦失败,优待条件是必然会取消的。

四、结语

这些年来,有不少胡适研究者,喜欢将胡适的只言片语当作圣经,而往往忽略胡适发言的语境,以及思想的前后变化。即如"溥仪出宫"事件,人们便常常将"民国史上的一件最不名誉的事"一语挂在嘴边,不仅不研究此事的来龙去脉,不考虑胡适同时代人的不同看法,甚至连胡适自己观点的变化,也置之不理。

1930年10月23日,徐一士访问胡适,访谈内容后来以《与胡适之博士一席谈》之名发表。1922年胡适进宫见溥仪,引起不少非议,尤其是二人的称谓("他称我为'先生',我称他为'皇上'"),遭人嘲笑。当时徐一士在《京津时报》发表评论,认为根据优待条件,清帝保存帝号,民国待之以外国君主之礼,所以胡适的称谓并无不妥。② 这一评论给胡适留下很好的印象,以为"平允"。③ 此次访谈,徐一士提及旧事,胡适也欣然讲述当年进宫见溥仪经过,以及对"溥仪出宫"一事的看法:

至溥君出宫一事,胡君谓当时颇病当局者手续之未安,曾致书

---

① 章伯锋等主编:《近代稗海》,第4辑,四川人民出版社,1988年,第268页。
② 徐一士:《凌霄一士随笔》(一),山西古籍出版社,1997年,第324页。
③ 曹伯言整理:《胡适日记全编》,第3卷,安徽教育出版社,2001年,第736页。

王儒堂论之。及今思之，溥君出宫，在其个人得一解放，可有相当之自由，胜于蛰处深宫，势等囚禁。而故宫图籍珍品，亦得与国人相见，作研究之资料，尤胜于长此锢闭，听其埋没。是此举虽近操切，而事实上实为有益，觉当时意见，犹有几许火气未除耳。①

胡适坦率地反思了自己当年的"火气"，对于"溥仪出宫"事件的看法做了修正：从溥仪个人角度来看，得到了自由，胜于囚禁宫中；从公众角度看，可以看到禁宫中的图籍珍品，增加研究资料。所以虽然手段上有些"操切"，但结果上却是有益的。这和周作人、钱玄同等人几乎完全一致，与李书华、李宗侗的看法也并不冲突。至于胡适念兹在兹的"手续"问题，徐一士解释说"此为一种非常举动，故立时解决，若按部就班缓缓商办，即将办不动矣"，胡适也表示了赞同。② 事实上徐一士的解释，也正是当年胡适的反对者们的解释，譬如周作人就认为国民军驱逐溥仪出宫是"极正当"的，周鲠生的文章在论"手续"部分，也说明如果不用此种手段，则根本不能成功。胡适的反思，可以见出一个学者的坦率和真诚，也可以部分解释胡适当年的"不解释"的原因。在1924年的舆论氛围中，胡适是非常孤立的，不仅遭遇老朋友、老同事的反对，也受到各种社会激进力量的压抑。从道义和个人情谊上，胡适又同情溥仪的弱者处境。这些都激起了他"正义的火气"和道德义愤。而从政治理念上说，胡适显然是赞成共和反对帝制的，与他的反对者其实并无根本分歧，而双方又处于一种互相抵触的论战语境中，胡适显然难以心平气和地阐释自己的观点，只有愤愤不平地保持沉默。

胡适另一次提及"溥仪出宫"事件，则是受到东北局势的触动。据罗尔纲的回忆，那是在1931年9月10日前后的一个星期天，胡适和徐志摩、罗尔纲等人游景山，在山顶俯视故宫时，胡适沉痛地说："东北情况严重，如果当年冯玉祥不把溥仪驱逐出宫，今天北平不知怎样了，

---

① 徐一士：《凌霄一士随笔》（一），山西古籍出版社，1997年，第325页。
② 徐一士：《凌霄一士随笔》（一），山西古籍出版社，1997年，第325页。

那时我反对把溥仪驱逐出去,我错了!"① 我们将罗尔纲的回忆和徐一士的采访相对比,可以见出胡适关于"溥仪出宫"事件的看法的反思并非一时冲动,而是前后一贯的,经过认真思考的。

纵观"溥仪出宫事件"全过程,可见国民军修改"优待条件",将溥仪驱逐出宫,既合乎法理,又不违背道义。从法理上说,优待条件不属于国际条约,民国有权单方面修改或取消;从道义上说,清室违规使用年号、赐予官民谥号、荣典,尤其是附和复辟在先,已经破坏了优待条件;从先例上来看,则袁世凯1914年已经对优待条件做过一次修订。而具体到溥仪出宫,严格来说,根本不违背优待条件,因为最初的条件之中即约定了大清皇帝是"暂居宫禁,日后移居颐和园"。

不惟如此,优待条件的订立,是政治博弈的结果,本质上是一个政治问题,而非纯粹的法律问题。一旦政治力量的对比发生改变,约定必然会随之修正,这是很正常的事情,不可全部从法律角度立论。周鲠生就认为政治变动,会带来旧制的改变,优待条件也不可能永久不变。尤其是他将国民军的执政,看做是一场"革命"(而非简单的"政变"),既然是革命,当然一切制度都会被推翻,何况区区一个优待条件呢?②

可见即便撇除各人对国民革命、溥仪与清室的情感因素,胡适与反对者尤其是周作人、钱玄同、李书华、李宗侗等人在思维方式上也有着根本不同。胡适可谓"食马肉不食马肝",更看重具体的法理、手续问题,更在意手段的绅士、温和与否,倾向于将一切问题都置于既定的政治格局之下考虑,而不愿意穷追这一政治格局的合法性来源,因而也就反对天崩地裂式的政治大变动。周作人等人则更愿意"从头说起",只要符合政治伦理、革命伦理,对于他们认为不合理的既定政治格局,并不介意通过暴力手段将之打翻,所以将对于手段的"绅士"与否的执着看作"秀才式的迂阔",而赞同孔子式的"以直报怨",以为国民军之举

---

① 罗尔纲:《师门五年记·胡适琐记(增补本)》,生活·读书·新知三联书店,1998年,第132页。
② 周鲠生:《清室优待条件》,《现代评论》,第1卷第1期。

是"极自然极正当的"。① 所以当年处于革命氛围之中,胡适最孤立;今日是和平年代,建设时期,大家纷纷反思革命之弊端,胡适忽然多了许多隔代知己。

至于溥仪出宫事件的后果,有一种观点认为溥仪后来潜往东北,沦为日本侵略中国的工具,根源于优待条件的修改。这种看法是脱离了历史语境的。溥仪和清室复辟与否,并不由民国优待与否决定。民国之于清室,无论如何优容,所能给出的条件,总不可能与复辟成功带来的巨大利益相比。真正影响清室复辟的原因,还是政治力量的对比,一旦得到有利的时机,溥仪本人即便主观上不赞成复辟,也必然被遗老裹挟而参与其中。所以民国的失误不在于修改优待条件,而在于修改条件后便对溥仪放任自流,没有有效的控制。这从主观上看,是过低估计了溥仪所具有的政治符号力量,理想化地认为溥仪已经成为普通公民,有权择地而居,而忘记了他即便变为平民,也是一个特殊的平民。从客观形势上看,"民国"一直都不是一个整体,中央政府常常政令不出都门,地方实力派军阀各怀心腹事,尤其是在北伐成功以前,执政当局频繁更替,城头变幻大王旗,制度、政策缺乏长期规划和延续性,因而在溥仪的问题上,给日本人以可乘之机。而在1924年的民国,掌握各地实权的北洋军阀,或与复辟派暗通款曲,或首鼠两端,时刻准备望风而动。修改优待条件之举,直接摧毁了复辟派的精神中心,断绝了旧军阀的投机复辟之念,复辟势力从此式微。这于一个形式上的民国的根基的巩固,是有贡献的。

---

① 周作人:《周作人致胡适》,中国社科院近代史研究所中华民国史研究室编:《胡适来往书信选》,中华书局,1979年,第270—271页。

主要参考文献

专著类

［美］艾尔曼：《从理学到朴学》，赵刚译，南京：江苏人民出版社，1995年。
巴金、黄永玉等：《长河不尽流》，长沙：湖南文艺出版社，1989年。
北京大学图书馆、北京李大钊研究会编：《李大钊史事综录》，北京：北京大学出版社，1989年。
北京大学校史研究室编：《北京大学史料》，第1卷，北京：北京大学出版社，1993年。
北京大学校刊编辑部编：《精神的魅力》，北京：北京大学出版社，1998年。
卞孝萱等编：《民国人物碑传集》，北京：团结出版社，1995年。
曹伯言整理：《胡适日记全编》，合肥：安徽教育出版社，2001年。
常风：《逝水集》，沈阳：辽宁教育出版社，1996年。
陈独秀：《陈独秀书信集》，北京：新华出版社，1987年。
陈独秀：《独秀文存》，合肥：安徽人民出版社，1987年。
陈翰笙：《四个时代的我》，北京：中国文史出版社，1988年。
陈离：《在"我"与"世界"之间：语丝社研究》，上海：东方出版中心，2006年。
陈平原：《北大精神及其他》，上海：上海文艺出版社，2000年。
陈平原、夏晓虹编：《北大旧事》，北京：生活·读书·新知三联书店，1998年。

陈平原：《触摸历史与进入五四》，北京：北京大学出版社，2005年。
陈平原：《大学何为》，北京：北京大学出版社，2006年。
陈平原：《当代中国人文观察》，北京：人民文学出版社，2004年。
陈平原：《老北大的故事》，南京：江苏文艺出版社，1998年。
陈平原：《中国大学十讲》，上海：复旦大学出版社，2002年。
陈平原：《中国现代学术之建立》，北京：北京大学出版社，1998年。
陈平原编：《早期北大文学史讲义三种》，北京：北京大学出版社，2005年。
陈万雄：《五四新文化的源流》，北京：生活·读书·新知三联书店，1997年。
陈学恂、田正平编：《中国近代教育史资料汇编·学制演变》，上海：上海教育出版社，2007年。
陈以爱：《中国现代学术研究机构的兴起》，南昌：江西教育出版社，2003年。
［澳］菲茨杰拉尔德：《为什么去中国：1923—1950年在中国的回忆》，济南：山东画报出版社，2004年。
冯光廉等主编：《多维视野中的鲁迅》，济南：山东教育出版社，2001年。
冯友兰：《三松堂全集》，第1卷，郑州：河南人民出版社，2001年。
傅斯年：《傅斯年全集》，台北：联经出版事业公司，1980年。
高恒文：《京派文人：学院派的风采》，上海：上海教育出版社，2000年。
高平叔编：《蔡元培全集》，北京：中华书局，1984年。
耿云志：《胡适年谱》，成都：四川人民出版社，1989年。
耿云志主编：《胡适遗稿及秘藏书信》，合肥：黄山书社，1994年。
巩本栋编：《程千帆沈祖棻学记》，贵阳：贵州人民出版社，1997年。
顾颉刚：《古史辨自序》，石家庄：河北教育出版社，2001年。
郭太风：《王云五评传》，上海：上海世纪出版集团，1999年。
胡平生：《民国初期的复辟派》，台湾学生书局，1985年。
胡适等：《胡适书信集》，北京：北京大学出版社，1996年。
胡适著，欧阳哲生编：《胡适文集》，北京：北京大学出版社，1998年。
胡适：《中国哲学史大纲》，上海：上海古籍出版社，1997年。

胡适、唐德刚：《胡适口述自传》，合肥：安徽教育出版社，2005年。
胡颂平编著：《胡适之先生年谱长编初稿》，台北：联经出版事业公司，1984年。
胡颂平：《胡适之先生晚年谈话录》，北京：中国友谊出版公司，1993年。
黄健：《京派文学批评研究》，上海：上海三联书店，2002年。
黄侃：《黄侃日记》，北京：中华书局，2007年。
黄延复：《水木清华：二三十年代清华校园文化》，桂林：广西师范大学出版社，2002年。
［美］J. B. 格里德：《胡适与中国的文艺复兴：中国革命中的自由主义（1917—1937）》，鲁奇译，南京：江苏人民出版社，1989年。
姜建：《朱自清年谱》，合肥：安徽教育出版社，1996年。
金耀基：《大学之理念》，北京：生活·读书·新知三联书店，2001年。
金岳霖：《金岳霖的回忆与回忆金岳霖》，成都：四川教育出版社，2000年。
李国钧等主编：《中国书院史》，长沙：湖南教育出版社，1998年。
李健吾：《李健吾散文选集》，天津：百花文艺出版社，2004年。
李沛诚：《杨昌济教育思想简论》，长沙：湖南教育出版社，1983年。
梁实秋：《梁实秋怀人丛录》，北京：中国广播电视出版社，1991年。
梁实秋：《梁实秋文学回忆录》，长沙：岳麓书社，1989年。
梁漱溟：《忆往谈旧录》，西安：陕西师范大学出版社，2009年。
梁启超：《中国近三百年学术史》，《饮冰室合集》，第10卷，北京：中华书局，1989年。
林徽因：《林徽因文存（散文·书信·评论·翻译）》，成都：四川文艺出版社，2005年。
林徽因选辑：《大公报文艺丛刊小说选》，上海：上海书店，1990年。
刘进才：《京派小说诗学研究》，开封：河南大学出版社，2005年。
刘小沁编：《窗子内外忆徽因》，北京：人民文学出版社，2001年。
鲁湘元：《稿酬怎样搅动文坛：市场经济与中国近现代文学》，北京：红旗出版社，1998年。
鲁迅：《鲁迅全集》，北京：人民文学出版社，2005年。

罗尔纲：《师门五年记·胡适琐记》，北京：生活·读书·新知三联书店，1995年。

罗久芳编著：《罗家伦与张维桢：我的父亲母亲》，天津：百花文艺出版社，2006年。

［美］罗斯·特里尔：《毛泽东传》，何宇光、刘加英译，北京：中国人民大学出版社，2006年。

罗志田：《裂变中的传承：二十世纪前期中国的文化与学术》，北京：中华书局，2003年。

马叙伦：《石屋余沈·石屋续沈》，太原：山西古籍出版社，1995年。

马叙伦：《我在六十岁以前》，长沙：岳麓书社，1998年。

马越：《北京大学中文系简史》，北京：北京大学出版社，1998年。

缪名春等编：《老清华的故事》，南京：江苏文艺出版社，1998年。

《南大百年实录》编辑组编：《南大百年实录》，南京：南京大学出版社，2002年。

南京大学中文系编：《别梦依稀：叶子铭纪念文集》，南京：南京大学出版社，2006年。

欧阳哲生编：《追忆胡适》，北京：社会科学文献出版社，2000年。

溥仪：《我的前半生》，北京：东方出版社，1999年。

齐家莹：《清华人文学科年谱》，北京：清华大学出版社，1999年。

钱基博：《现代中国文学史》，北京：中国人民大学出版社，1999年。

钱穆：《八十忆双亲·师友杂忆》，北京：生活·读书·新知三联书店，2005年。

钱穆：《国史新论》，北京：生活·读书·新知三联书店，2001年。

钱钟书：《七缀集（修订本）》，上海：上海古籍出版社，1996年。

清华大学校史编写组编著：《清华大学校史稿》，北京：中华书局，1981年。

清华大学校史研究室编：《清华大学史料选编》，北京：清华大学出版社，1991—1994年。

任建树：《陈独秀大传》，上海：上海人民出版社，1999年。

桑兵等编：《近代中国学术思想》，北京：中华书局，2008年。

山东大学校史编写组编:《山东大学校史》,济南:山东大学出版社,1986年。

商务印书馆编:《商务印书馆九十年》,北京:商务印书馆,1987年。

商务印书馆编:《商务印书馆九十五年》,北京:商务印书馆,1992年。

沈从文:《沈从文文集》,广州:花城出版社、香港:生活·读书·新知三联书店香港分店联合出版,1984年。

沈卫威:《"学衡派谱系":历史与叙事》,南昌:江西教育出版社,2007年。

石曙萍:《知识分子的岗位与追求:文学研究会研究》,上海:东方出版中心,2006年。

石原皋:《闲话胡适》,合肥:安徽人民出版社,1985年。

宋恩荣等编:《中华民国教育法规选编》,南京:江苏教育出版社,1990年。

苏云峰:《从清华学堂到清华大学:1911—1929》,北京:生活·读书·新知三联书店,2001年。

苏云峰:《从清华学堂到清华大学:1928—1937》,北京:生活·读书·新知三联书店,2001年。

孙伏园等著:《鲁迅先生二三事:前期弟子忆鲁迅》,石家庄:河北教育出版社,2000年。

孙玉蓉编:《俞平伯年谱》,天津:天津人民出版社,2001年。

唐宝林、林茂生:《陈独秀年谱》,上海:上海人民出版社,1988年。

唐德刚:《胡适杂忆(增订本)》,上海:华东师范大学出版社,1999年。

陶希圣:《潮流与点滴》,北京:中国大百科全书出版社,2009年。

童宗盛主编:《中国百位名人学者忆名师》,延吉:延边大学出版社,1990年。

王彬彬:《并未远去的背影》,广州:广东人民出版社,2010年。

王彬彬:《往事何堪哀》,武汉:长江文艺出版社,2005年。

王富仁等编:《谔谔之士:名人笔下的傅斯年·傅斯年笔下的名人》,上海:东方出版中心,1999年。

王国维:《王国维文集》,北京:中国文史出版社,1997年。

王力:《王力文集》,第20卷,济南:山东教育出版社,1991年。

王学珍等编:《北京大学纪事》,北京:北京大学出版社,1998年。
王学珍等编:《北京大学史料》,第2卷,北京:北京大学出版社,2000年。
汪原放:《回忆亚东图书馆》,上海:学林出版社,1983年。
汪曾祺:《汪曾祺全集》,北京:北京师范大学出版社,1998年。
闻一多:《闻一多全集》,长沙:湖南人民出版社,1993年。
吴福辉:《京海晚眺》,南京:江苏人民出版社,1997年。
吴宓:《吴宓日记》,北京:生活·读书·新知三联书店,1998年。
西南联合大学北京校友会编:《国立西南联合大学校史》,北京:北京大学出版社,1996年。
萧超然等:《北京大学校史》,北京:北京大学出版社,1988年。
萧夏林编:《为了忘却的纪念:北大校长蔡元培》,北京:经济日报出版社,1998年。
萧乾:《旅人行踪:萧乾散文随笔选集》,北京:中央编译出版社,2005年。
萧乾:《未带地图的旅人:萧乾回忆录》,北京:中国文联出版公司,1991年。
谢兴尧:《堪隐斋随笔》,沈阳:辽宁教育出版社,1995年。
谢泳:《逝去的年代》,北京:文化艺术出版社,1999年。
徐瑞岳编著:《刘半农年谱》,徐州:中国矿业大学出版社,1989年。
徐雁平:《胡适与整理国故》,合肥:安徽教育出版社,2003年。
徐一士:《凌霄一士随笔(一)》,太原:山西古籍出版社,1997年。
许德珩:《为了民主与科学》,北京:中国青年出版社,2001年。
颜振吾编:《胡适研究丛录》,北京:生活·读书·新知三联书店,1989年。
杨东平主编:《大学精神》,沈阳:辽海出版社,2000年。
杨树达:《积微翁回忆录·积微翁诗文集》,上海:上海古籍出版社,2007年。
杨义:《京派海派综论》,北京:中国社会科学出版社,2003年。
杨振声:《杨振声选集》,北京:人民文学出版社,1987年。
杨祖陶、邓晓芒:《康德〈纯粹理性批判〉指要》,北京:人民出版社,2001年。
姚永朴:《文学研究法》,南京:凤凰出版社,2009年。

姚鹏等编：《胡适讲演》，北京：中国广播电视出版社，1992年。
余嘉锡：《余嘉锡文史论集》，长沙：岳麓书社，1997年。
俞平伯：《俞平伯全集》，第6卷，石家庄：花山文艺出版社，1997年。
俞平伯等：《最完整的人格：朱自清先生哀念集》，北京：北京出版社，1988年。
余斌：《事迹与心迹》，南京：江苏人民出版社，1998年。
余英时：《中国知识分子论》，郑州：河南人民出版社，1997年。
查振科：《对话时代的叙事话语：论京派文学》，沈阳：春风文艺出版社，2005年。
张玲霞：《清华校园文学论稿》，北京：清华大学出版社，2002年。
张玲霞编：《清华文学寻踪》，北京：清华大学出版社，2001年。
张树年主编：《张元济年谱》，北京：商务印书馆，1991年。
张元济：《张元济日记》，北京：商务印书馆，1981年。
张中行：《负暄琐话》，哈尔滨：黑龙江人民出版社，1986年。
章炳麟著，徐复注：《訄书》，上海：上海古籍出版社，2000年。
赵家璧主编，郑振铎选编：《中国新文学大系·文学论争集（影印本）》，上海：上海文艺出版社，2003年。
赵景深：《海上集（影印本）》，上海：上海书店，1984年。
赵为民主编：《青春的北大》，北京：北京大学出版社，1998年。
郑尔康：《石榴又红了：回忆我的父亲郑振铎》，北京：中国人民大学，1998年。
郑振铎：《插图本中国文学史》，上海：世纪出版集团，2005年。
郑振铎：《中国俗文学史》，上海：世纪出版集团，2005年。
中国人民政治协商会议全国委员会文史资料委员会编：《五四运动亲历记》，北京：中国文史出版社，1999年。
中国社会科学院近代史研究所编：《五四运动回忆录（续）》，北京：中国社会科学院出版社，1979年。
中国社会科学院近代史研究所编：《近代史资料》，第61号，北京：中国社会科学出版社，1986年。

中国社会科学院近代史研究所民国史组编：《胡适来往书信选》，北京：中华书局，1979 年。

钟叔河编：《过去的大学》，武汉：长江文艺出版社，2005 年。

钟叔河编：《周作人文类编》，长沙：湖南文艺出版社，1998 年。

周策纵：《五四运动：现代中国的思想革命》，南京：江苏人民出版社，1996 年。

周仁政：《京派文学与现代文化》，长沙：湖南师范大学出版社，2002 年。

周天度：《蔡元培传》，北京：人民出版社，1984 年。

周勋初：《周勋初文集》，第 6 卷，南京：江苏古籍出版社，2000 年。

周作人：《周作人回忆录》，长沙：湖南人民出版社，1982 年。

周作人：《周作人日记（影印本）》，郑州：大象出版社，1996 年。

朱光潜：《朱光潜全集》，合肥：安徽教育出版社，1991 年。

朱自清：《朱自清全集》，南京：江苏教育出版社，1990 年。

［英］庄士敦：《紫禁城的黄昏》，陈时伟等译，北京：求实出版社，1989 年。

朱偰：《五四运动前后的北京大学》，《文化史料（丛刊）》，第 5 辑，北京：文史资料出版社，1983 年。

文章类

卞之琳：《三座门大街十四号琐忆》，《书屋》，2000 年第 8 期。

卞之琳：《星水微茫忆〈水星〉》，《读书》，1983 年第 10 期。

程巢父：《张中行误度胡适之》，《思想时代》，北京：华夏出版社，2004 年。

戴健：《刘文典一生述评》，《安徽史学》，1991 年第 1 期。

傅斯年：《陈独秀案》，《独立评论》，第 24 号。

高恒文：《京派：备忘与断想》，《文艺理论研究》，1995 年第 4 期。

韩一德：《有关李大钊生平几则新史料》，《河北学刊》，1985 年第 3 期。

李健吾：《李健吾自传》，《山西师大学报》，1981 年第 4 期。

李锐：《毛泽东的老师与岳父——杨昌济》，《炎黄春秋》，1992 年第 2 期。

刘小蕙：《我的父亲刘半农》，《新文学史料》，1995年第3期。

马俊如、童毅之：《李辛白：创办白话报的爱国志士》，《炎黄春秋》，2003年第7期。

任洪隽、陈衡哲：《一个改良大学教育的提议》，《现代评论》，第2卷第39期。

童毅之、张小平：《略论李辛白对新文化运动的贡献》，《安徽广播电视大学学报》，2004年第4期。

萧乾：《一代才女林徽因》，《读书》，1984年第10期。

萧乾：《鱼饵·论坛·阵地——记〈大公报·文艺〉：1935—1939》，《新文学史料》，1979年第2期。

徐士瑚：《李健吾的一生》，《新文学史料》，1983年第3期。

杨飞、范婷：《陈独秀与高一涵》，《党史纵览》，2009年第2期。

杨绛：《我爱清华图书馆》，《光明日报》，2001年3月26日。

杨起口述：《杨振声：被遗忘的教育家，被忽略的正派人》，《北京青年报》，2009年7月17日。

袁伟时：《章士钊思想演变的轨迹》，《炎黄春秋》，2002年第3期。

赵家璧：《和靳以在一起的日子》，《新文学史料》，1988年第2期。

周乾：《刘文典与胡适交往的历史考察》，《学术界》，2007年第4期。

周乾：《王星拱与省立安徽大学早期发展》，《江淮文史》，2007年第1期。

周文玖：《朱希祖与中国现代史学系的建立》，《烟台师范学院学报》，2006年3月。

朱乐川：《辨析〈积微翁回忆录〉中有关朱希祖的记述》，《南京师范大学文学院学报》，2007年第4期。

期刊类

《新青年》
《新潮》
《东方杂志》

《北京大学日刊》
《国文月刊》
《语丝》
《现代评论》
《历史档案》

泽地文库

第一辑

杭州方言研究 / 徐越 著

朝堂与文苑：唐宋文学论丛 / 沈松勤 著

中国古代小说戏曲关系史纲 / 徐大军 著

训诂学视角下的现代汉语辞书释义研究 / 周掌胜 著

中国现代新诗诗美建构与唐宋诗词 / 陈学祖 邓乔彬 著

江南佛学与"两浙"现代作家研究 / 竺建新 著

阅读史、修辞与小说创作的源初思维 / 郭洪雷 著

马克思主义与批评理论：走向辩证批评 / 刘欣 著

中国当代文学史写作问题研究 / 刘杨 著

合作化小说的语境与书写：以20世纪五六十年代为中心 / 李佳贤 著

中国现代大学与现代文学 / 王晴飞 著